검의 저편

시부야 미즈나리
일러스트 : 이토 소이치
디자인 : 스즈키 토오루

검의 저편

BEYOND THE SWORD

Contents

BEYOND THE SWORD

시작 추억의 저편

카이세이는 언제나 구름이 끼어 있다.

무도관에 하늘은 없다. 그러나 아득히 먼 창궁을 목표로 하듯 호완[#1]에 둘러싸인 오른손을 치켜들어봤다. 시야를 방해하는 은빛 격자에도 이미 익숙해졌다. 이제는 몸의 일부 같다는 심정마저 드는 호면[#2]의 틈 사이로 카이세이는 저편에 매달려 있는 국기를 포착했다.

저 깃발의 의미는 태양. 창천. 구름 없이 세계에 활짝 빛나는 자신의 이름.

그러나 이 장소에 서면 언제나 먼 과거에 봉인했던 비를 뺨에 받아 내고 싶어서 견딜 수 없다.

『웃어, 카이세.』

신체는 떨린다. 몸을 불사르는 작열과는 대조적인 고독의 추위에.

『멋진 이름이 아깝잖아.』

#1 호완 검도의 보호구. 손과 손목을 보호한다.
#2 호면 검도의 보호구. 머리에 착용한다.

"……더는, 무리야."

얼어붙은 시선을 저편으로. 검을 쥔 자신의 손은 이미 사람의 몰골이 아니다.

모든 것 전부가 늦어버렸다. 어째서 이렇게 될 때까지 방치했었나.

"버릴 수 없었던 거야. 난, 바보로구나."

더는 없음을 잘 안다. 그럼에도 꿈을 꾸고 싶었다.

『지금부터 제78회 전국 고등학교 검도 대회, 남자 개인부, 결승전을 시작합니다.』

한 걸음, 두 걸음, 세 걸음. 고요하고 쓸쓸한 검을 손에 지니고, 세계의 중심에서 조용히 뽑고.

일어서기 전 한순간, 카이세이는 서글피 눈을 감는다.

줄곧 동경했던 검의 저편에.

그곳에 녀석은 더 이상 없다.

× × ×

후부키는 언제나 타오르고 있다.

장소도 상황도 가리지 않는다. 후부키가 지나치는 곳은 곧 열화의 겨울이 된다. 세계가 얼어붙는다. 재로 바뀐다. 뜨겁게 몸통을 때린 일검이 마음까지 같이 꺾어서 부러뜨린다.

상대의 위축된 손이 두 번 다시 검을 들지 못하게 되는 때도 있었다. 그러면 된다.

염원을 이룰 그때까지 봄 따위 오지 않아도 상관없으니까.

"꿈은, 버렸어."

새하얀 복장과 호구로 몸을 감싼 후부키는 매달리듯 손을 뻗는다.

과거의 꿈. 누군가의 등. 겨울을 떨어뜨린 악귀의 정체.

검의 저편에서 찾아봐도 이 손에 남는 것은 허무뿐.

"……추워."

뒤처져서 홀로 남았다.

그러니까 제 몸을 불사르며 오직 달린다.

과거에 잃었던 소중한 것이 전장을 헤쳐 달려간 끝에 기다리고 있으리라 믿으며.

× × ×

유우는 아득히 먼 하늘을 올려다본다.

시골의 밤하늘은 까맣고 그윽하기에, 진주를 흩뿌려 놓은 듯 밝은 별밤은 태양보다도 눈부시다. 몇 번이고 올랐던 산의 정상에서, 유우는 별의 시선으로부터 도망치듯 손을 뻗었다.

"마지막 약속, 지킬 테니까. ……나는, 이제는 버릴 거야."

웃어본다.

조금은 분명 늘었을 텐데. 그래도 역시 미숙한 녀석이라며 화내려나. 그것도 괜찮겠다는 생각이 들어 어깨를 으쓱거린 뒤 시선을 내린다.

작은 몸집에 여리여리한 자신의 어머니가 작은 묘석의 앞쪽에서 눈 감은 채 배례하고 있었다.

『유우. 네가, 엄마를 쭉 지켜주거라.』

별의 저편에서 과거가 들려온다.

“……엄마. 전에 말했던 신청서, 제출해줘.”

“……알았어. 정말 괜찮은 거야?”

“그래, 결정했어.”

이번에는 정말로 잘할 수 있다. 다시 시작할 수 있다.

무엇보다도 만족스럽고 기뻐야 한다. 그럼에도.

“안녕—.”

저주가 풀리는 순간, 왼손의 떨림이 멎질 않았다.

BEYOND THE SWORD

제1합 소중한 것

"그러면 슬슬 학교 가볼게, 엄마. 오늘 회사는 언제쯤 끝나?"

"일곱 시……. 아니, 잠깐만. 역시 정시에 사무실에서 나올래!"

"어, 으응? 엄마, 어제도 정시 퇴근이었잖아. 무리 안 해도 되는데."

이른 아침의 현관. 유우는 가방을 등에 메고 문손잡이를 쥐며 깨끗한 새 신발의 발부리로 톡톡 바닥을 쳤다. 좋아, 괜찮은 착용감이다. 빨리 도시를 걸어보고 싶다.

유우가 웃고 고개를 끄덕거리다가 뒤로 돌리니 같은 표정을 지은 어머니가 보였다. 세게, 머리를 옆쪽으로 흔들고 있었다.

"전혀 무리하는 거 아니야. 오늘은 아들이랑 같이 저녁밥을 먹고 싶은걸."

"……그래. 알았어. 저녁밥, 기대할게. 그럼 다녀오겠습니다."

평소 버릇대로 대답을 기다리지 않고 집을 나서려고 한다. 하지만 뒤쪽에서 손이 어깨를 두드린다.

"잠깐만, 유우. ……이거 들고 가야지. 만들어봤어."

항상 늠름한 어머니가 쑥스러워하는 얼굴로 오른손을 내밀고 있다. 그 손에는 허술한 보자기로 싼 도시락 상자가 있었다.

유우는 눈이 동그래졌다. 그다음은 똑같이 쑥스러워하며 웃는 표정을 짓고 두 손으로 어머니의 사랑을 받아 들었다.

"잘 다녀오렴, 유우. 힘내자, 서로."

"응, 엄마도. ……그럼, 다녀오겠습니다!"

마음을 굳게 다잡고 문을 연다.

새로운 미나카미 집안의 아침이 시작됐다.

× × ×

현립 후지노미야(藤宮) 고등학교 2학년 E반의 1년도 역시 이날의 아침부터 시작된다. 신학기 첫 번째 조례는 반 학생 전원의 자기소개였다. 한 사람, 또 한 사람씩 개성 넘치는 인사말을 늘어놓는다.

키노사키 슌스케(城崎俊介)는 새로운 반을 둘러봤다. 잘 아는 얼굴도 많은 와중에 문득 눈길을 끄는 녀석이 있었다.

"……으응? 우리 학년에 저런 녀석이 있었던가?"

왁스를 바른 머리카락을 만지작거리며 기억을 뒤져봤지만, 딱히 떠오르는 이름은 없었다. 마침 그 녀석에게 자기소개의 순서가 돌아왔다. 키노사키는 같은 반 학생들과 같이 박수를 쳤다.

교실의 가장 구석진 창문 쪽 자리에서 지금껏 존재감을 지우고 있던 남학생이 앞으로 나선다.

"으음, 미츠…… 앗, 아니지. 미나카미 유우(水上悠)입니다. 잘 부탁드립니다."

등을 꼿꼿이 쭉 뻗어서 정갈하게 선 모습.

우선은 무엇보다 곧은 자세가 키노사키의 인상에 남았다.

미나카미 유우

단정한 용모에 부드러운 미소, 살짝 비대칭으로 자라난 갈색을 띤 앞머리가 뒤이어 눈에 띈다. 온순한 분위기는 마치 낮잠을 자는 고양이 같다.

조금 놀란 이유는 신장이 아주 크지 않다는 데 있었다.

평균을 살짝 넘기는 자신보다 미묘하게 작은 정도. 그런데도 그 자세가 왠지 커다랗게 보였다.

“사실은 제가 얼마 전 3월에 이쪽으로 이사를 온 전학생이거든요. 그래서 여긴 어디에 뭐가 있는지 아무것도 몰라요. 많이 가르쳐주면 좋겠습니다. 취미는 러닝이랑 산책, 만담 감상……이려나. 그리고, 특기는 스톱워치 멈추기예요. 5분까지는 오차 1초 이내로 무조건 맞출 수 있어요.”

“하하, 진짜로? 쓸데없이 굉장한데 대체 어디다가 써먹냐.”

키노사키는 리액션을 크게 해줬다. 괜찮은 녀석 같은데 빨리 적응했으면 좋겠다.

그런 생각으로 건넨 가벼운 도움의 말을 전학생은 정확하게 이해해준 것 같았다. 한쪽 눈을 감았다가 뜨더니 온화하게 헤실헤실 웃었다.

“그러게, 진짜. ……어쨌든, 마지막으로 서투른 것 얘기. 서투른 것은 친구 만들기예요. 열심히 힘낼 테니까 아무쪼록 사이좋게 지내주세요. 잘 부탁드립니다.”

이 녀석과 친구가 되어보고 싶다.

머리가 아닌 충동에 따라 키노사키는 종이 울리자 곧장 자리에서 일어나 말을 붙이러 갔다.

“헤이, 전학생. 나는 키노사키 슌스케다. 쉬운 놈이니까 이름으로 막 불러주면 좋겠어.”

“오! 아까 고마웠어. 신세를 졌네…… 슌스케. 그렇지, 나는 미나카미 유우야.”

곧장 이름을 불러주는 게 제법 기쁘다. 그런 생각을 하던 때 키노사키의 옆쪽을 목적지로 기운 넘치는 돌풍이 불었다. 에너지의 정체는 금방 알 수 있었다. 입 열기 전부터 벌써 분위기가 시끄러우니까.

“반가워, 전학생 군~! 나도 끼워줘! 나도 칫히라든가 칫히~ 편하게 불러주슈~! 니노미야 치히로(二宮千紘), 니노미야 치히로올시다! 깨끗한 한 표 부탁드리겠소!”

베리 쇼트 커트에 노란색 머리핀. 명랑하며 떠들썩한 사투리 섞인 말투. 전 인류는 대충 친구 사이라는 치히로의 압박감을 유우는 태연하게 미소 띤 얼굴로 받아넘겼다.

“잘 부탁해, 칫히. 사투리 섞인 말투, 귀엽네.”

“귀엽쥬! 근데 아깝네! 그게 말이야, 사투리가 섞인 덕분이 아니라 내가 귀여운 거거든!”

“응, 그러게. 칫히, 귀여워. 기운차고. 나는 좋아해.”

쑥스러워하지 않고 곧바로 받아친다. 치히로 로봇은 동작을 정지하며 대번에 오버히트했다.

시원시원하며 껄렁대는 분위기가 없기 때문에 싫은 느낌이 전혀 안 든다.

“……진지하게 대답해버리면 난처한데. 좀 쑥스러운데…….”

방금 전까지 떠들썩했던 모습은 어디에 갔나. 치히로의 모깃소리 같은 혼잣말에 키노사키가 웃었다.

“제법인데, 유우. 칫히, 방어가 잡졸 수준이거든. 한눈에 꿰뚫어 본 느낌인데?”

“아니, 느낌이 그냥. 아무튼 이런 쪽 감은 좋은 편이거든. ……칫히, 귀여워. 귀여워!”

“아, 좀! 때린다! 좋아, 난 전학생 군을 유우 군이라고 불러버린다! 어때, 여자애가 이름으로 불러주니까 되게 부끄럽쥬?”

“둘만 있을 땐 군이라는 호칭은 빼도 괜찮아, 『치히로』.”

“으야갸아아앗! 그만! 부탁이야, 그만!”

죽이 잘 맞는군, 키노사키는 웃었다. 정석대로, 어떤 질문을 하고 싶어졌다.

“이봐, 유우. 이전에 살던 곳에선 부 활동, 어디에 들어갔었냐?”

“……아. 중학교 때는 1년쯤 해봤는데 의욕이 안 생겨서 관둬버렸어. 그 후로 쭉 귀가부. 내가 꽤 실력이 좋거든. 전국대회도 우승했어.”

“엄청 맥 빠지는 대회구나, 그거……. 아무튼, 그렇구나! 유우 군은 귀가부구나~!”

치히로의 눈이 번뜩 빛난다. 키노사키는 아이 콘택트를 곧장 이해했다.

물론이지. 이 기회는 놓치지 않아. 유우가 살짝 눈을 피했던 것이 신경은 쓰이지만, 지금은 사소한 문제였다. 작은 거리낌은 제쳐 놓고 일단은 마구 밀어붙이자.

"유우, 아까 감이 좋다는 말을 했잖냐! 난 무슨 부일 것 같아?"

"으음……. 그래, 알겠다. 경음부!"

"아앗, 유우 군 아까워라! 거의 다 맞혔는데!"

치히로의 꾸민 티 가득한 말에 맞춰서 키노사키도 호들갑스럽게 고개를 끄덕거렸다. 그럼 무슨 부냐고 다시 되묻게 놔두면 이쪽이 지는 셈이다. 기세를 몰아친다. 무작정 밀어붙일 뿐.

"이봐, 유우. 우리 부 활동에 견학 올래? 사실은 칫히랑 같은 데 속해 있거든. 근데 봄이라서 데려와야 할 부원에 할당량이 있단 말이지~. 잠깐 도와주면 엄청나게 고마울 텐데."

"막 전학 온 참이니까 시간도 많지? 부탁할게! 들러만 줄려? 살짝 왔다가 빼면 돼! 만약에 진짜 와주면 이번 일요일에 키놋치랑 딱 붙어서 도쿄라든가 다 안내해줄게!"

"……오? 그 제안은 좀 끌리는데. 잠깐 구경만 하면 돼? 그럼 진짜로 도쿄 안내해주는 거야?"

미끼를 물었다. 키노사키의 눈이 빛난다. 이런 느낌이면 얼마 안 남았다!

"할게, 할게! 싹 다 해줄게! 도쿄쯤이야 전철로 금방이고 멀지도 않아. 부담 갖지 마!"

"……그러면, 좋아! 교섭 성립이군. 요즘에 쭉 시간이 넘쳤는데 부 활동에 들어가는 것도 괜찮겠네."

좋아, 대답을 받아냈다. 이제 못 도망친다, 끝났어. 치히로와 키노사키의 얼굴이 사악하게 비뚤어졌다.

"맞다, 그래서 둘이 무슨 부인데? 묻는 걸 잊었네."

한발 늦었다. 둔한 녀석이군. 그래도 훈련하면— 분명 강해질 수 있어, 전학생!

""검도부!""

× × ×

"뭐가 거의 다 맞혔다는 거야. 첫 자음이랑 끝에 글자밖에 안 맞았잖아……."

그날 밤. 유우는 식탁에서 푸념을 늘어놓으며 저녁 식사용 햄버그를 먹고 있었다. 크기가 제각각인지라 살짝 탄 조각도 있고, 살짝 덜 익은 조각도 있다. 미리 선언한 대로 정시에 퇴근해서 온 어머니의 작품이다.

"응? 뭐야, 유우. 뭐라 말했어?"

"아니, 아무것도. ……아, 또, 휴대 전화 쳐다보면서 설거지하는 거 금지야. 일 남았어?"

"아, 아니야. 지금은 일하는 거 아냐. 그래, 사생활에 속한 대화야."

사생활이라? 좌우명은 업무, 또다시 업무. 미나카미 아야카(水上綾華)에게 그런 단어가 있었던가?

문득 의문이 들었으나 유우는 말하지 않았다.

오늘도 역시 이 시간대에 어머니가 같이 있다는 데 위화감

—겸손하시네요. 어쨌든 이누이 선수가 정점에 올라섰다는 사실은 달라지지 않죠. 충분하게 자랑할 만한 결과가 아니었을까요.

"제가 정점에, 올라섰다고요. ……죄송합니다. 기뻐할 수가, 없습니다. 저보다 강한 사람이 있어서요."

—그렇군요. 검도인다운 멋진 대답이었습니다. 마지막으로 하나만 더 여쭤보겠습니다. 이누이 선수는 이제부터 무엇을 목표로 삼을 계획이신지요. 역시나 연속 우승일까요?

"……아뇨. 그렇지 않습니다."

이때 한순간, 아주 약간이나마 이누이 선수의 입꼬리가 올라간 듯 보였다. 다만 그 표정은 승자가 보여주기에는 어딘가 서글펐다. 결코 미소가 되지는 못했으리라.

"제가 목표로 삼은 곳은…… 오직 하나 뿐. 아득히 먼 곳입니다."

이누이 카이세이의 표정이 언젠가 그 이름처럼 쾌청해지는 때가 과연 찾아올까.

분명히 오지 않을 것이다.

영원히 구름 낀 하늘처럼 만족을 알지 못하는 자세야말로 이누이 선수가 최강의 자리를 지키고 있는 까닭이니까.

× × ×

"……언제 읽어도 끔찍한 잡지라니까. 이래서 안 팔리는 거야."

쿠로세 마코토(黒瀬誠)는 검은 테 안경의 깊숙한 곳 탁한 눈을 더욱 좁히며 자신의 등을 검도부 부실의 벽에 기댔다. 이미 방과 후인데도 아직 연습이 시작되지 않는 이유는 체육관에서 1학년을 대상으로 하는 부 활동 소개가 진행 중이기 때문이다.

여전히 이 학교는 귀찮은 행사를 굳이 빼먹지 않는군. 어차피 검도부에 들어올 녀석 따위야 소개를 하든 안 하든 자동으로 기어 들어올 테니 내버려두라고. 그렇게 푸념을 하려던 차에 똑같은 도복 차림의 동기, 키노사키 슌스케가 눈앞에서 끙끙거리고 있었다.

"제기랄. 유우 녀석, 막 붙잡아서 끌고 와야 했는데……. 전학생이니까 이것저것 사정이 있겠지만, 대체 왜 담임까지 방해를 하고 나서는 거야. 안 그러냐? 쿠로."

"……무슨 소리인지 원. 시답잖은 푸념이냐? 들어줄 수는 있는데 돈 받을 거다."

"에이, 틱틱대지 마. 여전히 까칠하네. 그러면 인생 즐거워?"

"최고다. 내 눈을 보고도 모르겠나?"

"거친 강물처럼 탁한데 진짜 즐거워?"

후지노미야 고등학교 검도부에 2학년 남학생은 두 명이다.

껄렁거리는 키노사키 슌스케와 항상 지루해하는 쿠로세 마코토다.

검은 테 안경에 본인의 이름, 그리고 발언 내용. 대체로 거뭇하니까 쿠로다.

"이봐, 쿠로. 아까부터 뭘 읽는……."

키노사키가 잡지의 표지를 쓱 들여다본다. 잡지 이름을 보자마자 눈동자가 마구 흔들거렸다.

"쿠, 쿠로가 검도 잡지를 읽는다니……? 큰일 났네, 조만간에 분명히 눈이 내리겠어."

"그래서 연습이 중지되기라도 한다면 매일 읽어줄 텐데 말이다. ……스마트폰 배터리가 다 떨어졌거든."

탁, 한쪽 손으로 잡지를 덮는다. 1년 전 『검도 저널』의 표지를 장식하는 남자와 눈이 마주친다. 고등학생이 표지를 장식하는 것은 이례에 또 이례이지만 『이누이 카이세이』라면 뭐든 다 가능하다. 진심으로 지긋지긋한지라 쿠로세는 키노사키에게 잡지를 대강 집어 던졌다.

"망한 경기라니까. 이누이가 나타난 시점에서. 연맹도 슬슬 규칙을 좀 변경해야 된다."

검도. 죽도를 들고, 호구를 차고, 상대와 4분간 시합을 하는 경기다.

먼저 두 판을 따내거나 시간이 다 지난 시점에서 따낸 판의 숫자가 많은 사람의 승리. 일찍이 유도에 있던 것처럼 효과나 유효가 없는지라 판정에 따른 결착도 없다. 구분은 남자와 여자, 개인전과 단체전뿐. 체중별이나 등급제도 존재하지 않는다. 변명할 수 없는 순수한 검의 실력만이 관건인 경기였다.

그래서 더더욱, 전국을 재패하는 자는 곧 여지없이 일본에서 가장 강력한 실력자임을 증명하는 셈이다.

"……아아, 그래그래. 이거, 작년에 이누이가 전국 개인전에서 우승했을 때 나온 기사잖아. 봤어, 봤어. 이런 녀석이 같은 학년이라는 게 도무지 어처구니없다니까. 너무 멀어서 아예 이세계라는 느낌이 들지 않냐?"

"현실을 봐라. 이세계가 아니야. ……같은 지역이잖나."

"대마왕한텐 도망 못 친다~ 이런 소리네. 아주 망겜이야. 뭔가 꼼수는 없을까? 쿠로에몽?"

두 사람이 같이 먼 곳을 내다보는 눈빛이다. 나이도 같은 이상 이누이 카이세이의 은퇴는 기다릴 수 없었다. 이 악몽을 어떻게 해결할 텐가, 쿠로세는 고민한 끝에 두 가지 방안을 떠올렸다.

"현실적으로 생각해서 저격밖에 없을 거다. 칼로 찌르는 건 살인 청부업자도 무리일 테니."

"역시 두뇌파, 지니어스! 그런데 그 자식, 총알도 피할 것 같지 않냐?"

키노사키는 실없이 헤죽헤죽 웃고 있었지만, 자신은 도저히 웃을 마음도 안 들었다. 에너지의 낭비다. 더욱 현실적인 방안을 발표한 뒤 어서 이야기를 끝내버리자. 딱 한 마디면 된다.

"포기하……."

"나도 괜찮은 방법 떠올렸어! 6대 도장에서 유망한 인재를 데려오면 돼!"

타이밍 나쁘게도 말을 가로막혔다.

괜찮은 방법이라며 말을 하고도 남의 힘에 기대려 한다는 것이 한숨이 나오도록 이 녀석답다고 쿠로세는 생각한다.

“그래, 그런 곳이 있었지. 뭔가 독자적으로 대회를 여는 열렬한 곳이잖아.”

“맞아, 맞아. 연심관(鍊心館, 렌신칸)이라든가 어검관(御劍館, 미츠루기칸)이라든가 이스루기(石動) 검우회라든가, 엄청 센 곳이 여기저기 있잖아. 전부 다 기억은 안 나는데 말야, 거기에서 강한 녀석 빼다가 우리 고등학교 신입생으로 키우는 거야. 그럼 써먹을 수 있지 않겠냐?”

전국 각지에 흩어져서 국내 최강이라 칭송을 듣는 6대 도장이라는 검도장이 있다. 그 역사는 검도의 발전과 함께하였고, 이름 높은 검사들을 수없이 배출해왔던 사실로도 유명하다. 시대가 흐른 현대에서도 6대 도장에는 강자들이 모여 있었다.

“……어림없다. 현 상황에 이누이가 2학년인데도 최강이잖냐. 한두 학년은 더 어린 녀석이 감당할 수 있을까?”

“그래서 더 기대를 할 수 있거든. 쿠로, 혹시 몰랐어? 창천기(蒼天旗)의 독자 규칙.”

창천기 6대 도장 대회. 통칭 『창천기』.

6대 도장에 소속된 인물만이 출전 가능한, 수많은 검도 대회 중에서도 한층 더 이질적인 독자 대회다.

출전 구분은 남자와 여자로 나뉘며, 개인전과 단체전이 있다. 여기까지는 평범한 검도 대회와 마찬가지이지만, 전 일본 검도 연맹과는 연관이 없는 독자 대회이기 때문에 특수한 규칙이 몇몇 있었다.

"거기 말이야, 나이 구분이 둘밖에 없어. 열여덟 살 이하와 그 밖에 일반부. 진짜로 다섯 살이랑 고등학생이 한판 붙더라니까. 되게 기막힌 광경 아니냐?"

"……당연히 불공평한 게 아닌가? 기술이며 죽도의 길이까지 전부 다."

"그 대신 나머지는 전부 다 평등하게 하는 거지. 상단[#4], 이도류[#5], 찌름[#6] 기술까지 뭐든 허용이야. 그러니까 찌름 기술을 써서 승리를 거둔 중학생도 종종 나타난다더라. 이른바 무차별급이라는 말도 충분히 갖다가 쓸 수 있겠네. 크고 유명한 전국 대회가 아니라 오히려 덜 알려진 창천기가 진정한 최강 결정전이라고 떠드는 녀석도 많다니까?"

최강. 그 말을 듣고 쿠로세가 벌떡 일어섰다. 과연 최강이라는 말이 있는 장소에 이누이가 아닌 다른 녀석이 올라선다는 사태가 가능은 할까. 시험 삼아서 부실의 책장을 뒤져 창천기를 특집 기사로 실은 『검도 저널』을 손에 들었다. 날짜는 2년 전, 조금 더 오래됐지만 이거면 된다. 아니나 다를까.

"……왜 웃는 거야? 쿠로. 『검도 저널』이 재미있으면 병이다."

"그냥 기막혀서 웃음밖에 안 나오는군. 현실은 역시 비정하다니까."

쿠로세가 대회 결과가 실린 페이지를 펼쳐서 보여준다.

#4 상단 칼을 머리 위로 든 자세를 기본자세로 하여 적을 상대하는 기법.
#5 이도류 칼을 두 자루 다루는 것으로 적을 상대하는 기법.
#6 찌름 호면의 목 타점을 찌르는 기술. 숙련자조차도 큰 부상의 위험성이 있어서 가급적 자중하는 기술이다.

—제69회 창천기 6대 도장 대회. 18세 이하, 남자 개인부.
우승: 이누이 카이세이, 15세(연심관).

무의미한 토의가 끝나기를 가늠했던 것처럼 부실의 문이 철컥 열렸다.

"오래 기다렸다. 슬슬 부 활동 소개 행사에 검도부의 차례가 온다. 준비를 좀 해주겠나?"

180을 넘는 신장에 한쪽 손으로 죽도를 다룰 수 있는 넓은 어깨 폭. 마지막으로 무엇보다 예리한 안광. 강할 것 같다. 든든함을 지나쳐서 그냥 무섭다.

3학년, 에사카 진(江坂仁). 부원 중 제일의 실력자이자 검도부의 남자 부장이었다.

검도복 차림에 갑 및 갑상(甲裳)#7까지 착용해서 완전 무장한 한 인물을 보고 쿠로세는 눈매를 좁히며 한숨 쉬었다. 틀림없이 올해도 신입 부원은 적겠다. 왜냐하면 이제 곧 이런 사람이 1학년들 앞에 서서 인사를 할 테니까. 역효과란 말이다…….

"뭐냐, 둘이 똑같이. 어째서 그런 기운 빠지는 표정을 짓는 거냐?"

"그냥요. 이누이 자식이 복권까지 싹 매점을 끝낸 판국이라 시들어버리겠다고 말을 했을 뿐이에요. 우리 서민은 꿈도 꿀 수가 없다고요."

#7 갑, 갑상 검도의 보호구. 상체 보호구를 갑, 하체 보호구를 갑상이라 한다.

"……으응? 쿠로세가 대체 뭔 소리를 하는 거냐. 왜 이누이의 이름이 나오지?"

"저기 말입니다, 진 선배. 선배는 창천기 같은 데는 안 나갑니까? 좋아할 것 같은데요. 최강이라는 말."

"……아. 6대 도장 이야기였나. 뭐, 나도 관심은 있다만, 나는 그저 공립 중학교의 부 활동 검도부 출신이라서 말이지. 나하고는 전혀 인연이 없는 곳이라는 생각만 했다."

그런 이야기는 됐고, 에사카가 오른손에 쥔 죽도의 아래쪽 부분으로 자기 어깨를 톡톡 두드렸다.

"내 마음속에서는 역시 전국 체육 대회가 제일이라서. 역시 부 활동으로 승리를 거두는 데 의미가 있겠지. ……올해야말로 슈스이(秋水)를 이겨서 전국 대회에 나가고 싶다. 어떻게든 꼭."

숨김없는 열의가 곧장 쏟아지는 터라 두 사람은 무의식중에 눈을 피하고 말았다.

"뭐, 일단 부원을 못 받으면 출전 인원을 다 채우기도 어려운 처지지만 말이죠. ……뭐해, 가자고, 슌. 문 잠가줘라. 빨리 안 가면 또 타치바나 선배한테 걷어차일 거다."

"아, 제발 좀! 무슨 여자 황제야? 학생회장이면서 너무 난폭하잖아……. 조금은 유키무라 선배를 본받아주면 안 되는 걸까."

키노사키 슌스케는 마지막으로 부실에서 나와 문을 잠갔다. 바깥으로 나왔더니 바람이 따뜻하다. 하늘에 흔들리는 벚꽃의 잎이 봄의 도래를 느끼게 했다.

키노사키는 봄을 무척 좋아했다. 유우와 같은 새로운 친구와의 만남도 있고, 고문 교사도 바빠지는지라 연습 때 자주 찾아오지 않는다. 편하니까 최고다. 휴식도 많고. ……그런 생각을 하던 때.

"아, 그나저나 아까 사사키 선생님을 만났는데 말이다. 다음 주 일요일 휴가는 취소라는군."

"어어, 리얼리?! 진짜요?! 대체 왜?!"

호들갑스럽게 외쳐버렸다. 옆쪽에 있던 쿠로세는 심지어 허공을 쳐다보며 기절했다.

"연습 시합이 잡혔거든. 우리 학교로 방문할 테니 괜찮겠냐고 저쪽에서 갑자기 연락이 들어왔다."

진짜인가, 유우한테 사과해야겠군. 난처한데—.

"상대는 여학교라더라."

전혀 난처하지 않아. 검도 좋아! 진짜 최고야!

"어디 학굡니까?!"

"……그게 말이다. 나도 영문을 잘 모르겠는데 놀랍게도 토오(桐桜) 학원이야."

말이 안 나온다. 이렇게 될 줄 알았어. 이게 다 쿠로가 검도 잡지를 읽은 탓이다.

"다음 주, 『눈보라(吹雪)』가 분다. ……그날까지 하다못해 좀 강한 녀석이라도 영입이 되면 좋겠다만."

× × ×

"그래, 미나카미. 미안한데 명찰은 다음 주까지 가져와줘라. 복장 검사는 넘어갈 수 있게 회장을 맡은 타치바나한테 미리 말해 둘 테니."

"알겠습니다. 으음, 여기는 복장 검사를 따로 하는군요. 전에 학교는 대충 넘어갔거든요."

"그런 것 같더라. 첫날부터 파카를 든든하게 껴입고 왔잖냐, 이 녀석아. ……아무튼, 미나카미. 뭔가 고민거리는 없고? 이제 막 전학 왔으면 이래저래 어려울 거야. 말만 하거라, 같이 의논해보자."

교무실 문을 나서기 전에 교사가 말을 건네며 미소 지었다. 그래서 유우도 부드럽게 미소로 답해줬다.

"감사합니다. 일단 스스로 해결해볼게요."

표정과 달리 의지는 단단하다. 괜찮아. 분명히 잘 해낼 수 있을 테니까.

유우는 결의를 새삼 다지고 교무실 문을 나왔다. 눈앞을 1학년 학생들이 지나쳐 갔다.

"부 활동 어떻게 할래?"

"일단 육상부 구경이나 갈까."

부 활동.

그 한마디가 유우의 뇌리에 가득 들어찼었던 「검도부!」라는 외침을 다시 재생시켰다.

그래, 검도. ―땀내 가득한 무도!

절대로 갈 곳이 아니었다. 다만 같은 반 학생 두 사람과 잘 지내기 위한 길목이기도 하다.

“어떻게 해야 하나. 무작정 약속하는 게 아니었어. ……그래도, 도쿄 안내가 걸렸는데.”

가서 구경만. 잠깐 이야기만. 이렇게 생각하면 슬쩍 가봐도 괜찮겠다는 생각이 들지만, 애당초 굳이 가까워지지 않는 게 현명한 행동인 것은 분명하다. 무시한 채 귀가해서 집안일이나 할까? 대뜸 약속을 내팽개치면 이후의 교우 관계는 어떻게 되지?

“으음. 방금 막 스스로 해결하겠다고 말한 참이고…….”

유우는 갈등을 되풀이하며 꾸물꾸물 계단을 내려갔다. 남쪽 교사의 1층 문을 나서자 오른편 전방에는 남문이, 왼편 전방에는 체육관이 보였다. 결단의 때다.

유우는 눈을 꾹 감은 채 3초간 고민하다가 끄덕 고개를 움직인 뒤 결심을 하고 오른편의 문으로 걸어가고자 했다.

다만 그 직전에 쓸데없이 좋은 유우의 눈이 체육관 앞쪽에서 팔짱을 끼고 고개를 갸웃거리고 있는 여학생을 발견하고 말았다.

“어, 뭔가 난처한가 봐?”

여학생이 고개 돌린다. 봄바람이 흔들고 가는 긴 흑발을 나부끼며.

유우의 머릿속에서 일순간 시간이 정지했다. ……예쁘다.

무의식중에 감탄이 나올 만큼.

"아, 저기. ……사실은, 맞아."

머리가 좋을 것 같다. 마치 모델 같은 아이다.

유우가 받았던 첫 번째 인상이었다. 신장이 자신과 비슷한 정도이니까 대충 170은 될 것 같다.

학교 지정의 스웨터 위로 보이는 넥타이의 색은 빨강이다. 아마 1학년 학생인 듯하다.

연붉은색 안경이 빛나는 여학생의 예리한 옆얼굴이 수심을 띤 색깔로 물들었다. 그것만으로도 어딘가 사람을 끌어당기는 매력이 있었다. 이성을 간질이는 입술이 말을 읊조린다.

"친구가 부 활동을 보러 가자고 자꾸 졸라서. 일단 알겠다고 대답은 했고……. 근데 사실은 별로 가기가 싫어. 그래서 엄청 망설여지네."

명확하게 여학생이 한숨 쉬었다. 이번에는 소리를 내서 오오, 유우가 반응했다.

"별일이네. 나도 완전히 같은 상황이었어. 전학 첫날이라 일단 힘내보자는 생각이었는데 뭔가 상황이 좀 어긋나는 바람에. 어떻게 할까 고민하는 중이야."

"아, 그랬구나. 같은 처지네. ……전학? 입학이 아니라?"

"응. ……아, 그렇구나. 명찰이 없어서 못 알아보는구나. 나는 2학년 미나카미."

여학생이 움찔 몸을 떨면서 안경의 안쪽 눈동자가 커다래진다. 이런저런 동작도 전부 모양이 사는 아이였다.

"서, 선배였나요? 죄송해요, 초면에 막 반말부터 해버렸네요."

"아냐. 괜찮아, 괜찮아. 됐어. 너는…… 후카세, 구나."

유우가 가슴에 달린 명찰을 보고 물었다. 응, 커다래서 아주 좋다.

"네. 후카세 시오리(深瀬史織)라고 해요. 후카세로 불러주시면 돼요. ……선배는요? 성씨랑, 이름이 어떻게 되세요?"

"유우. 미나카미 유우. 나는 유우라고 불러줘도 괜찮아."

얼마 전 치히로를 놀려준 생각이 나서 과감하게 장난을 시도해봤다. 다만.

"으음. 그런 건 사이좋아진 다음이 아니면 싫은데요. 죄송해요, 미나카미 선배."

전혀 동요하지 않았다. 치히로가 너무 약했던 건가. 이 아이의 난이도가 용모를 포함해서 높은 건가.

알 수는 없지만, 만만찮은 느낌이 들어 호감이 가는 아이였다.

"아냐, 사과하지 마. 이렇게 의사 표시가 확실한 사람은 좋아. 오히려 내가 사과해야지. 실없는 소리 늘어놔서 미안해."

깔끔하게 고개를 푹 숙여서 사과했다. 시오리의 눈이 동그래져도 아랑곳 않고 곧바로 말을 덧붙였다.

"체육관 앞에 서 있었다면 농구나 배구부에 가려는 거야?"

"……아. 맞아요. 제가 키가 크니까 되게 열심히 권유하더라고요. 나쁜 마음은 아니었겠지만요……."

"아닌데?"

"……그게. 원하는 게 『제』가 아니라 『키가 큰 사람』이잖아

이모티콘으로 대화를 종료하듯이 웃는 얼굴로 손을 흔든 뒤 도주를 위해 등을 돌린다.

그런데 꽉, 교복을 붙들렸다. 흠칫 놀라며 돌아선다.

"자, 잠깐만요. 어디 가려고요?"

"……지, 집에 갈 거야. 난 싫어."

"같이 가주는 거 아니었어요? 너무해, 같이 가요. 어차피 한가하죠? 이렇게 인연이 닿아 만났는데 아깝잖아요!"

아까와 분위기가 확 달라져서 버림받은 강아지 같은 눈빛으로 쳐다보는지라 유우는 흔들렸다. 이 여자애, 뭐지. 몸동작 하나하나가 고혹적이라서 일부러 하는 짓인가 의심이 든다. 솔직히 곧장 아무것도 생각하지 않고 따라가주고 싶었다. 다만 유혹에 넘어가면 끝장, 기다리는 것은 검도다.

"……미안. 아쉽지만 역시 사양할게."

아무것도 좋을 게 없기 때문에 더는 가까이 하지 않겠다. 이미 결정했다.

"……너무해."

그런데도.

"도망치는, 거예요? ……선배."

스스로 결정했는데도.

그 말만큼은 도저히 가만 지나치지 못한다. 꽉, 어금니를 악물며 하늘을 본다. 저곳에는 아무도 없건만, 누군가가 지켜보는 것 같아서 못 견디겠다.

"후카세. ……교복, 이만 놔줄래."

"앗! 죄, 죄송해요! 저기, 아까부터 제가, 자꾸 고집만 부렸죠."
"아냐, 괜찮아. 고집 좀 부려라 말했던 사람은 나였잖아."
쓴웃음을 지었다. 그리고 마음속으로 혼자 변명했다. 어디까지나 후배와 사이좋게 지내기 위해. 새로운 자신이 힘껏 노력하기로 결정한 목표니까 딱 이번만 노카운트. ……부디 용서해주면 좋겠다.
"알았어. 졌다, 졌어. 구경만 할 거다? 후배님."

× × ×

"견학 온 녀석들 전부 다 입부 신청서를 쓰게 만들자. 괜찮아. 마도카의 가슴을 만지게 해주면 한 방이야."
"하나도 안 괜찮거든?! 내 가슴은 신규 회원한테 주는 10연속 뽑기가 아니거든?!"
"떽떽 시끄럽네. 그냥 가슴인데 딱히 상관없잖아. 닳는 것도 아니고."
"닳아! 이것저것 닳는단 말야! 마토이가 자기 가슴 만지게 주면 되겠네!"
"엥. 내 가슴은 비싼데. 너처럼 크지도 않고. 역시 쓸데없이 남아도는 것부터 나눠 주는 게 맞지 않을까?"
"사람 가슴을 꽝 취급하지 말아줄래! 절대 좋아서 남아도는 게 아니거든?!"
부 활동 소개가 끝난 뒤 연습 전 검도장.

여자 검도부 부부장, 유키무라 마도카(幸村円香)는 분개하고 있었다. 하얀 도복의 오른쪽 어깨에 한 번 묶어서 올려놓은 세미 롱 머리카락이 분노로 휙휙 흔들린다. 비누의 향이 은은하게 풍겼다.

"아~ 진짜~ 비싸게 굴지 마, 얄미운 몸뚱이 얻다 쓸 건데. 수단을 가릴 상황이 아니거든? 일단 부원을 못 받으면 전부 헛짓이란 말이야. 남녀 최소한 한 명씩, 특히 여자! 부 활동이 멸망하겠어!"

여자 검도부 부장, 타치바나 마토이(立花纏)는 장의자에 앉아서 거만하게 다리를 꼬고 죽도의 끝부분으로 마도카를 가리켰다. 여우를 닮은 단정한 얼굴이 불쾌함을 띠며 비뚤어지자 위압감이 쏟아진다.

다만 마도카에게는 효과가 없다. 검 끝을 붙잡더니 생긋 웃었다.

"전부 틀림없이 마토이 때문이거든? 여자가 안 오는 이유 말이야. ……반성하고, 고쳐야겠지?"

"……무, 무슨 소리를 하는 거야. 이렇게 멋진 미인이 부 활동을 같이 해주는데? 입부자가 안 오는 이유는 검도랑 너희 때문이겠지!"

"어~? 그런가, 그렇구나아. 미인 회장님이 같이 있어주는 걸. 그래 그래, 전부 우리들 책임이야. 도장의 거울 아저씨도 세상에서 가장 아름다운 사람은 마토이라고……. 어라, 어라? 이상하네~. 엄청나게 밝은색 머리털이 비치는데요. 그냥 착각이지? 외모가 이렇게 튀면 아무도 가까이 못 다가오는걸. 머리카락 끝 펌도 분명 환상일 거야~. 자기 성격처럼 비비 꼬인 머리카락이 진짜면 말이 안 되잖아~. 맞지? 교칙의 화신, 『자칭』 미인 학생회장님?"

마도카의 압력에 몸을 빼내며 마토이가 덜덜 떨었다. 또 음험한 너구리 기질이 도져버렸다.

"……사, 사람, 외모가 전부는……."

"외모는 알맹이의 가장 바깥쪽이잖니? 당~연히 마음이 예쁜 회장님은 외모도 잘 가다듬었겠지?"

"………………………………시끄러워."

"어라라~? 왜 이럴까, 마토이가. 기운이 없네. 서방님 불러다가 달래주라고 할까~?"

"서, 서방님은 또 뭐야! 에사카는 상관없잖아?!"

"어라, 어라~? 아무도 에사카 군 얘기는 안 했는데요~? 어머, 어머나, 어째서? 어째서 그런 생각을 한 걸까? 그나저나 요즘 진도는 얼마나 뺐어? 얼른, 가르쳐줘라. 얼른."

마토이는 잠시 새빨개져서 당하기만 했다. 하지만 결국에 폭발했다.

"끄앙————! 시끄러웟! 때려줄 테다!"

"꺄~♪ 살려줘, 치히로~♪"

마도카는 마토이를 피해 도망치다가 도장 구석에서 이야기하고 있던 2학년 학생들 틈으로 뛰어들었다. 그중 치히로를 딱 골라서 망설이지 않고 방패로 쓴다.

"앗? 뭐여, 뭐여? 잠깐, 끌어들이지 말아줄래요, 유키 선배?! 쿠로 짱, 도와줘!"

"동정은 해줄 테니까 돈 내놔."

"왜 겨우 동정해주는 거에 돈을 챙기는 거여! 히이이잇, 아픈 거 싫어엇! 키놋치이!"

"칫히~ 너 죽으면 유우가 들어와도 플러스마이너스 제로잖냐~. 어휴, 빈자리는 어떻게 채워줄 거야?"

"바보! 먼저 날 살려야지! 내가 나자빠져서 못 일어나겠네! 진짜 최악이라니까 2학년 콤비! ……으으. 유우 군, 빨리 좀 와줘어!"

그렇게 잠시 다 같이 떠들던 때에 도장 안쪽의 용구실 문이 열렸다. 죽도를 정리한 뒤 에사카가 드디어 돌아왔다.

"좋아, 슬슬 몸풀기를 시작하자고. ……니노미야는 왜 너덜너덜해졌지?"

"내가 제일로 알고 싶거든요, 이유를! ……아, 부장님. 하짱, 위원회 때문에 많이 늦는다고 아까 말해줬어요."

여기요~ 손을 들고서 이 자리에 없는 마지막 2학년 부원, 후지노 하즈키의 부재 이유를 알린다. 에사카가 알겠다며 고개를 끄덕거리자 마도카가 두리번두리번 주위를 둘러봤다.

"어라, 야시로 군은 어디 갔어? 1학년은 이미 수업 끝났을 텐데?"

"용구실에 있다. 죽도 주머니의 내용물을 고등학생용으로 바꿔 넣는다더군. ……그나저나, 1학년이 문제군. 어떻게든 부원을 더 확보하고 싶은데. 우선 출전 인원을 못 채우면 저번 성적을 뛰어넘겠다는 말 따위 헛된 꿈이잖나."

검도의 단체 공식전은 5인제다.

최소 인원으로 세 명이면 출전 가능하다지만, 못 채운 자리는 두 판짜리 부전패가 된다. 이것은 상당히 큰 핸디캡인지라 일단 인원을 다 못 채우면 제대로 시작할 수 없다.

후지노미야 고등학교 검도부는 현재 남자가 네 명, 여자가 네 명이다. 마토이의 눈동자가 화르르 불타올랐다.

"몇 번이든 말해줄게. 기필코오오오, 최소한 남자 한 명이랑 여자 한 명은 데려올 것. 특히 경험자는 죽여서라도 입부시키는 거야! 알아들었지! 에사카!"

"……그래, 잘 안다. 자꾸 떠들지 마라. 애당초 말이다, 네가 이렇게 애들 겁주는 외모를 안 바꾸니까……."

"네가 할 말은 절대로 아니거든!"

그런 검도부의 상황을 알 방법도 없는 터라 후카세 시오리가 드디어 검도장의 문을 열었다.

"아, 안녕하세요. ……저기, 검도부에 계신, 분들인가요?"

일순간의 정적. 뒤이어 열광적인 반응이 터져 나왔다.

"우와앗, 귀여운 아이다아! 꺄~! 부, 부부장을 맡은 유키무라예요. 견학 왔나요?!"

"네, 네에."

"……나보다 좀 귀엽잖아. 뭐지, 기쁜데도 기뻐할 수 없는 이 마음은. 환영하기 싫어지는데."

"너는 10초 전 자신을 때려주고 와라. ……부장, 에사카다. 고맙군. 이런 누추한 곳까지 굳이, 정말 잘 와줬다."

한껏 환대를 받는 시오리를 보고 유우도 뒤를 따랐다. 도장 안쪽으로 얼굴만 쏙 내민다.

"오옷, 유우 군! 진짜로 와줬구나~!"

"유우, 넌 진짜로 착한 녀석이다~. 속여서 이런 곳까지 불러낸 내가 나쁜 놈이야!"

곧장 키노사키와 치히로가 희색을 가득 띠며 맞이해준다. 은근히 기뻤다.

"괜찮아. 구경만 하는 약속이었잖아."

오길 잘했다. 유우는 솔직하게 생각을 했다.

견학용 장의자에 앉으라며 권해줬지만, 지금은 두 반 친구와 이야기를 나누고 싶다. 도장에 발을 들여놓는다.

두 다리를 맞춰서 예각 10도 정도로 인사. 물론 완전히 무의식중에 나온 동작이었다.

"……헛."

식은땀이 등줄기를 흘러 떨어진 다음에야 유우는 뒤늦게 자신이 저지른 실수를 알아차렸다.

도장에 들어올 때 예를 갖춰라.

떠날 때는 정면에 등을 보이지 말고 예를 갖춰라.

그런 태도가 몸에 깊숙이 밴 이유는 이 세상에 단 하나뿐이다.

교실에서 만나도 도장에서 만나도 치히로는 희색만면에 기운 넘치는 말랑말랑 달짝지근 캐러멜이다. 그 뒤쪽에서 시큰둥한 내색의 쿠로세가 절절하게 유우의 의견을 긍정하고 있었다.

"동감이다. 동감밖에 할 수가 없구나……. 기본적으로 이미 끝장이란 말이지, 검도라는 게."

"애당초 때리고 반성, 얻어맞고 감사라는 게 무슨 황당한 초M 짓이냐고 따질 문제야. 이미 끝장이 났지."

"변호를 할 근거가 전혀 없군. 검도에 빠지는 녀석은 정상이 아니다. 여름에는 덥고 겨울에는 춥지. 게다가 맨발이잖나. 제정신으로 할 짓이 못 된다."

쿠로세에 이어서 남녀 부장을 맡은 마토이와 에사카도 지긋지긋하다는 표정을 짓는다.

"어? 저기, 잠깐만요. 여러분, 검도부잖아요? 좋, 좋아서 하는 운동이잖아요?"

혼자 시오리만 당황하는 모습이다만. 부부장 마도카가 시오리의 어깨를 톡 두드려주며 고개를 흔들었다.

"후카세 쨩, 진정하자. 검도부에 속한 사람이 검도를 좋아할 리 없잖니?"

"아뇨 아뇨 아뇨 아뇨?! 도대체 무슨 말씀인가요?! 갑자기 말이 이상해졌는데요! 저, 저는 1학년이잖아요? 뭔가 멋지다는 걸 알려주셔야죠! 권유 방법이 되게 이상한데요!"

이상하지 않다. 오히려 친절하다.

유우의 속마음을 키노사키가 대변해줬다.

"그야 들어와주면 기쁠 테지만, 일단은 진짜 실상부터 잘 알려줘야지. 금방 관둬버리면 아무 의미가 없잖냐. 애당초 말야~ 열심히 해 봤자 인기에 딱히 도움도 안 되거든? 구기 종목처럼 봐주는 사람도 없고, 소리나 꽥꽥 지르고!"

"바보, 키놋치니까 인기가 없는 거지. 나를 보슈!"

"인기 없잖냐!"

"아앗, 이거야! 이거, 이거! 이런 취급을 기다렸던 거여! 유우 군도 보고 배워!"

"그래도 칫히가 너무 귀여워서 난 거짓말을 못 하겠는데……."

"그러니까, 그런 소리는 제발 관두라니까!"

새빨개져서 날뛰는 치히로의 공격을 웃으며 피한 유우에게 에사카가 말을 건넨다.

"검도부는 어떤가, 미나카미. 지옥의 길동무는 많을수록 좋지."

"……으음. 검도 안 좋아해서요. 이젠 지긋지긋합니다."

앞으로 다가드는지라 유우는 무의식중에 한 발짝 물러났다. 그러자 추가 공격을 펼치듯 마도카가 또 바짝 다가붙었다.

"그런 말 하지 말고! 그게, 아깝잖아! 경험자 맞지? 나는 엄청나게 부러운데! 하자, 검도! 혼자만 도망치는 건 치사해!"

"도, 도망……. 아, 아뇨! 정말로 저는……."

대충 애매하게 거절을 하는 태도로 버티던 중에 혀 차는 소리가 한 번 들렸다.

소리가 난 출처를 좇아가자 『야시로』라고 이름이 쓰인 갑상을 착용한 남학생이었다.

"의욕이 없는 녀석을 받아 봤자 소용없잖습니까. 경험자여도 어차피 약하겠죠. 싫다는 녀석인데 선배들도 굳이 붙잡지 마십쇼."

뾰족한 송곳니도 어우러져서 뭔가 굶주린 개 비슷한 녀석 같았기에 유우는 약간 재미있었다.

1학년의 기대주, 야시로 미사오(八代操).

성격처럼 뾰족한 머리를 벅벅 긁고는 냉수기를 찾아 도장 바깥으로 나가 사라졌다. 학년이 다른 사이라면 다소 시건방진 말투도 귀여워 보인다. 유우가 떠나가는 야시로를 빙긋빙긋하며 쳐다보는 반면에, 같은 나이인 시오리는 잠자코 흘려보낼 수가 없었나 보다. 안경을 척 들어 올리며 눈을 번뜩인다.

"……건방지네요, 저 녀석. 분명 인기도 없을 거예요."

무엇이 재미있었는지 말을 듣자마자 마토이가 옆에서 폭소를 터뜨렸다.

"그래그래, 너 성격 대충 알겠네! 잘 왔어, 검도부에!"

"시오링, 전형적이구나~. 자주 군소리 더 붙이지 말라는 핀잔 듣지 않어? 나도, 나도!"

"치히로는 군소리 정도로 끝나지가 않잖니? 아, 그래도 여자애 친구는 적을 것 같아, 시오리 쨩."

"갑자기 무슨 소리예요! 아니거든요. 진짜로, 맞…… 맞네……? 어라……?"

진실을 깨닫고 덜덜 떠는 시오리를 보다 못하고 부장 에사카가 도움의 말을 건넨다. 평소에 여자아이들과 가까이 지내

분 좋았다. 도장의 창문에서 불어온 봄바람이 카이세이의 뺨을 어루만진다.

바깥에서 하는 부 활동은 분명 공기가 기분 좋은 시기일 테지. 샘나서 못 견디겠다.

카이세이는 낮잠이라도 자듯 가지런한 쌍꺼풀눈을 감았다. 최근에 자라 내려온 앞머리가 살짝 거추장스럽다. 이발할 짬이 안 날 만큼 연습에 찌들어 살았다. 그 덕분에 모처럼 화창한 봄을 맞이했는데 산책도 즐긴 적 없었다.

"재미있지가 않네. 검도가……."

춘하추동, 카이세이의 검도에 대한 마음은 언제나 지루함뿐이다.

"시끄럽다, 바보 자식아! 실컷 놀아 놓고서 뭔 소리를 지껄이나!"

부주장(副主將), 하시쿠라 타카히토(橋倉崇仁)에게 걷어차였다. 갑과 갑상을 풀고 그저 도복 차림이었던 터라, 몸뚱이에 제대로 꽂혀버렸다.

"……아파. 학교 폭력입니다, 하시쿠라 선배."

"네가 할 말이냐! 아무한테나 폭력을 막 휘두르는 놈이 말이야. 애들 마음 좀 배려해줘라, 이 살육 머신아. 우리한테 괜히 일거리 늘려주지 말라고. 누가 저 녀석들 돌봐주는 줄은 알아야지? 대머리 타키모토도 망할 꼬맹이 카게시타도 실 끊어진 인형처럼 빌빌거리잖냐! 너 말이다, 같은 부원의 자신감을 박살 내서 어쩌자는 거야?"

짙은 갈색의 머리카락을 벅벅 긁으며 하시쿠라는 짜증스레 얼굴을 구겼다. 서구의 피가 절반 섞인 용모는 무척 단정하기에, 어떤 표정을 지어도 사람을 끌어당기는 화려함이 있다. 연습 장소는 별개이지만, 여자 검도부에도 이 사람의 팬은 많다고 한다. 실력도 물론 정평이 났다.

"어쩌기는요, 어떻게 하자는 게 아닌데요……. 배려? 뭘 말입니까?"

"너무 천진난만하게 갖고 놀면서 사람을 쳐부수지 말란 소리다, 검도 별 인간아."

"……으음."

카이세이는 몸을 일으켜서 팔짱을 끼고 고민해봤다. 고개를 갸웃거렸다.

"저는 연습도 안 되고 말이죠. 따지고 보면 약한 녀석의 잘못 아닙니까?"

"……그래그래, 삐보빠뽀. 또 별에서 전파 수신한 거냐. 못해 먹겠네~."

어깨를 으쓱거리며 웃음 짓는다. 의외였다. 다만 호의적인 웃음이라는 생각은 든다. 조금은 반성해야 될까. ……그런데, 무엇을? 무엇인가 잘못된 말을 꺼냈던가?

고민하는 중 또다시 하시쿠라가 웃었다.

"너무 노골적이라고, 이 자식아. 안 들키게 신경 좀 써라. 도대체 결정타를 전부 다 좌면 허리 치기만 쓰는 게 무슨 악랄한 짓이냐. 자존심 박살이 나는 수준의 얘기가 아니라고."

좌면 허리 치기. 그 기술의 이름을 듣고 카이세이의 눈은 반짝이기 시작했다.

"가장, 좋아하는 기술이거든요. 멋있잖습니까. 잔심(殘心)#8까지 포함해서 가장요."

카이세이가 땀에 젖은 수건을 오른손에 들고 휘둘렀다.

높은 정점에서 오른쪽을 향하여 호를 그린다. 또한 명중하면 몸통을 가르는 듯이 자신에게 바짝 잡아당긴다. 확실하게 베어 죽이기 위해.

"뭐~ 그래서 당한 녀석은 아예 평생토록 잊질 못하지만 말이다. 나도 허리 때리는 기술은 가장 좋아한다. 가장 강력한 기술이니까. ……그러고 보니, 후부키 쨩도 피해서 허리 치기가 특기 아니었냐?"

"왜 얄미운 이름을 꺼냅니까. 기운 빠지니까 진짜로 좀 관두십쇼……."

또 카이세이의 얼굴에 노골적으로 구름이 낀다. 하지만 그 이상으로 하시쿠라가 열불을 냈다.

"이 자식은 아주 배가 불렀어! 우리 집 고릴라 같은 누나랑 바꿔줘라. 아니, 소개부터 좀 해줘!"

"그런 녀석쯤이야 마음대로 데려가셔도 됩니다. 오히려 제가 부탁을 하고 싶은데요. ……뭐가 검희라는 거야. 카구야 공주처럼 억지나 마구 부리는 녀석인데."

#8 잔심(殘心) 검도에서는 유효타를 가한 이후에도 마음을 놓지 않고 상대를 견제하는 자세를 취하는데, 이를 잔심이라고 한다.

공주님의 소원은 하나. 자신의 패배. 그렇기에 여러 사람들과 대전해왔다.

『용의 거처』라고 불리는 이스루기 검우회에서 온 사람도, 그리고 『악귀가 사는 산』이라고 불리는 어검관에서 온 사람도. 다만 지금의 6대 도장에는 소원을 이루어줄 사람이 어디에도 없었다.

"하시쿠라 선배도 도전하겠습니까. 못난 여동생의 조건에."

"오? 진짜냐? 나는 꽤 하이 스펙인데~? 클리어해도 되는 거냐?"

"제발요. 『오빠보다 강한 사람』이라던데요."

자신은 이미 포기했다. 그러니까 굳이 도전하지는 않기를 바란다.

그렇게 넌지시 뜻을 전한 뒤 카이세이는 도장에서 나가고자 했다. 다만 도중에 한 가지를 떠올렸다.

"맞다, 선배. 안 들키면 해도 되는 겁니까? 방금 전 배려."

"엉? 괜찮지. 사실 진짜로 따져보면 결국 얻어맞은 놈 잘못이잖냐. 실제로 나한텐 못 때렸지?"

카이세이는 발끈했다. 오늘 유일하게 기술을 성공시키지 못했던 남자를 노려봤다.

"좌면 허리 치기만은 두 번 다시 안 맞아준다~ 에베베~. ……게다가 말야, 너, 이거 시합에서는 한 방도 못 때렸잖냐. 실용화도 못한 기술에 맞아주겠냐고. 너무 선배를 얕보지 마라."

사실 때리지 못했던 것이 아니었다. 지금까지 줄곧 때리고 싶지 않았을 뿐이다.

다만 지금 뒤늦게 떠들어봤자 추한 억지가 된다. ……따라서.

“그러면 다음에 하시쿠라 선배를 때려드리죠. 좌면 허리 치기로.”

“어엉? 할 수 있으면 해봐라. 그럼 뭐, 내기라도 할까?”

“그러시죠. ……만약 기술이 들어가면, 어떻게 할까. 그때는…….”

분명 미련도 다 잘려 나갔을 테니까.

“검도 관둬야겠네. ……그러면 다음 연습이 있어서 먼저 갑니다. 수고 많으셨습니다.”

카이세이는 예를 갖춘 뒤 도장에서 나갔다. 그리고 부실로 돌아가는 도중 침음하며 고민했다.

아까 혼났던 이유 이상으로 알 수가 없는 영원의 수수께끼에 대해.

“다들 열렬하다니까……. 그런 여동생이 뭐가 좋다는 거야?”

× × ×

“에취!”

누가 자신을 흉본 탓이다. 분명히 오빠다. 죽어버려.

연습 때 겪은 불완전 연소도 영향이 남아서, 이누이 후부키(乾吹雪)는 삐죽삐죽 불퉁거리는 얼굴이다.

1년 전 명고문을 맞이한 뒤 단박에 강호 고교로 이름을 올린 사립 아가씨 학교, 토오 학원의 훈련에도 후부키는 만족할 수 없었다. 검도장에서 정좌를 한 후부키가 오른손만 움직여 대충 갑과 갑상을 풀어낸다. 연습을 위해 포니테일로 묶어 두었던 머리카락도 똑같이 풀어 헤쳤다.

까마귀의 젖은 깃털 같다는 표현이 딱 들어맞는 윤기 나는 흑발이 도장에 흩날린다. 이름처럼 새하얗고 고운 피부와의 색채 대비도 어우러져서, 도장에 남아 있었던 모두가 눈을 떼지 못했다. 아담한 가슴, 애절함의 감정을 되새기게 하는 아리따운 목덜미. 또한 너무나 가지런한 작은 얼굴. 동성인 토오 검도부의 부원들 누가 보아도 범죄 수준으로 귀여운지라 무의식중에 가까이 다가가고 싶어진다. ……다만.

"부족해. 이래서는, 아예 상대가 안 되잖아. ……장난하는 거야?"

온몸에서 쏟아지는 살기가 누구에게도 접근을 허락하지 않는다. 날카로운 시선에 포착되면 끝장, 문답 무용으로 베여버릴 것 같았다. 후부키에게 말을 붙여보려던 신입생들이 거미 새끼가 흩어지듯 도망쳤다.

그래도 같은 학년인 미토 아이리(三刀愛莉)는 그런 살기에도 일절 개의치 않았다. 거리낌 없이 후부키의 뒤로 남몰래 다가가서 찰싹~ 머리를 때렸다.

"……아파. 무슨 짓이야, 아이리."

"네가 바보거던요~. 이 만년 욕구 불만아~. 뭐가 부족하다는 게요~."

동정의 허세 비슷한 말을 늘어놓는 후부키 덕에 아이하라는 웃었다. 주머니에서 열쇠를 꺼내 들더니 트렁크를 연다. 그때 후부키가 고개를 갸웃거렸다.

"선생님, 이거 뭐예요? 하나씩 더 많네요. 선생님 거?"

몹시도 낡은 죽도 케이스와 호구 주머니가 언제나 보는 아이하라의 애용품 옆에 떡하니 놓여 있었다. 어검(御劍, 미츠루기)이라고 쓰여 있으니까 아이하라가 수련했던 도장과 관계된 물건일 텐데 사용하는 모습은 본 적이 없었다.

"음음~. ……저건 용사의 장비거든. 선생님은 착용할 수가 없어."

들어본 적 없는 아이하라의 목소리에 고개 돌렸다가 후부키는 흠칫 놀랐다. 마치 그녀가 겁먹은 소녀처럼 보였기에.

"도대체 무슨 낯짝으로 다시 일어나라고 말할 수 있겠어. 나는 아무것도 못 했는데 말이야."

따뜻해서 학생에게 인기가 많은 선생님. 엄격하고 무자비해서 모두들 너무 싫어하는『살인녀』.

지금의 아이하라는 둘 중 무엇에도 들어맞지 않았기 때문에 후부키는 말을 잃어버렸다.

"……그런 표정은 짓지 말자~ 이누이 양. 선생님도 평범한 스물네 살이잖니. 아직도 한창 어린애이고 망설임도 많은 거야."

"엑. ……자, 잘은 모르겠는데요. 스물네 살은 어른이 아닌가요?"

"아핫. 선생님도 같은 생각을 했어. 이누이 양만 한 나이에는 말이야~."

수수께끼의 호구를 앞둔 채 아이하라가 팔짱을 끼고 있었다. 아무래도 무엇인가를 망설이는 것 같았다.

"……있잖아, 이누이 양. 묻고 싶은 게 있는데. 고문 명령이야."

"뭔가요?"

"선생님, 좋아?"

"세상에서 두 번째로 싫어. 진짜 싫어. 내 즐거운 여고생 생활을 돌려줘요."

즉답한다. 그딴 훈련을 마구 시키는 인간인데 어떻게 좋아할 수 있을까.

"그래도. ……즐겁기만 하고 끝날 바에야 훨씬 좋아요. 그것만큼은 감사해요."

"응. ……응. 좋아. 이누이 양이라면 이렇게 말해줄 줄 알았다네~♪"

평소와 같은 분위기로 돌아왔다. 호구를 다 싣고 트렁크를 닫은 뒤 후부키에게 돌아선다.

짝! 아이하라는 두 손으로 자기 뺨을 때렸다.

"좋아, 출발하자. 타렴."

"네, 선생님."

이 사람이라면, 뭐, 따라가도 괜찮다. 그런 생각이 드는 얼굴이었다.

아이하라가 엔진의 키를 돌렸다. 불붙는 듯한 소리에 이어서 말을 꺼낸다.

"응, 조금. 그래도 싫진 않아. 느긋해. 토오는 규칙이라든가 되게 답답하니까."

"어머, 고마워. 학생회장으로선 기쁜 말이네. ……으음. 이누이 양, 진짜 귀엽구나~."

학생회장이라는 단어에 후부키의 의식이 휙 날아갔다.

어, 농담이지? 진짜로? 후부키에게 수많은 문화 충격이 들이닥쳤다. 특히 낯가림을 알지 못하는 이 거동. 처음 만나는 사이인데 자신을 쓰다듬거나 뺨을 잡아당기거나.

이 사람, 이상하다.

"타, 타치바나 씨, 이상해."

"어머, 어째서?"

"왜냐니, 내가……."

무섭지 않아? 묻고 싶어졌다. 일단은 검희라고 불리고 있는 처지다. 귀찮은 남자가 못 다가와서 도움도 된다지만, 동시에 다른 학교의 여학생들도 가까이 오지 못하게 된다. 그런 게 보통이었다.

"내가 뭐? 귀엽잖니? 응, 맞아~. 이 기회에 안 만지면 손해인걸."

콩, 이마를 가볍게 찌르는 손가락.

얼굴을 들어 올리자 타치바나의 장난꾸러기같이 미소 띤 얼굴이 보였다.

"요런 아이를 흠씬 때려줘도 용서된다는 게 검도의 장점이야."

아앗. 나, 이 사람 좋아.

후부키의 꼬리가 빙빙 흔들렸다.
"후부키라고 불러줘, 타치바나 씨. 꼭 대장으로 나와. 제대로 죽여줄게."
"응. 마토이라고 불러. ……아, 정말. 진짜 귀엽네. 있지, 후부키는 남친 있어?"
"없어. 귀찮아. 마토이 씨는?"
"유감이지만 나도 지금은 없네. 이런 미인을 잡졸한테 팔아넘기는 건 아깝잖니?"
끄덕끄덕 후부키는 고개를 움직였다. 나도. 나도 강한 사람이 아니면 무리니까.
그렇게 장난치던 중 아이하라와 함께 에사카가 이쪽으로 돌아오는 광경이 보였다. 저 사람도 이런 느낌이려나?
두근두근하며 기다리는데 마토이가 불쑥 머리에 두 손을 올려놓았다.
"저, 저기, 후부키. 쪼~끔만, 마음에 잘 기억해 두면 좋겠는데 말이야?"
"응. 뭔데?"
"………………………………훔쳐 가면, 안 된다?"
어쩌지, 이 사람 너무너무 좋아. 집에 가져가도 될까? 어리광 부리듯 후부키가 먼저 잠시 안겨 들었다가 전기가 치달리는 듯한 느낌에 급히 떨어졌다. 왼쪽 발뒤꿈치를 세워서 휙 회전한 뒤 흑요석 같은 눈동자를 번쩍 팽창시키며 막 닥쳐드는 탄환을 포착한다. 얼굴 앞쪽에 왼손을 들어 올리며 충격에 대비— 왔다!

척!

"……아파. 열쇠를 위쪽에서 던지지 말아주세요. 난폭함에도 정도가 있죠."

"잘 잡았으면 된 거잖아~♪ 이누이 양, 차에서 호구 꺼내와. 나중에 선생님도 갈 테니까 차 키는 그냥 꽂아 놓고. ……그리고, 또 하나."

아이하라의 음성이 바뀐다. 얼마 전부터 그 호구의 이야기를 할 때면 계속.

"『그것』도 잊지 말고 가져와주렴. 부탁할게."

후부키는 끄덕 고개를 움직인 뒤 이제야 연습에 들어갈 수 있다, 남문 앞쪽에다가 세워 둔 차가 있는 곳으로 뛰어갔다. 곧장 뒤쪽으로 돌아 들어가서 트렁크를 열었다.

호구 주머니는 셋. 죽도 주머니도 셋. 평범하게 생각하면 두 번 나눠서 옮겨야 할 텐데, 글쎄, 어떻게 할까. 우선은 문제가 되는 이 수수께끼의 호구부터—.

상자 안쪽에 몸을 들여놓는 후부키는 아직 아무것도 알지 못한다.

자신이 손에 쥔 물건이야말로 오래도록 찾아 헤맸던 희망의 빛이라는 사실을.

× × ×

또한 유우 역시도 자신을 기다리고 있는 만남을 알 수 없었다.

같은 시간에 유우는 학교와 가장 가까운 전철역에서 남문을 향해 걸어오고 있는 도중이었다.

전철 안에서 우연히 만난 시오리와 함께.

"일요일에도 나온다는 게 기특한데. 성실하구나. 역시 안경을 쓰고 다니면 의무에 약해지나 봐?"

"남의 안경을 비즈니스처럼 말하는 건 관둬주세요! 이건 장식품이 아니라 진짜 안경이라고요! 아니면 직접 써보실래요? 바로 어지러워서 토할걸요. 어서, 어서요!"

"아~ 알았어, 알았어. 진짜 안경이 맞아. 걷는데 붙지 마."

자꾸 들러붙는 시오리를 귀찮다, 귀찮다 하며 뿌리친다. 그러자 시오리는 의외라는 듯이 눈이 휘둥그레졌다.

"……뭐야? 갑자기 굳어져선. 집에 가려면 지금 돌아가라?"

"지, 집에 안 가요! 자기들끼리 막 흉이나 보는 운동이면 반대로 더 보고 싶어지는걸요!"

보통은 아니었다. 이 아이는 역시 검도가 잘 어울리는 청개구리다.

"……이런 반응을 보는 게 처음이기도 하고. ……그런데 뭔가 쌀쌀맞지 않나요?"

"당연하잖아? 후카세하곤 적절하게 거리를 둬야 하거든. 넌 위험하니까."

"자, 잠깐만요! 왜 저를 지뢰녀처럼 생각하는 거죠?"

발끈하는 모습이 연하다워서 절로 미소가 나온다. 그래도 이 아이에게는 역시 지나치게 깊이 다가가지는 말아야 한다.

"왜냐하면 너, 실력이 금방 좋아질 것 같단 느낌이거든. 그러니까 싫어."

"……왜죠. 가, 강한 여자애는 싫어요?"

"아니? 싫지 않아. 강한 사람은 아주 좋아해."

유우는 진심에서 나온 말을 입에 담았다.

"어딘가에 있다면 꼭 만나보고 싶은데. 강한, 여자애."

그 만남은 갑작스럽게 찾아왔다.

문 근처에 세워 둔 차의 트렁크가 뒤뚱뒤뚱 흔들리는 광경이 보였다. 이상하다는 생각이 들어 가까이 다가갔는데 근처까지 도착한 순간에 움직임이 멈췄다. 동시에 유우의 마음속 시간도 멎는다.

반짝반짝 빛나는 미소녀가 안쪽에서 기어 나왔기 때문이다.

몸에는 세 개의 호구 주머니를 메고, 세 개의 죽도 주머니를 품에 안아서 들고 있었다. 이토록 검도 장비가 잘 어울리는 아이는 본 적이 없었다. ……어째서지. 그냥 지나칠 수 없다.

유우는 소녀가 멘 호구 하나를 향해 휘청휘청 빨려 들어갔다.

× × ×

찾아 헤매다가 드디어 발견했다. ……호구와 죽도를 한꺼번에 옮길 수 있는 최적의 자세!

"……영차. 다 들었어……."

후부키는 검도장에서 힘을 짜내듯이 굳세게 한 발짝 내디뎠다.

곧바로 비틀비틀 몸이 흔들린다. ……괜찮아. 이렇게 쭉 버텨서 자기 힘으로 옮길 수 있다.

"아니, 뭐야. 뭔데. 못 옮긴다고! 기다려! 걷지 마, 멈춰! 위험하잖아!"

뒤쪽에서 불쑥 다가온 수수께끼의 남학생에게 속절없이 자세가 무너졌다. 죽도 주머니를 전부 빼앗겨버렸다. 허를 찔리다니. 단련이 부족하다. ……아무튼 간에.

"뭐야. 너, 누군데. 돌려줘."

허술하고 약해 보인다. 얼굴은 잘생겼어도 거슬린다.

후부키가 알지 못하는 사람의 갑작스러운 접촉에 개처럼 어금니를 드러냈다. 빼앗긴 셋 중 둘을 반쯤 덤벼드는 듯한 기세로 다시 탈환했다.

"어어, 이 녀석! 이러다 넘어진다고! 토오 학생이지? 혼자 이렇게 많이 옮기려면 힘들잖아. 도와줄게. ……아. 나는 미나카미 유우."

"몰라. 안 물어봤어. 빨리 돌려줘."

"되게 난폭하네! 네가 이름 물어봤잖냐?! 아무튼 이리 넘겨라."

"싫어. 혼자서도 괜찮아. 그래, 나잖아. 믿어."

"이렇게 비틀거리는데 뭘 믿으라는 거야! 아, 진짜, 도저히 못 봐주겠네. 절대 안 돌려준다!"

"……저, 저기, 선배님들. 진정하죠. 여기에 세 명이 있고, 가는 곳 전부 똑같잖아요. 셋으로 나눠서 들면 그만인데요. 그게 가장 합리적이에요."

옆에서 불쑥 나타난 머리가 좋아 보이는 미인을 보고 본래 동글동글했던 후부키의 눈이 더욱더 똥그래졌다.

예쁘다. 호리호리하고 몹시 어른스럽다. 그런데, 존댓말? 설마 이런 생김새에 연하인 거야? 거짓말이지…….

도장에서는 한 걸음도 물러나지 않는 후부키가 무의식중에 뒷걸음쳤다.

"거, 검도부 사람이야? 그래도, 이건……."

"여기에서 실랑이할 시간과 체력, 연습에 쓰는 게 훨씬 효율적이지 않을까요."

끙, 침음했다.

요령이 나쁜 아이, 뇌가 근육이라는 말을 듣는다는 것은 서글플 만큼 자각하고 있었다. 이론을 앞세우는 공격에 당하면 아무런 말도 할 수가 없다. 다시 한 발자국, 후부키가 물러났다.

그런 식으로 틈을 노출해버렸기 때문일까. 깜짝 놀라도록 멋지게, 남학생에게 호구 주머니를 하나 빼앗기고 말았다.

얼마 전 아이하라가 의미심장한 분위기로 맡겼던 그 호구 주머니였다.

"자, 이제 이건 내 거다! 두 번 다시 안 놔준다! 당연하지, 이렇게—."

돌려줘.

그렇게 말하며 덤벼드는 것이 후부키는 도저히 불가능했다.

"……어째서, 여기에……."

마치 갑자기 피가 얼어붙은 것처럼 남학생이 낯빛이 하얘졌으니까.

그 표정의 이유를 물을 기회를 후부키는 잃어버렸다. 뒤쪽에서 맹렬하게 아이하라가 달려왔기 때문이다.

"유우 도령!"

"……히토미."

얼굴도 분위기도 몇 년을 못 만났는데 전혀 달라지지 않았다고 유우는 생각했다. 그것만큼은 달라져버린 자신이 왠지 부끄러웠고, 동시에 이런 짓을 저지른 저 여자가 원망스러웠다.

"……후카세. 미안한데 이 아이 데리고 먼저 가줘라. 이건 내가 들고 갈 테니까."

"이누이 양, 선생님도 부탁할게. 먼저, 연습하고 있어."

말대답을 허락하지 않은 압력에 알겠습니다, 두 사람은 대답했다. 곧장 도장으로 달려갔다.

그 모습을 지켜본다. 유우는 히토미를 돌아보지 않은 채 오른손으로 머리를 긁적였다.

"……악질 장난질인데. 누구 생각이야, 히토미인가? 뭔가,

어울리지 않은 것 같은데."

"응. 우리가, 한 거야. 확실히 안 맞는 짓이었네. 바로 들켜 버렸어. ……음, 미안?"

"……그렇게 울먹이는 얼굴은 관둬. 언제나 비겁하다니까. ……얼마 만에 또 만나는 거야."

결정했다. 이번 수작은 나중에 차근차근 묻기로 하자. 일단은 보류다.

유우가 히토미를 똑바로 마주 본다. 낯부끄러움을 주체하지 못하는 등신대의 고등학교 2학년 학생의 웃는 얼굴로.

"오랜만이야, 히토미. 뭐랄까, 음. ……만나고 싶었어."

"……응. 응! 나도. 나도~ 줄곧 만나고 싶었어~! 하고 싶은 얘기라든가 부탁이라든가 용서받고 싶은 일이라든가 잔뜩 쌓아 놨거든."

쓱, 아이하라는 한 발짝 앞으로 다가와서.

"우선은, 꼭 안아봐도 될까~?"

스슥, 유우는 한 발자국 뒤로 물러났다.

"아니, 좀, 아니 아니. ……진정하고 다시 생각하는 게 좋아. 난 이제 고등학교 2학년이니까."

"엥?! 무슨 소리니?! 겨우 고2잖아~? 얌전히 누나 품속에 안~기~렴~♪"

유우는 도망치는 토끼처럼 전력 질주— 도망치고 싶어도 교복을 곽 붙잡혔기에 무리였다.

"숨 막혀! 진짜 숨 막히거든, 놔라 놔라 놔라 놔라! 제발 좀?! 응? 진짜 살려줘라! 누난 고등학교 교사잖아?! 직업 윤리적으로 위험하다니까!"

"본능적으로 피하면 오케이~♪ ……으휴우. 『누나』라고 불러줬어. 『누나』라고 불러줬어~! 좋아~!"

꾸밈없이 훤히 들여다보이는 진솔한 사랑.

너무 부끄러웠지만 먼 옛날의 추억이 다시 떠올라서 역시 포근해지는 마음은 다잡을 수가 없었다.

× × ×

검도, 잘 모르겠어.

"카아———아아아아아앗!"

"칫, 머어어어——리이이잇!!"

그러나 이런 『비일상』은 싫지 않다고 장의자에 앉은 채 견학하던 시오리는 생각했다.

토오 학원과 후지노미야 고교의 연습 시합은 두 번째 시합 중. 토오 학원은 2연전이다. 첫 번째 시합은 후지노미야 여자부와의 시합이었고, 지금은 후지노미야 남자부와 시합을 하는 중이었다. 시오리는 시합장에서 잠시 눈을 떼고 도장 구석에 세워둔 화이트보드를 봤다.

선봉, 차봉, 중견, 부장, 대장이라고 쓴 칸의 아래에 각각 사람 이름이 쓰여 있다.

전체적인 규칙은 대강 알 것 같았다. 다섯 명이 대결해서 승수가 많은 팀의 승리다. 승수가 같은 경우는 팀 전체가 따낸 한판의 숫자로 승리를 결정한다. 그럼에도 숫자가 똑같다면, 아마 각 팀에서 한 사람씩 골라 대표전처럼 재대결을 할 테지. 잠깐 훑어봤던 잡지에서 읽은 단어가 새삼 머리에 떠올랐다.

시오리는 아까 받았던 낡은 『검도 저널』을 가슴에 꼭 안은 채 점수표를 봤다.

"토오 학원, 세구나……."

방금 전 여자전은 5대 0으로 토오가 스트레이트, 지금도 부장전 확정 이전에 1대 0이다. 요즘 들어서 많이 강해졌다던데 작년에는 현(縣) 예선의 결승까지 진출했다고 들었다. 이렇게 남자하고도 호각이라는 게 평범한 걸까?

"타아아아, 샤아아아아아————!"

타앙~! 상쾌한 소리가 난다. 에사카가 상대와 가까운 위치에서 몸통을 때린 뒤 후방으로 물러났다.

와, 이러면 한판 들어간 게 아닐까? 시오리는 심판 세 명을 휙 쳐다봤다.

하지만 심판은 아예 미동도 하지 않았다.

"검도, 잘 모르겠어……."

"이래저래 처음 보러 온 사람한테는 많이 어려울 거야. 현 상황에 올림픽 정식 종목은 안 되겠지. 검도를 KENDO로 만들자는 것도 좀 미묘하고."

"아, 미나카미 선배. 얘기할 게 많았나 보죠? ……그런데 방금 전, 왜 한판이 아니었던 거예요?"

"무효 타격이니까. 제대로 베어 냈다는 판정이 안 떨어지는 거야. ……옆에 앉을게."

그러세요, 대답하기 전에 유우가 딱 옆에 앉았다. 가까워서 살짝 두근거렸다.

같은 타이밍에 시계 담당이었던 치히로가 버저를 울린다. 이것은 시합 시간 4분이 다 끝났다는 소리다.

에사카와 토오의 여자 부장 두 사람이 하얀 정사각형으로 그려진 코트 중심에 있는 X자를 사이에 두고 두 줄의 개시선에 각각 돌아갔다. 죽도를 조용히 겨눈다.

그리고 주심을 맡은 마토이가 왼손에 든 백기— 후지노미야 남자부의 색깔을 비스듬하게 왼쪽 위로 척 들어 올렸다.

"시합 종료!"

에사카의 승리 덕분에 스코어는 대장전을 남긴 채 1대 1. 즉 승부의 행방은 대장전에 달렸다.

"에사카 선배는 부 활동의 대표이고 가장 강한…… 사람이 맞죠? 어째서 대장이 아닌 거예요?"

"네 번째인 부장의 자리에다가 가장 강한 녀석을 배치하는 게, 강한 팀에서는 가끔 쓰는 작전이니까 말이 안 되지는 않아. ……이번에는 뭐, 아마 야시로 군이 고집을 부린 게 아니려나? 이누이 양과 붙어보고 싶다고."

백색 선 앞에서 폴짝폴짝 뛰는 야시로를 보고 유우가 킥킥 웃는다.

무엇이 우스운 걸까, 시오리는 고개를 갸웃거렸다.

"역시 저 사람이 많이 강한가요? 봐도 잘 모르겠어요."
"……강하지는, 않을걸? 아마."
"어라, 정말요? 그럼 야시로는 왜 저래요?"
"그야 어떤 남자든 예쁜 아이랑 붙는 게 좋지 않겠어. 같은 공기를 들이마시기만 해도 기쁠 테니까."
시오리는 곧장 그 말이 거짓말임을 깨달았다. 어떤 남자든, 그 부분은 거짓말이다.
"……선배, 저질이에요."
또한 본인이 자의식 과잉이라는 것도.
왜냐하면 꿰뚫어 본 근거가 『선배는 나랑 있는데도 즐거워하는 눈치가 아냐』였으니까.

"알아. 그러니까 별로 안 얽히는 게 좋지 않을까 싶은데."
시오리를 내버려 둔 채 유우는 시합 전 두 사람의 뒷모습을 바라본다.
왼쪽 허리에서 오른쪽 어깨, 오른쪽 허리에서 왼쪽 어깨와 등을 지나는 갑의 끈 교차점에는 팀을 구분하는 홍백띠가 있다. 야시로의 등에는 백색이 달려있고, 아울러 『검희』의 등에는 분명 홍색의 띠가 달려 있을 것이다.
『눈을 말이야~ 뗄 수가 없는 아이가 하나 있거든~.』
방금 막 귀여워해주고 왔을 때 히토미가 그런 말까지 꺼냈었다. 도대체 어떤 아이이려나.

정답 맞추기처럼 지금 시합이 시작된다.

이등변 삼각형 모양 심판의 정점, 주심을 맡은 마토이가 두 손에 들린 깃발을 움직여서 「앞으로」라며 입장을 재촉한다. 야시로와 후부키가 백색 선 안에 들어간 뒤 세 걸음으로 준거가 가능한 위치에서 멈춰 섰다.

가만히 인사. 「잘 부탁합니다」의 목소리가 겹친다. 동시에 유우의 목소리가 무의식중에 새어 나왔다.

한 걸음, 두 걸음, 세 걸음. 『검희』가 위풍당당 세계의 중심에서 검을 뽑는다. ……아아.

"아름다워."

"시작!"

"야아아아아앗———————————————!!"

표변하여 외치는 기합 소리가 도장을 집어삼켰다. 모든 인원의 시선이 후부키에게 전부 빨려든다. 비범한 품격을 목격하게 된 마땅한 반응이었다. 우아한 중단 자세로 중심을 제압하며 쭉쭉 압도적으로 치고 나간다. 마치 교과서처럼 깔끔한 공세라고 유우는 생각했다.

"선배. ……어때요? 이누이 씨."

"잘하네. 저런 실력자는 1년에 한 번이나 볼 수 있을까. 자주 구경하긴 힘들지."

"그런, 건가요? 저는, 규칙을 잘 몰라서요. 뭐가 어떻게 강한지 알 수가 없네요. 아까 잡지를 받았는데 너무 당연한 내용인지 시합 해설은 실려 있지도 않고요……."

팔랑팔랑, 시오리가 넘기는 잡지를 보고 유우는 또다시 흠칫 놀랐다.

"또 『검도 저널』이냐……. 버리고 버려도 다시 튀어나오는구나. 규칙은 내가 가르쳐줄 테니까 그거 저리 치우자."

시오리의 손에서 잡지를 빼앗아다가 아무도 앉지 않은 장의자의 옆에 놓았다. 유우가 시합 코트를 가리켰다.

"저기 정사각형이 시합장이고 한가운데에 테이프를 붙인 X자가 중심이야. 거기에서 양쪽으로 조금 떨어진 곳에 있는 짧은 라인이 개시선. 저기에서 검을 맞대고, 준거라는 이상한 의식을 한 다음 시합이 개시되지. 대전 시간은 고등학교에서는 4분인데, 먼저 두 판을 따낸 사람의 승리야. 깃발이 셋 중 둘 이상 올라가면 한 판을 따낸 것으로 인정하고. 기본은 이런 정도려나?"

"……아, 네. 진짜 기본적인 내용은 보면 알거든요. 다만—."

야시로와 후부키의 전황을 본다. 두 사람은 오른 주먹과 오른 주먹을 맞대며 밀착하고 있었다.

코등이싸움— 격투기로 말하자면 클린치다.

그때 후부키가 뒤로 뛰어서 물러서며 세차게 손목 치기를 날렸다.

"손모오————옥!"

토오의 부원들이 환성을 터뜨리며 박수 친다. 다만 심판은 아직껏 누구 하나 깃발을 들어 올리지 않았다.

"지금은 왜 한판이 아닌 거예요? 분명 제대로 때렸잖아요."

"음, 방금, 퇴격 손목 치기? 에이, 아니야. 아까도 한 말인데 무효타로 판정 나서야. 죽도 끝부분 30센티미터 정도 위치에 매듭이 있지? 중혁이라고 하거든. 검도는 진짜 칼로 싸우는 것을 상정하는 게 기준이라서, 검 끝에서 중혁 부분까지의 범위 내에서 맞히지 못하면 살상력이 모자란 무효타로 간주돼서 아무 의미가 없는 거야."

"으랴아아, 아아아아아!"

"야시로, 끝까지 베라! 어설프다!"

"……이번에는 진짜 끝부분으로 잘 때리지 않았어요? 뭐가 잘못된 거예요?"

"에사카 부장이 말한 대로 끝까지 베어 내지를 못했어. 발 구름은 멀찍하고 잔심도 하질 않았잖아. 아까부터 두 사람 모두 때리고 친 다음에 소리 지르면서 멋 부렸지? 머리나 몸통이면 휙 지나가고, 손목이면 때린 부위에다가 죽도를 멈춰 놓고 말이야. 저게 잔심이라는 거야. 이른바 마무리. 목숨을 건 대결이라면 살짝 베였을 뿐 상대가 아직 살아 있을지도 모르잖아? 그러니까 방심하지 않고 마음(心)을 남겨 둔다(殘)는 글자를 써서 잔심(殘心) 자세를 취하는 거야. 궁도라든가 다른 데서도 쓰는 말이지."

유우가 해설을 마쳤을 때 시오리는 천천히 안경을 벗었다. 손수건으로 닦는다. 검도는 진짜 초심자는 알 수가 없구나.

……심호흡한 뒤 시오리는 다시 시합에 집중했다.

형세가 지금 막 결판나려는 참이었다.

긴장은 일순간. 후부키가 농락하는 듯한 민첩한 발놀림으로 쭉쭉 춤추듯 전진한다. 발뒤꿈치를 세운 왼쪽의 다섯 발가락에는 바닥을 잡아 뜯을 기세의 힘이 담겨 있는데도 의외로 묵직함은 느껴지지 않는다. 후부키는 마치 산들바람과 같은 가벼움으로 간격을 좁혀 접근했다. 문득 검 끝을 내린다. 명확한 빈틈이었다. 상대의 팽팽한 실이 끊어진 것을 감지한 야시로는 전력으로 머리를 노리며 날아든다.

"읏, 머—."

"손모오————————————오오오오옥오으야아아아아아아아, 야아앗!"

그것이 후부키가 드리운 낚싯줄이었음을 알지 못한 채.

지금 막 움직이고자 했던 야시로의 오른손에 후부키의 죽도가 깔끔하게 빨려 들어간다. 퍼엉, 상쾌한 소리와 함께 세 개의 붉은 깃발이 올라갔다.

"손목 한판!"

"응, 제대로 들어갔네. 저게 진짜 한판이야. 잘 봤어?"

"어, 아, 방금 전에는, 머리를 쳤던 게……?"

"먼저 손목에 들어갔어. 손목 머리 치기. 상대가 막 치고 나오려는 순간에 맞춰 손목을 때렸지. 가장 자주 보이는 기술이네. 시합에서 백 판 결정타가 나올 때 아마도 마흔 번 정도는 방금 기술이 사용될 거야."

해설을 들으면서 시오리의 두 눈은 타격을 마친 후부키를 좇고 있었다.

소녀가 열을 배출하듯 숨을 토하며 묵묵히 부심 두 사람의 뒤를 천천히 돌아서 다시 개시선에 와 선다. 얼마 전 함께 걸었던 귀여운 인형 같은 후부키는 온데간데없었다. 완전히 다른 사람이다. 호면 안으로 들여다보이는 검은 눈동자에 타오르는 불꽃이 깃들어 있는 것 같다. ……그게 전부가 아니다. 보였다.

촉촉하게 젖어서 하얀 복숭아 같은 입술이 갈증의 말을 읊조리는 것을.

—부족해.

"둘째 판!"

"웃샤아아아아아아——————————야아앗!!"

앞으로. 앞으로. 앞으로—. 머뭇거리면, 따라잡을 수 없어!

후부키는 현란한 발구름과 함께 죽도를 거침없이 휘둘러서 상대의 견제를 되풀이했다. 도무지 여성 같지가 않은 속도와 변화다.

그러나 그것만으로는 남자의 체격을 갖고 싸우는 야시로에게 통용되지 않는다. 또 걸려들까 보냐, 냉정하게 간파한 뒤 빈틈을 발견하여 머리를 노려 뛰어든다.

"으랴아아아아아!!"

후부키가 반응해서 죽도로 방어했다. 타격을 받아치고, 다만 체중을 버티려 하지는 않고 훌쩍 회피하며 퇴격 머리 치기를 날렸다.

"머리이!"

—위험해라. 야시로가 직감에 의지하여 머리를 오른쪽으로 젖힌다. 그래, 정답이었군.

죽도는 클린 히트가 되지 못했고, 막 물러난 후부키와 야시로의 사이에 큰 간격이 벌어졌다만.

그때 후부키는 1초도 머뭇거리지 않으며 바짝 다가들었다.

—빨라!

후부키의 속도를 잘못 판단했던 것. 먼저 한판을 빼앗겼다는 것. 이유야 어쨌든 간에 야시로는 그때 미약하게 조바심을 가졌다. 그것이 사고력 없는 일검으로 이어졌다.

반사 행동으로 건곤일척의 주특기 머리 치기— 좋다, 잔심까지 아예 결판을 내버려라!

무의미한 헛바람이었다.

분명 겨냥했던 후부키의 머리는 이미 사라졌다. 어디에 있나 찾으려는 시점에서 이미 늦었다. 소녀의 머리와 반격의 칼날은 이미 야시로의 품에 있었으니까.

"읏, 타아아아아아————————!"

먼저 깃발이 올라가고 마치 뒤늦게 타격음이 쫓아오는 것 같다.

"허리 한판!"

야시로의 몸이 대나무 쪼개지는 소리와 함께 떠밀려 갔다. 오호라, 유우가 숨을 내뱉는다.

"깔끔한 허리 치기구나. 액자에 끼워서 걸어 놔도 괜찮을 수준이야."

"……저기요, 선배."

"응?"

"같이 보다가 든 생각인데요. 말은 이래저래 하면서 선배는 사실 검도를 많이 좋아하네요?"

비둘기가 바주카포를 얻어맞은 듯한 표정. 그만큼 당황하는 표정을 지은 뒤 유우는 평소의 엉성하고 서툰 미소로 조용히 고개를 가로저었다. 곧이어 후배 상대로 일절 봐주는 마음도 없이 강하게 잘라 말한다.

"엄청 싫은데? 살면서 진짜 한 번도 즐겁다고 생각한 적 없어."

시합 종료를 마토이가 알린 뒤 두 학교의 부원들이 정렬한다. 2대 1. 토오 학원의 승리. 두 학교의 학생들은 도복을 입고 있는 자신들의 고문 교사에게 지시를 받으러 간다.

그러나 사사키도 아이하라도 한쪽 손을 앞으로 쭉 내밀어서 제지했다.

아이하라가 사사키에게 가까이 걸어간다.

"사사키 선생님. 시합을 한 번 더, 여자애로. ……그래도, 괜찮을까요~?"

"예. 저희 학생들도 전원 패배한 채 끝내고 싶진 않겠지요. ……음, 전부 핑계고요. 저도 그냥 보고 싶어서 말입니다."

사사키가 미소 짓는다. 아이하라는 어째서인지 울먹이며 웃었다. 도망치지도 숨지도 않는 늠름한 목소리로 한 이름을 불렀다.

"유우 도령. ……다음 시합에, 나와."

후지노미야 고등학교, 토오 학원의 학생들 모두가 무슨 소리를 하는 것인가 웅성거리기 시작한다.

조용하게 있는 사람은 오직 이름을 불린 유우 혼자다. 팔짱을 낀 채 마치 잠든 사람처럼 감고 있었던 눈이 천천히 벌어졌다.

"솔직히, 이렇게 될 것 같았어. ……싫다고 버티면 어쩌려고?"

"아핫~ 생각 안 해봤는데. 어떻게 할까. 여기에서 엉엉 울어야지~."

"……히토미는 언제나, 치사하다니까."

얼렁뚱땅 시치미 떼는 대답을 기대했었다. 그러면 유우는 설령 가족이어도 벨 수 있다.

"응. 알아. 미워해도 괜찮아, **유우**."

돌아오는 칼은 냉기를 띤 긴장된 목소리. 진심으로 친애했던 동문 사매의 목소리였다.

"그런 터무니없는 말, 이제 와서 꺼내지 마."

유우가 하늘을 우러러본다.

답답한 천장. 부모의 원수처럼 노려보다가 잠시 후 애도하듯 눈을 감는다.

"………………가족의, 부탁이라. ……오늘 딱 하루뿐이야. 히토미."

"……응. 나는, 더 이상은 바랄 수 없어."

"……사사키 선생님께서도, 괜찮습니까? 저 같은 녀석이 시합에 나가도요."

"괜한 질문이군요, 유우 군. 제가 그대를 거절할 리 없죠. 저는 어른이고 교사입니다. ……그리고."

유우는 인자한 곰이 잠에서 깨어나는 순간을 똑똑히 목격했다. 드러나는 어금니가 묵직하고 눈부시다.

그 광채의 정체를 유우는 잘 알고 있었다.

"같은 『**어검(御劍)의 칼**』로서 저는 그대를 놓치고 싶지 않아요."

그리운 이름. 더는 두 번 다시 듣고 싶지 않았던 이름.

"……알겠습니다."

그런데 어째서일까. 너무 친숙하게 들리는 터라 웃어버렸다.

"……슌스케. 탈의실 좀 안내해줘라. 도쿄보다는 가깝잖냐?"

× × ×

검도장의 바로 옆, 체육 때 학생들이 쓰는 체육관 1층의 남자 탈의실.

그곳에서 유우는 자신의 호구 주머니와 죽도 주머니를 털썩 내려놓았다.

옆에서 키노사키가 기뻐하며 말한다.

"유우, 너하곤 역시 묘한 인연이 있나 보다! 나중에 나하고도 시합 해줄래?"

"엥, 싫은데. 싸움은 좋지 않아. 싫어. ……친구라면 싸움은 그만두자."

둘이서 대화 나누던 때에 쿠로세도 탈의실에 들어왔다.

"어, 미나카미. 명복을 빈다. 역시 다른 인간의 불행은 진짜 최고란 말이지. 열심히 고통 받아라."

"쿠로세, 넌 전형적인 일본인 체질이구나……. 그건 뭐야?"

"쿠로면 돼. ……삼팔이다. 가져라. 너는 어차피 안 갖고 있을 테고."

검도는 중학생, 고등학생, 성인부마다 각각 죽도의 길이가 달라진다. 중학생은 3척 7촌, 고등학생은 3척 8촌, 성인부는 3척 9촌이다. 공식전은 이 같은 규격을 따르지 않으면 실격된다.

유우는 쓴웃음 짓고 쿠로세에게서 죽도를 받아 들었다.

"땡큐. 확실히 삼팔은 안 갖고 있었어. 코등이는 쓰던 게 있으니까 괜찮아."

죽도 주머니를 푼다. 동작 하나하나를 두 사람이 말똥말똥 쳐다보는지라 신경 쓰였다.

"뭐야? 남자 옷 갈아입는 장면에 관심 있어? ……집에 가도 돼?"

"나보다 먼저 집에 가는 녀석은 용서 못 한다. 내가 1등으로 집에 가야 하니까. ……너, 어검이었구나."

"역시 강한가 봐?! 맞다, 너, 아이하라 선생님이랑도 되게 친하던데! 정체가 뭐냐! 치사한 놈!"

흠칫, 일순간 유우가 굳었다.

그러고 나서 만들어 낼 표정을 생각하며 평소처럼 부드럽게, 어색하게 웃었다.

"유감이지만 미나카미 유우한테는 눈부신 성적 등등은 아무것도 없습니다. 애통하시겠습니다~. ……불쑥 나타난 전학생이 사실은 엄청 센 놈이라서 부 활동에 힘을 보태준다? 그거 좀 너무 꿈같은 얘기 아니야? 누가 들어도 황당할 거다."

"하하, 맞네. 일단은 뭐, 혹시 대박인가 기대가 돼서 한 말이야. ……간다, 이따가 보자."

키노사키가 탁탁 뛰어간다. 그러나 쿠로세는 곧장 바깥에 나가지는 않았다.

지그시, 웃음 짓는 유우의 얼굴을 보고.

"꿈, 꿈이라. ……너 말이다."

"뭐야?"

"……아니다, 역시 아무것도 아니야. 그냥 시간이나 좀 때우고 싶었거든. 수고해라."

이번에야말로 혼자가 됐다. 유우는 호구 주머니의 앞에서 진짜 범인의 얼굴을 떠올렸다.

『저걸 버린다니, 무슨 황당한 말이야!』

이곳에서도 역시나 끝내 버리지 못한 채 주워들었다. 그런게 답답하리만큼 어머니답다.

정말로 쓸데없는 짓만 한다니까. 큰마음 먹고 마지막 도박을 하던 와중인데. 노름판 주인이 전제 조건을 내던지지 마라. 『소중한 것』은 더 이상 소중하지 않다.

그러니까 버릴 수 있어야 할 텐데, 지금 있는 이 물건은 도대체 뭐지?

"…………그래, 알겠다."

깨닫고 나서 쓴웃음을 한 차례. 대답은 단순하다.

이 길을 선택했을 때 이미 끝장이었다. 죽을 때까지 사라지지 않는 낙인이다.

"저주받아서, 떼어 놓지를 못하는 거야……."

× × ×

환복을 마친 유우가 도장에 들어선다.

갑과 갑상과 죽도와, 왼쪽 허리에 끼워 든 호면과 호완. 그리고 수건을 입에 물고 있었다. 얕게 숨을 들이마시자 땀이 배어든 대나무와 호구가 뒤섞여서 콧속 깊은 곳까지 들어오는 독특한 냄새가 난다. 들러붙는 부원들을 적당히 물리친 뒤 유우는 도장에서 체조를 시작했다. 신체 곳곳의 모든 부분을 꼼꼼하게 뻗어주면서.

그런 유우의 왼쪽 어깨를 에사카가 두드렸다.

"연격 좀 칠 테냐? 내가 받아주마, 미나카미. 기본 타격도, 잠깐은 시간을 낼 수 있다."

아차, 저질렀나, 유우는 입가를 부여잡았다.

이런 참견은 정말 안 좋은데. 조심해야지.

머리를 식힌 뒤 옆을 돌아봤더니 정좌한 채 마토이가 히죽히죽하며 이쪽을 보고 있었다.

"멋있는 말 하는구나, 미나카미. 얼른 입부해야겠네. 마도카랑 더 신나게 떠들 수 있어."

"……죄송해요. 조용하겠습니다."

"노, 놀리려고 하는 말 아니야! ……나 진짜로 기뻤거든?"

뭔가 간질간질한 기분이라 미묘하게 불편하다. 대장이라서 호면을 쓸 때까지 아직 여유도 조금 있겠다, 시오리에게 가보기로 했다. 혼자 장의자에 앉은 모습이 남의 집에서 데리고 온 고양이 같다.

"……아. 선배. 이제야 왔네. 저기요, 하나만 더 가르쳐줄래요?"

그러나 유우가 다가가자 막 자기 집으로 돌아온 고양이쯤 됐다. 유쾌해서 웃음이 새어 나온다.

"역시 시오리는 근본이 안경이구나. 뭔데?"

"성실하다는 말을 안경으로 대신하는 거 관둬주실래요……. 저기, 방금 전 토오 선수의 깃발이 대각선 아래쪽으로 내려갔는데요. 이번엔 또 무슨 이유예요?"

둘이서 「정지」가 걸린 시합을 본다. 하즈키가 장외에서 개시선으로 돌아가고 있는 중이었다. 주심 에사카가 왼손으로 양쪽 깃발을 들고, 빈 오른손으로 손가락을 하나 세웠다.

"**반칙** 한 번."

“지금 막 들었을 텐데 저거는 반칙이야. 검도에도 파울이 있다고 생각하면 돼. 반칙 두 개면 한판을 빼앗기는 셈이니까 기본적으로 최대한 피하고 싶지. 도중에 없어지지도 않고 말이야. 반칙은 이런저런 게 있는데 대표적인 경우는 세 개지. 코등이싸움을 남용할 때, 죽도를 떨어뜨렸을 때. 그리고 장외로 나갔을 때. 지금 봤던 게 딱 들어맞네. 그러니까 시합 중에는 위치를 신경 써야 돼. 예외적으로 바깥에 나가도 되는 경우는 한판 따내고 잔심을 할 때뿐이야. 그때만 자유로워.”

“……바깥에 나가 자세를 잡았는데, 그런데 한판 판정이 안 떨어지면 어떻게 돼요?”

“유감이지만 반칙이지. 되게 멍청한 느낌이라서 다들 웃어버려.”

“으음, 좀 알겠네요. 엄청 자신감 넘치는 변태가 아니면 무리라는 뜻이죠.”

표현이 참…… 그냥 웃어넘긴다. 다시 시합에 눈을 돌리니 하즈키가 토오 선수를 상대로 제법 괜찮은 전황으로 끌어 나가는 장면이 보였다. 실력은 완전히 상대가 더 우위에 있는데도 주눅이 들지 않는다. 기술을 선택하는 방식도 냉정하다.

검도는 시합 시간 중 승리를 거둬 끝내는 게 무척 어렵다.

아마 무승부가 될 테지, 유우는 판단을 마쳤다.

“슬슬 가볼게. ……뭐, 이제 곧 나도 나가야 되지만 말이야. 특별히 시합 내용이 재미있을 것 같진 않기는 한데. 멀리서 느긋하게 구경해봐.”

"네. ……저기요, 선배."

부르는 터라 뒤돌아봤는데 시오리가 무슨 이유인지 고개를 돌리고 있다.

"도, 도복 차림요. 의외로, 멋있네요."

"……그거 나중에 교복 입었을 때 때 말해줘라."

이렇게 슬픈 칭찬의 말은 또 없겠다. 진심으로 드는 생각이었다.

× × ×

검을 거둔 뒤 하즈키가 돌아오기 전부터 기세를 주체 못 하는 치히로가 시합장에 들어갔다.

매너가 나쁘다. 다만 예절을 굳이 신경 쓸 여유가 어디에도 없다. 주둥이에서 태어났냐며 야유당하는 평소의 입술을 한 일자로 꾹 다문 채 안광을 특별한 상대에게 날려 보냈다. 아울러 그런 기세는 맞붙게 된 아이리도 마찬가지. 숨길 의도가 아예 티끌만큼도 없는 살기를 자신에게만 들릴 수 있는 형태로 변화시켰다.

죽인다.

"시작!"

반칙 아슬아슬한 타이밍에 두 사람은 에사카의 목소리를 끊고 나서서 불꽃처럼 맞부딪쳤다.

"읏샤아아!"

"키아아아아아아아앗!"

분명 표변이라 말할 수 있겠다. 양군, 자기편이 맞는 인물에게도 놀라움을 금할 수 없었다.

"치, 치히로. 뭔가 평소랑 많이 다른데……?"

"어머, 몰랐니? 꽤 유명한데. 재네, 중학교 동창이야. 『키요후네 중학교 삼검』이라고 말하면…… 아, 맞다. 마도카는 고등학교부터 시작했으니까."

싸움이라는 말이 이토록 잘 어울리는 대결도 없겠다. 타격부위가 호구를 벗어나도 전혀 아랑곳하지 않는다. 몸으로 받아 상대가 넘어져도 검을 멈추지 않고 아이리는 머리를 노려 거듭거듭 추가 공격을 날렸다.

"정지!"

절대 손 내밀어주지 않는다. 혼자 일어서라며 등을 돌린 채 아이리는 개시선으로 돌아갔다.

"시작!"

균형을 깨는 계기는 시합 재개의 순간이었다. 냉정해졌던 치히로의 머리가 다시 열기에 침범당하기 전, 최선의 선택 하나를 골라 전진한다. 그래, 결판을 진짜 내보자며 상격 머리를 유도했다. 또한 아이리는 기꺼이 받아주었다.

"손모오————오오오오옥! 샤아아아아아앗!"

따라서 더 냉정했던 쪽에 깃발은 미소 짓는다. 치히로가 특기로 하는 손목 머리 치기가 딱, 꽂혀 들어갔다.

"손목 한판!"

× × ×

"얘, 얘, 후지노미야의 귀여운 1학년 애야. 이름이 어떻게 될까~? 옆에, 잠깐만 앉아도 되나~?"

"아, 네. 후지노미야 고등학교 1학년, 후카세 시오리예요."

시오리 쨩이구나~ 고개를 끄덕이고 아이하라는 시오리의 옆에 앉았다.

아름답다. 어른인 자신이 봐도 질투 날 만큼. 혹시 유우를 빼앗긴다면 좀 괴롭혀줘야겠다.

그래도 어여쁜 동문 남동생이 마음을 빼앗기지는 않을 것이다. 이 아이에게는 피 냄새가 나지 않으니까.

"시오리 쨩, 초심자 맞지~? 검도는 해본 적 없겠네~?"

"네. 그래서 미나카미 선배한테 이것저것 듣고 배우던 중이에요……."

"역시나~. ……있잖아~. 유우 도령이 이누이를 봤을 때, 혹시 무슨 말 했어?"

"아, 네. 살짝 멍해서, 잘한다, 아름답다, 1년에 한 번도 못 볼 솜씨라고 말했어요."

"그런가~. ……아름답다, 음. 역시나~."

턱받침을 하고 쓴웃음 짓는다.

과거에 줄곧 똑같은 말을 들어온 여자인지라 미묘한 심정이었다.

"결국 유우 도령은 한 번도『강하다』라는 말은 안 했구나~."

"……그 말에, 뭔가 문제 있나요? 아름답다는 말도 충분히 좋잖아요?"

"아니야. 싫어. 엄청 상처 받았어. ……호박이라는 말을 들을 때보다 울고 싶어져."

아이하라는 주머니에서 휴대 전화를 꺼내 들었다. 사용하는 기능은 동영상. 공범자와 약속을 했다.

지금 뒤늦게 찍기 시작한 영상 화면에 유우의 모습이 비치고 있다.

"그냥 아름답다는 말『밖에』 안 해. 100년에 1000년에 한 번 나타나는 실력자니까 말이야~."

아아, 시작된다. 울 것 같아. 그래도 꾹 참자.

왜냐하면 자신은 어른이고, 억지로 깨운 나쁜 사람이니까.

"……미안, 시오리 쨩. 미리 사과할게. ……더는, 아마도 돌이키지 못할 테니까."

"네?"

"끝까지~ 책임지고 맡아줄 거야~."

「시작」 목소리가 도장에 울려 퍼진다. 열어 둔 도장의 창문에서 봄바람이라 불러주기에는 애매한 열풍이 불어 닥쳤다.

"다시 만났네, 『검귀(劍鬼)』. ……깨워서, 미안해."

시오리의 옆쪽에 놓인 『검도 저널』의 페이지가 펄럭거리며 소년의 이름을 부른다.

—제68회 창천기 6대 도장 대회. 18세 이하, 남자 개인부.

우승: 미츠루기 유우, 14세(어검관)

× × ×

뭐가 어떻게 된 일인지 전혀 알 수가 없었다.

"정지!"

웬만한 남자들은 후부키의 상대가 되지 않는다는 것도, 어떤 상대이든 단 한 걸음을 물러나지 않는다는 것도. 토오의 부원이라면 모두가 다 아는 사실이다.

그래서 차마 꿈이나 환상 같았기에 믿을 수 없었다. 오른쪽 아래 비스듬하게, 후부키의 방향으로 뻗은 적색 깃발이.

"반칙 한 번!"

물러난 다리가 선을 갈랐다. 후퇴를 알지 못했던 저 무쌍의 검희가, 자기 스스로.

"시작!"

떨리는 후부키의 입술. 그것은 공포인가, 추위 때문인가.

둘 다 아니다. 틀림없이 환희의 떨림이었다.

"웃샤아아————————아아아아!!"

세워 기대어 둔 화이트보드가 흔들릴 만큼 거센 소녀의 포효. 곡선적으로 검 끝에 변화를 주며 후부키는 적의 목구멍에 교란을 시도했다. 일순간 찌름 공격인가 잘못 볼 만큼 빠르기와 묵직함이 가득했다.

덤벼라, 뒤로 물러나라, 좌우 어딘가로 피해라! 후부키가 세게 내디딘 걸음이 바닥을 흔들었다.

유우는 움직이지 않는다. 왜 굳이 움직여야 하나, 살짝만 눈에 힘준다.

제시된 세 선택지가 전부 거짓이었음을 순간적으로 간파한 뒤 그저 앞쪽으로 죽도를 뻗는다.

같은 타이밍으로 곡선에서 솟아 나오는 후부키의 진짜 노림수— 나오는 머리 치기가 춤을 춘다. 그러나 분명 제대로 적중해야 했을 후부키의 일검이 그때는 이미 의미를 잃은 상황이었다. 딱, 면금#9에 맞은 소리가 났을 뿐 타격은 더 이상 이어지지 못한다. 후부키의 몸이 움직임을 멈췄다. 멈출 수밖에 없는 처지다.

유우의 죽도가 일절 어긋남 없이 목에 닿아 있었으니까.

자기 자신의 기세가 고스란히 목에 돌아온다. 호흡이 막힌다— 하지만!

아랫입술을 세게 깨문 채 후부키는 세포의 번뜩임으로 퇴격 머리 치기— 시늉하다가 퇴격 손목 치기!

연속 공격을 경계하며 머리를 지키러 가면 손목이 떨어지는 2단의 계책이다.

그러난 판단력이 빛난 후부키의 일격을 유우는 먼지라도 털어 내는 듯 감흥도 없이 쳐냈다.

"쌰아앗!"

지금 막 후부키는 퇴격 기술을 날린 참이다. 따라서 간격은

#9 면금 호면의 얼굴을 보호하는 금속 창살부분.

충분하게 떨어져 있다. 그럼에도 소년에게서 뻗어 나오는 머리 머리 치기는 거리를 무시한 채 쭉 길어지며 소녀에게 덮쳐들었다. 안 돼, 당한다—!

터억, 둔탁한 소리가 났다. 후부키의 어깻죽지에서.

즉 방어는 이미 늦었다고 판단한 소녀가 순간적으로 고개를 비틀어서 회피했음을 의미한다.

유우는 눈이 휘둥그레지며 호오, 숨을 내뱉었다. 코등이싸움의 상황이 된 소녀의 눈앞에서.

이걸 피했네, 감탄하는 마음도 있다. 그러나 그 이상으로 소녀의 구겨진 얼굴이 대변해주고 있었다.

덤벼. 덤벼. 덤벼—. 어서 싸우자!

도장에 침묵이 가득 들어찼다. 다만 이곳에 있는 전원은 마음속으로 단 하나의 말을 외치고 있었다.

무엇보다도 누구보다도 묻고 싶었을 소녀가 마음속으로 외경과 함께 검의 저편에 물음 던졌다.

너는 도대체, 뭐하는 사람이야—?

오른쪽 다리 엄지의 발부리에 찌릿거리는 감각이 치달린다. 그 촉감이 척수까지 올라오기 전에 후부키는 이미 도약하고 있었다.

걸려들었다는 느낌이 들었다. 승리를 향한 가느다랗고 눈에 안 보이는 실이. 올바름을 보장해주는 근거 따위야 아무 데도 없지만, 수많은 전장을 뚫고 달려왔던 자신의 몸을 후부키는 믿었다.

앞지른다. 1초를, 응축해라―!

머리 치기. 완전히 같은 궤도의 공격이 유우에게서 돌아온다. 상격의 판정이나 순순히 끝내주지는 않는다. 곧장 연속기로 이어 나갔다. 제로 간격에서 날리는 퇴격 기술이다. 얄미운 오빠의 자세를 이미지하며 죽도를 좌로 휘둘러 호를 그렸다. 인생 최상위에 들어갈 만큼 힘차게 가격하는 주옥같은 허리 치기가 탕, 격한 소리를 둘 울렸다. ……둘. 완전히 같은 소리가 후부키의 허리에서도 울려 나온다.

의미 이해를 뒤로 미룬 채 후부키는 재차 손목 이어 머리 치기를 날렸다.

머리 치기, 퇴격 허리 치기, 손목 이어 머리 치기. 불과 1초 동안에 날린 4연격에는 후부키의 전부가 어려 있었다.

그중 어떠한 검도 승리로 이어지지는 않았다. 마치 거울을 상대하듯이 똑같은 기술 앞에서 무효화되었기에.

"이야아아아앗!!"

"윽."

검의 여세로 탄환이 되어 후부키는 몸 받음을 시도했다. 유우는 다리와 하복부에 꾹 힘줘서 균형을 잡았지만, 그러던 중 작은 해프닝이 일어났다. 기세가 넘친 후부키가 유우의 도복 바지인 하카마(袴)를 세게 밟아버린다.

두 사람은 뒤얽히며 세차게 나동그라졌다.

"정지!"

"아, 야야……."

즉각 받아주는 데 성공해서 다행이었다. 이런 경기일지라도 더 이상은 사람에게 상처를 입히고 싶지 않았다.

"괜찮아?"

호면 너머로 봐도 알 수 있었다. 가지런하고 예쁜 얼굴이다. 이토록 과격한데도 그림이 될 만큼.

"그런 거 필요 없어! 제대로 진지하게 싸워줘. 아니면 죽어버릴 거야!"

검희는 혼자 일어서서 등을 돌리고 씩씩하게 개시선으로 돌아갔다. 그 모습을 보고 유우의 입술은 호를 그렸다.

『그런 거 필요 없다고, 할아버지! 제대로 진지하게 싸워!』

"……그렇겠지. 나도 마찬가지였어."

뒤늦게 천천히 일어섰다. 이제 **시간**이 됐다.

체내 스톱워치를 멈춘 뒤 정답을 맞추듯 영상을 찍고 있는 아이하라를 돌아본다. 그러자 아이하라는 휴대 전화 옆으로 얼굴을 살짝 내밀며 천진난만한 표정으로 브이 사인을 보내줬다.

유우도 역시 입가에 살짝 미소를 띤다. 시합 전 아이하라와 나눈 짤막한 대화를 떠올리며.

『한판승으로 만들어주라~. 4분 꽉 채워서 시합하자.』

『응? 괜찮긴 한데, 어째서?』

『옛날에 잔뜩 가르쳐줬잖아~? 데이트 시간은 길어야 더 좋은걸.』

『……알았어. 그럼 20초 남았을 때 귀여운 얼굴로 브이나 한번 해줄래?』

『으응? 괜찮긴 한데……. 유우 도령한테는 필요 없잖아? 그냥 몸으로 알 수 있으니까.』

『뭐, 검한테 하는 소소한 복수일까.』

무도에서 승리의 포즈는 엄금. 물론 브이 사인도 용납되지 않는다.

『평화롭게 가자. 오늘 위자료는 그거면 돼. 누나랑 싸움하고 싶지 않아.』

찰나의 꿈을 다 꾸고 유우는 천장을 올려다봤다.

몸은 대결을 잊지 않았다. 체내 시계는 어긋남 없이 시각을 알려줬다. 그것이 과거의 시절 이후부터 자신의 시간이 쭉 멈춰 있었음을 냉혹하게 선언하는 것 같아서 그저 서글프다.

한 번 더 눈을 감기 전에 맞은편에 있는 후부키의 눈동자를 본다.

빛이 깃들어 보석처럼 아름다운 눈동자. 분명히 검을 사랑하는 아이일 테지. 더는 똑바로 쳐다볼 수 없어서 눈을 피했다.

마음속으로 소녀에게 머리 숙인다. 미안하다고.

실력이 괜찮은 것도 알겠다. 아름다운 것도 알겠다. **그러나 이런 정도로는 너무 졸려서 의욕이 나질 않는다.**

꿈은 끝. 돌아가자. 혼자만의 장소로.

죽도를 내려뜨린 뒤 세계의 중심으로 간다. 눈을 꾹 감고 깊숙이 숨을 들이마셨다.

더 이상은 아무도 다가오지 못하게 인연까지 전부 잘라버리겠다면.

역시 마지막 선택은 그 기술이 좋다.

× × ×

고동이 시끄럽다. 머리가 뜨겁다. 쿠웅쿠웅 맥이 뛰기에 죽도 끝에도 피가 통하는 것 같았다.

녹아내려서 죽어버릴 것 같았다.

이 사람은 대체 정체가 뭘까. 갑상에 이름이 없다는 것이 답답하고 안타까워서 못 견디겠다.

후부키는 방금 전 네 번의 공방을 떠올렸다. 거울을 보는 것 같았던 이유는 택한 기술이 우연히 겹쳐졌기 때문이 아니다. 먼저 본 다음에 상대가 같은 기술로 쳐서 무효를 만들었을 뿐. 그것은 즉 상대가 훨씬 더 현격하게 빠르고 여유가 있었다는 뜻. 후부키는 자신이 높은 경지에 오른 입장이었기에 하나의 결론에 다다를 수 있었다.

봐주는 거야.

문득 정신을 차렸을 때는 열기에 달뜬 몸체가 제멋대로 말을 쏘아붙이고 있었다.

굴욕이다. 그러나 그 이상으로 눈앞에서 보고 싶어졌다. 거울 뒤편에 숨겨져 있을 저 소년의 진정한 모습을.

세계의 중심에서 후부키는 다시 검을 겨눴다. 오감이 점점 예민해진다.

검의 무게감. 숨을 들이마시는 소리. 점점 예리해지는 소년의 두 눈. 그리고…… 냄새?

"시작!"

포기했었던 봄이 그곳에 있었다.

"나아아아아샤아—————————아아앗!!"

음색이 달라졌다. 후부키는 침을 삼켰다.

금속 호면의 너머에서 붉은 불꽃처럼 격렬한 눈동자와 눈을 마주쳤다.

죽도를 쥔 손이 뜨겁다. 마음속까지 활활 타오른다. 뛰고 싶었다. 더욱 자유로워지고 싶다. 자신의 전부를 끌어내서 이 사람과 부딪쳐보고 싶다—!

환희의 전율은 죽도에 전달된다. 중심을 내놓아라, 살짝 흔들어봤지만 유우는 추호도 흔들리지 않는다.

"윽!"

심장이 후퇴하라고 명령했다.

중심의 어긋남이 일절 느껴지지 않는 세련된 발놀림으로 유우는 단번에 거리를 좁혀 다가왔다.

빠르다. 두렵다. 하지만, 물러나지 마!

이 시합에서 처음, 유우의 죽도는 중심을 벗어나 시동했다. 검이 뱀처럼 살아 움직인다. 죽도가 구부러지던가? 눈을 의심케 하는 변칙적인 움직임으로 후부키를 잡으러, 죽이러 들이닥친다. 토할 것 같은 압박감. —어디야, 어디를 노리는 거야?!

모든 곳을 노리는 것 같다는 생각도 들뿐더러, 전부 아니라는 생각도 든다. 후부키가 드러내는 찰나의 머뭇거림을 가만 봐주지 않은 유우는 죽도를 중심으로 회귀시켜서 마침내 전방으로 덮쳐들었다.

너무나 빨랐기에 웬만한 사람이라면 움직이지도 못했을 것이다. 그러나 후부키는 반사적으로 최고의 방어 방법을 선택했다.

오른쪽 손목과 머리를 상대에게서 숨긴 뒤 죽도를 쥔 왼손은 오른 허리에. 머리, 손목, 허리. 모든 타격 부위를 동시에 지키는 비장의 방어 태세다. 대뜸 공격하기는 몹시 어렵다. ……어려울, 텐데.

시간이 멈췄다. 슬로 모션이 된 세계 속에서 후부키는 분명하게 목격했다.

사납게 어금니를 드러낸 귀신의 표정을.

멈춘 세계 속에서 유우는 행동에 나선다. 중심에서 최단 거리로, 분명 머리를 향해 나아가던 죽도가 정점에서 오른쪽으로 호를 그린다.

아름다운 궤도였다.

마치 시간의 간극을 꿰매는 듯한 일검은 방어 태세의 유일한 빈틈을 향하여 빨려 들어간다.

그 기술은 퇴격 기술 이외에 유일하게 후방에서 잔심을 하는 특수 기술이며, 깃발이 올라가는 데 가장 엄격한 판정을 필요로 한다. 타격 부위에는 본래 카타나(刀)와 와키자시(脇

差), 두 자루의 검이 꽂혀 있는 까닭에 어지간한 일격은 검이 박히지 못했다고 간주되기 때문이다.

비할 데 없이 정확하게 극한의 일검을 상대의 왼쪽 허리에.

그대로 검을 회수하여 자신에게 끌어당기며 상대의 몸체를 검까지 두 동강이로 절단을 낸다. 제대로 들어가면 관객이 일제히 끓어오르는 저 기술의 이름은.

"타아————아아오오샤아아아아아앗————!!"

좌면 허리 치기. 후부키의 왼쪽 허리에 벼락이 떨어졌다.

줄곧 마주 봐왔던 거울에서 부서지는 소리가 난다. 검이 공간을 찢어발기며 진정한 모습을 이끌어 냈다.

분명 천장밖에 없었던 검도장.

그럼에도 후부키는 검의 저편에서 그때 아득한 하늘을 봤다.

"허…… 허리 한판!"

도장이 술렁거린다. 후부키도 그저 멍하니 서 있을 뿐이었다. 그럼에도 유우는 아주 당연하다는 듯이 쭉 치켜 올라간 세 개의 백색 깃발을 흘낏 쳐다보지도 않고 개시선으로 돌아갔다. 뒤늦게 정신을 차린 후부키도 서둘러 돌아간다.

"시작!"

아아, 끝나지 말아줘—.

마치 후부키의 마음속 외침을 무시하는 것처럼 유우가 갑자기 커다랗게 세 걸음 물러났다.

BEYOND THE SWORD

제4합 미나카미, 부 활동 들어갔다더라

악귀가 통곡한다.

높게, 저 멀리, 무인의 동토에서 울려 퍼지는 진혼의 종처럼 곡소리가 만인의 귀를 비애로 에워쌌다.

땅울림과 함께 격렬한 일검이 다시 누군가의 몸체에 용솟음친다.

"허리 한판!"

돌아보지 않는다. 악귀는 희색을 잃어버렸다. 뒷모습만이 다만 저 멀리 걸어간 곳에서 얼음이 되어 간다.

그 뒤를 아무도 따라가지 못했다. 그럼에도 여전히 소년은 투쟁을 계속한다. 맞서 나서줄 누군가를 찾아다니듯이 말을 잃어버린 악귀는 대신 검으로 물음 던진다.

어디냐. 대체 어디에 있냐. 이제 와서 이기고 도망치는 짓 따위 용납할 수 없다. 이 검은 어디로 겨누어야 하나!

"머리 한판."

"손목 한판."

"찌름 한판."

"허리 한판— 시합 종료!"

필요 없다. 이따위 것은 필요 없다. 강변에서 가치 없는 돌을 쌓아 올려도 지옥에서는 가치 있는 무엇인가로 바뀌지 않는다. 잘 알고 있었다. 그럼에도 대신할 것을 찾기에는 인간은 너무나 많이 연약하기에.

아아, 악귀가 되고 싶지는 않았는데…….

인간이기를 관둔 소년의 혼잣말, 비춰주지 못한 태양은 그저 울타리 너머에서 입술을 꽉 깨물고 지켜볼 따름.

서글픈 검이었다.

서글프고 사납고 파멸적이고. 그래서 더더욱 위태위태하며 아름다웠다.

『……이러지 마.』

하지만.

『이러지 마라. 다들 박수를 치지 말아줘! 내 목소리가 안 들리는 건가?!』

어째서 나는 저곳이 아니라 이런 구석에 서 있어야 하나.

『나에게 울지 말라고 말한 게 바로 너였잖아!』

어째서 나는 이렇게나 약한가.

말은 악귀에게 닿지 못한다. 최후의 일검 격중되는 소리가 모든 것을 집어삼키며 사라져 간다. 바닥에 흩어져 있는 대나무의 파편이 눈에 비쳤다. 아마도 부서져버렸나 보다. 그러나 파손된 무기는 가만 놓아둔 채, 악귀는 다음 물음을 위해 곧바로 준비했다. 누구냐. 다음은 누구냐. 몇 명을 더 베면 되는가.

어디까지 가면 나는 한 번 더 녀석과 만날 수 있지—?

평생을 애태웠던 검의 저편.

그곳에 분명 있어야 했을 누군가는 지옥을 다 찾아봐도 없었다.

× × ×

"카이세이. ……카이세이. 일어나렴. 밥 차려 놨단다."

"……아. 미안, 어머니. 금방 일어날게."

"아침 훈련이 없다지만 별일이구나. 혼자 일어나서 나오질 않고."

자기 방에서 카이세이는 눈을 떴다. 등을 만져보니 식은땀에 흠뻑 젖었다. 자명종 소리에도 못 깨어날 만큼 깊이 잠들었었나 보다. 창천기의 꿈을 꾼 날은 오랜만이었다.

창밖을 보니 빗줄기가 거세다. 온도와 관계가 있을까.

"오늘은 평소랑 반대네. 웬걸, 후부키가 엄마보다 빨리 일어났잖니. 아침 훈련도 없는데."

"……어쩐지 비가 내리더라니."

비가 내려도 중지하지 않는다는 게 무슨 말인가. 검도는 야구를 보고 좀 배워야 한다는 생각을 하며 카이세이는 천성의 기상 후 산뜻한 정신으로 척척 교복으로 갈아입은 뒤 계단을 내려갔다.

"어라, 아버지. 벌써 나가는 거야?"

"오, 비 오는 날은 전차가 자주 멈추잖냐. 얼른 나가야지.

……음, 카이세이. 후부키가 좀 이상한데."

현관에서 가죽 구두를 신던 아버지가 의아해하는 표정을 짓고 말했다.

"이상하다고? 뭐가? 걔 바보짓이 하루 이틀인가."

"그거야 당연히 알지! 근데 좀 달라! 뭐, 뭔가, 시집가기 전 같은 느낌이더구나!"

"……무슨 소리야. 아버지, 잠 덜 깼어? 걱정 안 해도 아무도 안 데려가, 저런 애."

그런가? 납득하지 못하는 아버지를 현관 앞까지 배웅한 뒤, 카이세이는 거실 식탁에 앉았다. 그냥 으레 하듯이 좋은 아침이라며 말을 건넨 뒤 우선은 꿈 때문에 바짝 말라붙은 목을 적셨다.

"……좋은 아침, 오빠야."

"쿨럭!"

이제는 아예 환상이 됐던 호칭. 게다가 열기에 달뜬 몽롱한 목소리로 답하는지라 카이세이는 숨이 막혔다.

"더럽. 징그러. 오빠, 진짜 못났어."

"네가 기분 나쁜 소리를 꺼내서잖아!"

"……아무 말도 안 했는데. 아무튼 오빠도 밥이나 빨리 먹지? ……지각할 거야."

누구냐, 이 녀석. 카이세이는 말을 잃었다.

평소라면 아침은 무조건 침묵만 지킬 뿐 아니라, 오빠에 대한 배려 따위야 절대로 안 하는 시건방짐의 상징인데.

"……그래. ……그러니까, 그렇게."

이어질 말은 무엇이었을까, 유우는 알 수 없었다. 생각하던 중에 하즈키가 자료집의 페이지를 제멋대로 넘겼다. 야요이(弥生) 시대가 단번에 막부 말기(幕末)로 워프. 흐뭇해서 쓰다듬어주고 싶다.

"저기~? 하 쨩?"

"토기, 재미없어. 여자면 입 다물고 막부 말."

하즈키의 작은 손이 페이지 귀퉁이를 접어 표시하려고 한다. 그러나 도중에 멈췄다.

"벌써 표시를, 해놨어. 미나카미도, 막부 말?"

"……부끄러운 것만 쏙쏙 찾아내지 마. 어차피 나는 이때에 태어났다면 어땠을까~ 가끔 상상에 빠지는 영원한 중2병이라고. 민망하네."

"……그렇지 않아. 적어도 시합 중에는, 멋있었어. 이누이 후부키, 쌤통."

작은 손가락이 팔을 찔렀다.

일일이 두근두근하는 처지가 분한 까닭에 유우는 슬쩍 반격해봤다.

"적어도라는 전제는 붙이지 말자. ……어때? 하 쨩, 결혼할까?"

"싫어. 미나카미, 내 타입 아니야. 그런 소리는 치히로한테 해. 소름."

아무 자비도 없이 일도양단. 피 토하는 심정으로 천장을 올려다보던 때 종이 울렸다.

아. 오늘도 수업이 끝나버렸다.

유우는 거하게 한숨을 쉬었지만, 반면에 하즈키의 얼굴은 살짝 반짝이며 빛난다.

"갈게. 또 놀자. 미나카미랑 노는 거, 재밌어."

"……자기 타입은 아니라면서?"

"여자는 배가 많아. 무한."

그렇게 말한 뒤 소녀는 자기가 앉은 책상에서 숨겨 놓았던 자기 자료집을 꺼내 들었다.

유우가 바짝 굳는다. 마무리 일격처럼 하즈키는 좀처럼 보여주지 않는 만면의 미소를 해금시켰다.

"맛있었어. 이따, 부 활동에서 보자."

종종 떠나가는 하즈키의 뒷모습을 똑바로 바라볼 수가 없다. 무심결에 창밖을 봤다.

"……도시 여자애, 레벨이 너무 높잖아. 다들 저런 느낌이야?"

빗방울을 머금은 벚나무, 새로 난 잎사귀가 싱그럽다. 시작의 4월도 이제 곧 끝난다.

"……제길, 두근두근하잖아. 자유 대련에서 갚아줘야지……."

미나카미 유우는 검도부에 들어갔다.

× × ×

"마지막 한판이야, 야시롱. 연장은 없음, 두말없음이다."

"시끄러워, 다 아는 소리 관둬라! 암튼, 야시롱이라고 부르지 마라!"
기운 참 좋군요~ 피식거리며 웃고는 유우는 도장의 상수를 맡아 죽도를 들어 올렸다.
시계를 힐끔 곁눈질했다. 오늘 연습도 종반. 서로 상대를 정한 뒤 기술을 숙달시키는 훈련, 자유 대련의 종료까지 이제 10분 남았다. 일단락의 시기는 큰북 소리로 알려주는 경우도 있고, 이렇게 서로 합의를 하는 경우도 있다.
마지막 한판 승부는 기본적으로 진검 승부.
다만 자신보다 손아래의 인물과 대결할 때는 일부러 마지막 한판을 따내도록 맞아주는 경우도 많다.
"간다아, 허리이————! 네, 즉사요~. 야시롱, 스페랑카야? 수고~."
유우는 귀찮은지라 하지 않는다. 텅텅 빈틈을 보여 머리를 노출시켰더니 야시로가 냅다 뛰어들었기에 가차 없이 폭탄과 같은 받아 허리 치기를 작렬시켜줬다. 『바보는 죽어라』. 심플한 어검관의 가르침이다.
"크, 큭……! 이 자식, 한판 더 붙자!"
"안 돼. 아까 두말없음이라고 말했잖아. 애당초 목숨은 두 개가 아니거든? 너무 경솔하네."
"그, 그래도 좀……. 아직 시간 남았는데 괜찮잖아?!"
"아이고~ 손님, 뒤에 줄을 보세요."
사람이 아닌 훈련 기구 신세가 된 미나카미 유우, 벌써 셋이나 대기 중. 오늘은 진짜 휴식도 없이 풀가동이다.

역시나 새로 설치한 기구는 인기가 좋군, 살짝 자조하며 야시로를 타이른다.

"열심히 머리 잘 써서 다시 수행해라, 랭크 90위. ……아, 맞다. 아까 부탁한 거, 부탁해도 되나?"

"……칫. 알겠다고! 남자는 두말 안 해!"

"착하네. 약속 지키는 아이가 좋아, 야~시롱♪ 지금 표정으로 30분은 더 일할 수 있다~."

시끄럽다, 죽을래! 버럭버럭 떠들어 대는 소리를 무시한 채 유우는 검을 거뒀다. 다음 상대가 곧장 이어서 다가오던 때, 일단 오른손을 내밀어 제지한 뒤 후배가 있는 곳으로 달려갔다.

용구 창고의 남는 물건을 대충 찾아서 가져왔기에 갑의 사이즈가 맞지 않는다. 그러나 몸에 딱 맞는 하얀색 도복이나 마토이에게 물려받아 옷자락을 내려서 입은 백색 하카마 차림이 무척 잘 어울렸다.

"도복 차림이 의외로 잘 어울리네. 후배."

"왜 일부러 와서 놀리는 거예요. 진짜 한가하네요! 어차피 호구도 헐렁거려서 초보자티 나는 게 뻔한데!"

호면부터 이래저래 전부 장비한 시오리가 어색한 움직임으로 흥흥 화낸다. 호구 때문에 움직이기가 힘든 탓이다.

"말 전해주러 왔어. 내가 야시롱 불러올 거야. 걔 데리고 피하는 연습부터 하자. 걔가 여기에서 제일 재빠르니까 경험치가 쭉쭉 쌓일 거야. ……시합, 나가야지?"

"으. 네, 건방지지만요. ……알겠습니다. 야시로로 참을게요."

× × ×

"손모오오——————————오오오오………… 어엇?!"

거짓말이지~ 미토 아이리는 자신이 때렸는데도 믿기지가 않았다. 후부키에게 손목 머리 치기가 들어가버렸다.

말도 안 된다. 왜 이렇게 간단한 거야? 「여친 불만 들어줄게~」라는 구실로 연애 상담을 하는 흐름에서 냅다 남친을 낚아채는 짓만큼 간단했다.

이누이 후부키가, 검희가, 이렇게 간단할 리 없다.

"후, 후부키~. 방금 이게 마지막 한판이었는데……. 한 번 더, 할 거지?"

"……아냐. 내가, 졌어. 그만할래……."

"컴온 애플 서포트~! 바이러스 걸렸다~! 아무 짓 안 했는데 망가졌어~!"

오늘은 아이하라가 교직원 회의 때문에 없는 관계로 자유대련의 분위기가 진짜 자유롭다.

저쪽에서 오오누키 링고가 소환에 따라 달려온다.

"너, 너희들 정보 약자는 맨날 이렇지! 뭔가 저질렀기 때문에 망가진 거야! 원인을 정확하게 분석해줄래! 부탁이야, 링고 씨는 신이 아니야. 무슨무슨 인터넷이 망가졌다는 푸념도 더는 싫거든, 괴롭히지 마……."

무엇인가 트라우마를 자극당한 모습의 링고는 가만히 놔둔 채 아이리가 후부키의 두 어깨를 붙잡아다가 기우뚱기우뚱 흔들었다.

"어떻게 된 거야~ 후부키. 부족해, 부족해 타령이나 더 하란 말이야~! 괜히 나까지 불안하잖아!"

링고도 후부키의 신상에 뭔가 일어났나 싶어서 안절부절못하기 시작했다. 반응을 봤다.

보석 같은 눈동자가 글썽글썽하며 당장에 울 것 같았다.

"……링고, 아이리……. 도와줘……. 나, 이상해. 망가져버렸어……."

두 사람에게 묘한 설렘이 치달린다. 테크니컬 서포트가 이것은 중대 사건이라며 진단에 들어갔다.

"이, 이상하다고? 뭐가? 구체적으로 언제부터 어떻게 이상했는지 링고 씨한테 차근차근 가르쳐주기를 바라!"

질문을 받은 후부키가 언어화를 시도한다. 두 손으로 심장을 부여잡고.

"바, 방문 시합 때부터. ……대결에서 진 다음에 머리가 멍해지거나, 히죽히죽 웃음 나오고, 갑자기 막 불안해지는데. ……그리고, ……여기가 두근두근 뛰어. 얻어맞은 다음에, 가슴이 너무 아프고, 꽉 차올라서……."

두 사람이 얼굴을 마주 바라본다. 그리고 국회의 답변처럼 엄숙하게, 아이리가 손을 들어 올렸다.

"미토 방위 대신."

"그, 그게 말입니다, 잘 들으세요, 그게 말입니다. ……사랑

“나도 인간 행세가, 엉망이잖아. ……그런 부분은 역시나 부모 자식인 걸까.”

삐걱거리는 관계도 싸움한 뒤 없어져버리는 것보다는 훨씬 괜찮다.

치고받고 싸우면 끝장, 눈앞에서 모든 사람이 사라질 테지.

그것만큼은 싫었다.

“……응? 뭐야? 히토미?”

띠링, 통지음. 배너 표시된 새 메시지를 터치했다.

[아이하라 히토미] 말하려다가 깜빡했는데 저번에 찍은 동영상, 이누이한테 줘버렸어. 사후 통지라서 미안~♪

“진짜 못됐네…….”

본인이 패배했던 동영상을 줬다니. 게다가 꽤나 굴욕적인 내용인데. 자신이라면 데이터를 파괴하겠다.

“그런 걸 보고 좋아하는 녀석은 진짜 심각한 변태일 텐데……. 절대 친구가 되고 싶지는 않아.”

거실 전등을 끄고 자기 방으로 돌아왔다. 오늘은 폐점.

× × ×

“아, 보고 또 봐도 좋구나……. 눈이 행복해. 한 번 더 보자.”

이누이 카이세이는 언젠가의 여동생과 똑같이 소름 끼치는 표정으로 연습이 끝난 뒤 동영상을 보고 있었다. 내일 연성회에 대비해서 호구 주머니와 죽도 주머니가 꽉 들어찬 슈스이

"거짓말 아닙니다. ……아, 다행이다. 역시 선배들도 잘 아는 녀석이었군요."

"바보 자식아! 내가 이 자식을 잊어 먹을 리 없잖냐! 어우, 뭔데, 어이구?!"

카이세이가 무슨 이유인지 뿌듯해한다.

그리고 하시쿠라는 이상하리만큼 소란을 부리는 터라 카게시타는 의아한 마음을 주체할 수 없었다.

"여러분? 왜 이렇게 놀랍니까? 그 『미츠루기』라는 사람이 많이 강합니까?"

"가, 강하단 말 갖곤 설명이 안 된다! 귀신이야, 이 자식은! 중1 여름에 전국 대회 중학교 부문에서 우승해버리는 괴물이란 말이다! 요놈아, 너는 왜 모르는 거야!"

"이, 이유는 딱히……. 저한테 중학교 부문 최강은 항상 이누이 선배였는데요?"

타키모토가 뒤이어 카이세이의 동영상을 들여다본다. 위인의 생전 영상을 보는 것처럼 침음했다.

"진짜로 미츠루기구나. 살아 있었나……. 카게시타는 모르는 게 당연하군. 이 자식은 창천기밖에 안 나갔으니까 말이야. 중1 여름에 3위, 겨울에 준우승. 중2 여름은 기권에 겨울은 우승. 그런데 3학년부터는 아무 데도 안 나왔다. 관뒀다는 말도 돌았고, 사고라든가 병 때문에 죽었다는 말도 돌았어."

"……아뇨. 잠깐, 잠깐요. 아니죠. 그렇게 강한 사람이 왜 대회에는 안 나왔던 겁니까?"

"나도 아는 게 없어. ……아무튼, 지금 와서는 아무래도 좋아."

카이세이는 휴대 전화를 집어넣은 뒤 이번에는 연성회의 프린트를 손에 들었다. 참가 학교의 항목을 보고 입술에 미소가 떠오른다.

"만날 수 있어. ……이제껏 쭉 기다려왔다."

검도를 할 예정인데도 내일이 기대돼서 견딜 수가 없었다.

BEYOND THE SWORD

제5합 해후 첫마디

5월, 연휴의 이른 아침.

유우는 호구 세트를 들고 버스 정류장에 서 있었다. 하품을 한 타이밍에 버스가 온 터라 올라탔는데, 민폐 지대한 호구를 앞에 놓은 채 앉아 있는 승객이 보였다. 경축일 이른 아침의 버스는 사람이 적은 까닭에 등줄기를 쭉 펴는 올곧은 자세가 특유의 분위기를 더욱 두드러지게 한다.

"아, 부장. 좋은 아침입니다. 벌써 만났네요."

"그래, 좋은 아침이군. 너도 이 노선이었나. ……앉아라."

"그럼, 실례하죠."

후배니까 서서 가겠다거나 괜히 사양하지 않고 유우는 에사카의 옆에 앉았다. 호구가 걸리적거려서 비좁았다.

"연습 시합은 얼마만이지?"

"음~ 글쎄요. 연성회 같은 시합 러시는 아마 중2 이후로 처음일걸요."

검도부는 장기 연휴 및 휴가에 들어가면 연성회라는 이름의 연습 시합을 하는 경우가 많다.

큰 체육관 등의 장소에 많은 학교를 소집한 뒤에 셋이나 네 학교로 구성하는 리그전을, 조합을 바꿔 가면서 온종일 되풀이하는 행사다. 시합 숫자는 많으면 스물에 달하는 경우도 있고, 마지막에는 모든 학교가 뒤섞여서 좋아하는 상대와 대결하는 자유 대련도 있다. 그야말로 시합에 절여지는 하루가 되는 셈이다.

“좋은 행사다. 다양한 상대와 붙을 수 있지. 공식 대전이 아니니까 다양한 기술도 시험하며 즐길 수 있다. 무엇보다 최고의 대결에 대비하기 위한 최고의 조정 기회가 되어주지.”

“최고의 대결? 뭡니까?”

“전국 대회 예선. 벌써 다음 달인가. 지는 순간에 3학년은 기본적으로 은퇴지.”

개인전은 6월의 상순, 단체전은 중순에 실시된다. 8월에 개최되는 전국 대회에 갈 수 있는 인원은 개인의 경우 상위 두 명이고, 단체는 우승 고교뿐이다. 대부분의 검도부는 이 공식전을 하나의 단락으로 두고 세대교체를 한다. 7월, 8월에도 독자 개최의 검도 대회는 있다지만, 임의 참가인 터라 강호 고교 이외에는 별 관계가 없다.

“너무 빠른데요. 후배를 열렬하게 영입한 뒤에 휙 사라지겠다는 겁니까? 부장도 꽤 나쁜 사람이네요.”

“걱정하지 않아도 올해는 여름까지 남아 있어주마. ……신청서는 인정을 해주던가?”

“네. 선생님 파워였지만요. 말을 하니까 당장 오케이가 떨어지던데요.”

전학생은 신청이 처리되지 않는 한 당분간은 시합에 나갈 수 없다. 유우와 같은 가정 사정은 『부득이한 사정』 중 하나로 명기되어 있기에 신청이 통과되었던 셈이다.

"다행이군. 그것 하나가 걱정이었다. ……올해야말로, 슈스이를 이긴다. 기필코."

"이누이 씨의, 오빠, 였던가요. 역시 이기고 싶은 겁니까?"

"그야 물론이지. 아니, 네가 이누이를 몰랐던 게 의외였다만."

의외든 무엇이든 모르는 사람은 모른다.

유우는 평소처럼 헤실헤실 웃으며 얼버무렸다.

"다른 사람들한테 별로 관심이 없어서요. 그나저나 다들 강하다는 말을 하더라고요."

"그렇지. 다른 차원의 실력이다. ……옛날에는 저런 경지까진 아니었는데 말이지. 강하단 말은 들어도 가끔 지기는 했고, 한판 빼앗기는 경우도 많았고, 전국 결승은 언제나 살얼음판 한 장의 승부였어. 상식적으로 강한 실력이었단 말이지. 다만, 재능이 개화되었던 걸까. 중3이 된 이후부터 극적으로 손쓸 도리가 없어지더군. 특히 퇴격 머리 치기. 정말 보이질 않아."

"……와아~."

"붙어보고 싶나? 오늘은 슈스이도 온다. 운이 좋다면 직접 대결해봐라. 운이 나쁘다면 전국 대회의 개인 출전권을 실력으로 따내야겠지. 이누이는 반드시 나올 테니까 싫어도 대결하게 될 거다."

전국 대회 예선에는 물론 전원이 출전하지는 못한다. 개인전 출전권은 학교 하나에 두 사람이다. 교사의 독단으로 결정

"타치바나 선배는 사람을 막 부려 먹어! 쳇, 입구 반대쪽을 노리겠습니다. 죽도 주세요."

앞서 나가려고 하는 야시로에게 별로 서두르고 싶지 않았던 쿠로세가 못을 박았다.

"야시로, 버릇없다. 죽도로 자리 맡기는 안 되니까 호구를 짊어지고 가라, 호구를."

"후지노 호구, 포 유. 야시로, 힘내."

"으앗, 무겁네! 제길, 나 중학교 때는 죽도도 오케이였는데!"

"입 말고 다리를 움직여라, 부장 명령이다. 키노사키를 봐라. 벌써 저기까지 앞서 나갔잖나."

에사카가 걸어가면서 저 멀리 앞쪽을 달려 나가고 있는 키노사키를 손가락으로 가리킨다. 마도카가 오오, 소리를 쳤다.

"요즘 키노사키 군, 기운 넘치네~? 살짝 많이 흥분한 느낌이 든다?"

"나도! 나도 요즘에 기운 넘쳐유! 뭔가 요즘에 의욕이 마구 솟거든요~. 오늘은 지지 않아!"

"치히로 선배는 언제나 기운이 넘치시잖아요……."

시오리는 오른쪽 집게와 엄지로 안경을 잡아 쓱 들어 올리며 생각했다.

요즘, 두 사람만 두고 하는 이야기가 아니라 2학년 선배들은 모두 사기가 높은 것 같다.

어제 연습 후 하즈키 선배와 따로 남아서 퇴격 손목 치기의 수비자(받아주는 역할)을 부탁받았다. 시종일관 무표정으로 고개를 갸웃거리며『어떻게 저게 되지』줄곧 시도를 계속했던 것이 인상적이었다.

그게 전부가 아니다. 어제는 심지어 쿠로세 선배까지 더 남아 있었기에 깜짝 놀랐다. 너무 의외라서 안경이 깨지는 줄 알았다. 본인 말로는『어딘가의 바보가 죽도를 망가뜨려서 말이야』라는 이유라는데, 줄곧 의자에 앉은 채 해체한 대나무 부품으로 새 죽도를 만들어 내고 있었다.

『이걸 도대체 어떻게 읽어 낸 거야? ……아, 오른쪽에 한 번 페인트를 넣었나. 이건가.』

그러나 시오리는 봤다. 무릎 위쪽에 1학년 학생더러 찍게 한 연습 동영상을 재생시키고 있던 화면을.

"……다들 선배한테 눈이 가는구나."

어떤 감각일까. 같은 나이에 저런 사람이 있는 감각은.

한 살 아래인 자신은 별로 잘 모르겠다. 오히려 최근에는 자꾸 불만만 느끼고 있는 처지였다.

"야시로한테 맨날 떠넘기고……. 조금 더 시간을 내줘도 괜찮을 텐데."

찾는 사람이 많다는 것은 잘 알뿐더러 분명 효율은 좋은 방식이라는 것도 잘 안다. ……하지만.

"어째서 자기는 손을 안 뻗어주는 거야. ……항상 먼저 돌아가버리고. 바보."

접촉 엄금이라고 분명히 **그날** 말했었지만. 당연히 그냥 튕기기잖아. 어째서 진짜 말뜻을 못 알아듣지?

불만을 쏟아 내고 싶어서 범인을 찾는다.

또 언제 연기처럼 사라졌는지 유우는 온데간데없었다.

× × ×

“사람 많은 게 싫다는 시점에서 벌써 치명적으로 도시와 맞질 않는구나, 난…….”

일부러 느긋하게 화장실에서 볼일을 마친 뒤 유우는 사람이 빠지기 시작한 체육관을 시름시름 걸었다. 개회식까지 남은 시간 중 회장은 워밍업을 위해 개방된다. 그러나 연습 장소는 먼저 맡은 사람이 임자이기 때문에 더욱 넓고 더욱 좋은 장소를 차지하고 연습하기 위해서 어느 학교든 서두르게 된다.

그런 상황인지라 제대로 체조도 하지 않은 채 호면을 쓴다거나 호면을 쓰는 와중에 다른 학교의 부원에게 장소를 빼앗기거나 그 탓에 실랑이가 거세졌다가 주위의 연습하던 사람들과 부딪친다거나.

“어휴. ……시합은 역시 싫다니까.”

시합 전 연습도, 그리고 무엇보다 잔뜩 기다리고 있는 시합도. 싫다는 생각밖에 들지 않는다.

흐린 하늘이 마음을 에워싸려 할 때마다 이래서는 안 된다고 떨쳐 내기 위해서 고개를 흔들었다.

유우는 아래를 보며 옷을 갈아입기 위해서 관객석으로 가는 계단을 올라갔다. 호면과 호완을 든 감색 도복 차림의 두 사람과 엇갈렸다. 갑상의 이름에 적힌 학교 이름은 슈스이 대학 부속고. 소문의 오빠가 다닌다는 학교다.

유우는 무심코 고개 돌렸다.

"하시쿠라 선배. 이누이 선배는 또 어디에 갔답니까?"

"위에서 아직 체조나 하고 있지 않겠냐. ……그런가, 카게시타는 아직 카이세이를 잘 모르겠구나. 그 녀석, 옛날부터 시합 앞두면 기분이 안 좋아지거든. 이렇게 사람 많은 곳이면 특히 더."

"엥, 어째서요? 재밌잖아요, 시합. 연습보다 몇 배나!"

"……글쎄다. 사람이 싫은 거 아닌가~? 아주 모르는 심정은 아니지만 말야."

엇갈려 가던 유우를 알아차리지 못한 채 두 사람은 1층 회장의 문 안쪽으로 사라져 갔다.

"다른 사람한테 들으니까 엄청 싫은 녀석이네. ……나처럼."

자조한다. 유우는 잠시 멈췄던 다리를 움직여서 천천히 계단을 올랐다. 창문으로 비쳐 들어오는 햇살이 눈부셔서 층계참에 일단 멈추어 섰다. 그 빛과 계단의 끝에 누군가가 서 있었다.

"드디어, 찾았구나."

눈이 부셔서 정체를 알아볼 수 없다. 인지되는 것은 목소리뿐이다. 어린 소년과 같은 천진난만함이 약간은 남은 나지막

하고 달콤해서 매력이 있는 목소리. 아마 기억의 어디에도 없는 목소리였다.

“다시 만나지 못할 줄 알았어.”

죽도 주머니를 든 채 유우는 햇살을 가렸다. 감색 도복과 면제(綿製) 하카마의 위에 호완과 갑상이 보였다. 또한 까마귀의 싱그러운 젖은 날개색 같은 머리카락에는 기시감이 있다. 최근에 닮은 여자아이를 봤기 때문일 테지. 긴 속눈썹과 두 겹의 눈꺼풀, 이성으로 립글로스를 바른 것 같은 우아한 입술. 그리고 갑상의 이름에 각인되어 있는 최강의 이름. 저 남자의 어딘가 여동생과 닮은 얼굴은 애써 웃으려다가, 다만 입술을 도로 깨무는 통에 어떠한 이유인지 감정의 실패작 비슷하게 비틀려 있다. 유우에게는 그 얼굴이 터져 나오려는 울음을 참는 것처럼 보였다.

“카이세이 군, 맞지?”

카이세이는 숨을 멈췄다. 믿을 수 없었다.

한때 사라졌던 동경이 저편에 서 있다는 지금 이때만으로도 기적인데 심지어 자신의 이름까지 불러주다니.

충동을 주체하지 못한 카이세이는 층계참까지 두 계단씩 뛰어 내려왔다.

“나, 나를…… 기억하는 거야?”

“응? 얘기는 들었거든. 이누이 씨의 오빠잖아. 되게 세다고

말들 하던데.”

유우는 다시 무해하게 웃는 표정을 지었다. 그 얼굴을 본 카이세이는 몇 년 만에 허를 찔리는 기분에 휩싸였다.

커다랗게 눈을 떴다가 곧 숨을 토하며 쓴웃음을 지었다.

“……그렇겠지. 뭐, 이게 당연한가.”

“오, 자신만만이네. 역시 강한 사람은 이렇게 티를 내줘야 돼.”

“어, 아니, 아니야! 거기에 하는 대답이 아니라!”

허둥지둥 손을 움직이며 오해라고 사정을 설명하자는 생각부터 들었다. 그러나 유우가 든 호구와 죽도를 보자마자 머릿속 생각은 안개처럼 사라진다.

“……난감한데. 이렇게 말재주가 엉망이었나.”

그래도 딱히 상관없겠다. 오히려 더 잘된 일인지도 모른다. 카이세이는 죽도 주머니를 어깨에 걸치고 유우보다 아래 위치가 되게끔 계단을 내려가서 멈췄다. 계단을 다 내려간 카이세이는 높은 위치에 있는 유우를 다시 올려다본다.

살짝 인상이 달라졌다. 친절한 미소로 질문 던진다.

“나를 예전부터 알았어?”

“……응. 닮은 사람을 알았던 것 같군. 혹시 나중에 떠오르지 않을까.”

그리고 카이세이는 입꼬리를 끌어 올렸다. 시건방지게 죽도 주머니를 유우에게 들이민다.

“나중에 잔뜩 이야기하자. ……줄곧. 줄곧, 기다렸다는 기분이 들어.”

그 말만을 남긴 뒤 카이세이는 가벼운 발걸음으로 떠나간다.

유우는 무슨 이유인지 그 뒷모습에서 눈을 뗄 수가 없었다.

"어디 대회에서 만났나? 도전적이네, 오빠분."

카이세이? ……예전에 살던 지역에서도 전국에서도 창천기에서도 그렇게 정갈하고 멋진 이름은 들어본 적이 없는데.

유우는 오늘 처음으로 진심에서 웃음이 새어 나왔다. 계단을 다 올라간 뒤에 2층에서 다시 그 이름을 중얼거렸다.

"이누이."

"네, 네엣!"

분명 방금 사라졌던 사람에게서 대답이 돌아오는 바람에 유우는 당황했다. 잘 살펴보니까 목소리도 모습도 너무 귀여워진 데다가 도복도 감색에서 새하얀 색깔로 달라졌다. 갑상의 이름에 적힌 학교명은 토오 학원이다.

"아! 오랜만이네! 기억난다……. 후부키!"

죽도 주머니를 든 손으로 짝 치고 유우는 오른손으로 총을 만들어서 후부키를 가리켰다.

어떠냐, 슌스케. 봤냐! 나도 노력하면 귀여운 여자애 이름 한둘은 외울 수 있다고!

그런 기쁨에서 무의식중에 나온 행동이었는데 후부키의 반응은 얇은 가슴을 부여잡고 몸부림치는 것이었다.

"아앗, 으……! 이, 이름으로, 갑자기……."

괴로워하는 느낌도 제법 박진감이 있다. 얼굴도 발갛고. 의외로 잘 받아준다는 것이 유우에게는 의외였다.

"아, 미안. 내가 좀 나댔지. 실례를 했어. 다음부터는 이누이 씨라고 부르……."

"아, 아니야, 괜찮아! 후부키가 좋아!"

두 손에 주먹을 만들어서 강하게 압박하며 단언한다. 한 걸음 물러나며 「어, 어어」라고 대답했다.

아마 본인의 이름을 마음에 들어 하는가 보다. 마음은 이해가 된다.

"하긴, 참 예쁘지. 후부키(吹雪)니까."

"예, 예쁘다……………………."

유우(悠)는 『아득히, 멀다』라는 뜻이다. 별로 좋아하지 않는다. 마치 이름이 실체를 나타내주는 것 같았기 때문이었다.

그런 유우의 마음은 전혀 모른 채 외모를 칭찬해주는 말로 받아들인 후부키는 기쁨의 빈사지경에 처한 상태였다.

엄마, 유전자 고마워요. 사랑해. 그래도 낳은 순서만큼은 절대로 용서할 수 없어.

"저기, 후부키. 나한테 뭔가 볼일 있어? 없으면 슬슬……."

"어. 아, 잠, 잠깐! 저기, 그게……. 오, 오늘은, 날씨 참 좋네!"

스스로 돌이켜봐도 너무 심하다. 아이리가 옆쪽에 같이 있었다면 1초 만에 버럭했겠다.

"응, 어어. 그야말로 쾌청(快晴)하다는 느낌이네. 아까 말이야, 오빠분하고 만났거든."

게다가 화제 선택도 안 좋았다.

들떠 올랐던 후부키의 체온이 단박에 떨어졌다. 결정타로 듣게 된 말은 관심이 있는 이성에게 가장 듣고 싶지 않았던 얘기.

"잘 보니까 많이 닮았네, 둘이. 역시 남매구나."

"안 닮았어! 그딴 놈, 오빠도 아냐!"

발악하다시피 말을 끊었다.

정신 차리고 유우를 바라봤더니 어딘가 먼 느낌을 받는 표정으로 쓴웃음을 짓고 있었다. 정말 자그맣게 한마디를 중얼거린다. 딱히 착각이 아니라면 과하게 좋은 자신의 청각이 포착했던 말은 하나다.

부러운걸.

"미안, 후부키. 난 이만 가볼게. 더 늦으면 다른 부원들한테 혼날 테니까."

"……아. ……응, 알았어……. …………앗, 저기, 있잖아! 미나카미, 군!"

이름 놔두고 성씨로 부른 자신은 못난이다. 진짜 바보다. 아무튼 하다못해 이 말만큼은 끝까지 한다!

"오, 오늘, 점심 같이 먹자! 저기, 다들 옛날 친구랑 만난다고 해서. 그러니까."

"아, 응. 좋아! 그럼 이따가 보자!"

유우가 달려서 떠나간다. 분명 시간이 많이 급했을 테지.

"으…………. 해…… 냈다……!"

그래도 승리는 승리. 후부키는 제자리에 쪼그려 앉아 주 주먹을 불끈 쥐었다.

아래쪽에서 들려오는 연격의 죽도 소리가 고동과 함께 자꾸 자꾸 커져만 간다.

무인 연성회가 지금 막을 올렸다.

× × ×

『그러면 제1시합, 시작!』

"잘 부탁드립니다!"

넓고도 넓은 체육관이 대결 개시를 알리는 버저 소리와 목소리로 가득 찼다. 뒤늦게 박수 터져 나오는 소리가 쫓아왔다. 오늘은 온종일 3학교의 리그전을 되풀이한다. 시합 이외의 나머지 1학교는 심판이다.

"시작!"

"으라아아아아앗!"

"샤아아아아랴아!"

체육관에 다수 만들어 놓은 백색 정사각형의 코트 중 후지노미야 고등학교의 자리는 가장 바깥쪽에 있는 A코트. 게다가 제1시합부터다. 선봉으로 임명된 야시로가 돌격 대장을 맡아 접전을 시작한다.

부장인 유우가 나갈 차례는 조금 나중이다. 호면을 벗고 죽도를 왼쪽에 놓아둔 뒤 책상다리를 했다. 오른편 옆에 앉은 대장의 왼쪽 소매를 쓱쓱 붙잡아본다.

“에사카 부장. 편성표 갖고 있습니까?”

“그래, 있지. 홍백띠와 같이 넣어 놨다.”

“유우~ 꺼내는 김에 말이야, 나한테 홍백띠 달아주면 안 될까?”

“어어, 알겠어, 슌스케. 쿠로는 홍백띠 달아 놨어?”

“그래, 아까 야시로가. 역시 후배는 심부름을 위해 존재한단 말이지.”

유우는 근처에 놓아둔 홍백띠 보관함에서 바로 편성표를 꺼내 들었다. 어느 이름을 찾는다.

“당첨…… 인가? 최종 리그, E코트의 제1시합에서? ……오빠분은 고정이구나. 멀었네.”

슈스이 대학 부속고는 코트를 이동하지 않는다. 강한 학교는 우대를 받는 법이다. 한편 후지노미야 고등학교는 리그마다 마치 유목민처럼 코트 이동을 거듭해야 하는 처지였다. 이게 꽤 귀찮다. 게다가 어떤 리그든 마지막까지 슈스이 쪽 코트와는 멀리 떨어져 있다.

“맛있는 건 마지막에 먹고 싶다는 주의인데. ……냄새도 못 맡는 건가.”

유우의 목소리가 나직해진다.

키노사키의 등에 재빨리 홍백띠를 달아준 뒤 다시 책상다리다. 시합 때 앉는 방식에는 이것저것 있는데 기본적으로 선봉전과 대장전에서는 정좌로 앉아야 했다.

그럼에도 하지 않는다. 유우는 보이지 않는 슈스이 대학 부속고 방향으로 눈에 힘줬다.

알고 있다. 어차피 예의 오빠라는 사람도 평소처럼 뻔한 결말로 허망하게 끝날 테지.

그래도 잠깐 동안은. 거짓이라도 꿈을 보여줘도 괜찮지 않나?

"……무엇을 기대하며 오늘 하루를 보내야 하는 거야."

그래, 좋지 않다. 좋지 않아. ……좋지가 않다.

"이봐, 유우. 너 자기 홍백띠를 안 달았잖냐? 내가 달아주마."

"……슌스케."

다행이다, 등을 돌리며 숨을 내쉬었다. 아는 녀석과 이야기하면 조금은 마음도 풀어질 테지.

"유우, 오늘도 잘 부탁한다! 아주 싹둑싹둑 베어서 눕혀달라고! 네가 맡은 포지션이 오늘은 두 판 승리의 확정 존이다!"

호갑의 끈에 홍백띠를 묶어주는 키노사키의 말에 반응하지 않는다.

위가 거뭇하게 물들어 감을 알 수 있었다.

"오늘 말이야~ 어울리지도 않게 기대를 좀 했거든. 역시 시합을 하면 이기고 싶잖아? 이겨야 재미있잖아. ……나는, 스스로는 별로 대단할 게 없지만 말야. 너랑 함께면……."

"슌스케."

등을 돌린 채 가로막는다.

"슌스케는 말이야. 혹시 내가 강하고 친절한 히어로라든가 뭔가라고 생각하는 거 아니야?"

"……어. 히어로? 뭐, 우리 검도부의 구세주라는 생각은……."
"그거, 아니거든. 저번에도 한 말인데 타인이 멋지게 딱 나타나줄 리 없잖아."
거듭 말해주는데도 이렇게 당연한 사실은 대체 왜 모른단 말인가.
"난 그냥 성질 좀 고약한 문제아라고. 아무래도 착각을 하는 것 같아, 슌스케는."
"무, 무슨 소리를 하는 거야? 네가 나쁜 녀석이라면 나는 뭐가 되는데."
급히 웃음을 짓는 상대와 눈을 똑바로 마주 볼 수가 없었다.
"정확하게 선을 그어 두는 게 좋을걸, 슌스케. ……기록이라도 맡아보는 게 어떨까? 차분하게 봐 두지 않으면 내가 지독한 놈이라는 걸 몰라볼 테니까 말이야. ……나는, 너처럼 좋은 녀석이 아니야."
좌례한 뒤 호면을 썼다. 더는 아무에게도 얼굴을 보여주고 싶지 않았다.
"……앞부터 갈까. 오늘은."
아아, 좋지 않다. 좋지 않아. 좋지가 않아. ……그래도 이제는 어쩔 수 없다.
선 자세, 장비의 맵시, 발검하는 방식, 아울러 걸음걸이. 굳이 맞붙지 않아도 저런 요소에서 결론이 난다.
"이겨야, 재미가 있다?"
이딴 허수아비, 아무리 베어도 웃음조차 안 나온다.

일어서서 천장을 바라봤다. 답답하고 따분한 천장.

어째서 내가 지금 검을 쥐고 있어야 하나.

『여러 가지가 눈에 보이게 돼.』

"……미안, 유키무라 선배. ……나 자신밖에, 보이질 않아."

자신의 나약함이 부끄러웠다.

× × ×

"머리잇!"

둔기가 터져 나가는 듯한 소리. 머리 위쪽으로 치켜든 죽도와 동시에 이견이 없는 세 개의 깃발이 올라갔다.

카이세이가 달려서 개시선으로 돌아온다. ……느려. 느려. 느려. 빨리 돌아와다오.

"시합 종료. ……인사!"

"감사합니다!"

당연하다는 듯이 두 판으로 승리를 거둔 카이세이는 정렬을 마친 뒤 곧장 호면을 벗었다. 시계를 봤다.

"아, 잘하면 볼 수 있겠네! 죄송합니다, 다녀오겠습니다!"

"어, 어어, 이누이. 이제 점심시간인데. 뭐하러 이리 서둘러서—."

이미 코트에서 사라졌다. 타키모토의 손이 허공을 가른다.

"빨리 끝났네요. 오전에 전부 두 판 승리잖아요. 이대로 오후까지 완봉을 하는 게……?!"

"바보. 그딴 거 카이세이라면 당연한 결과라고. ……그냥 빠른 게 아니야. 진짜 좀 황당하게 『너무나』 빨라, 오늘 저 녀석. ……어우, 아주 인정사정이 없군."

카게시타의 옆에서 어색하게 웃음을 띠며 하시쿠라는 스코어북에 기록을 했다. 동그라미가 달린 머리(メ) 표시의 오른쪽 아래에 방금 전 퇴격 머리 치기로 하나 더 카이세이의 칸에 머리(メ) 표시를 하고, 마지막은 커다란 동그라미로 두 개를 둘러싼다. 아울러 스톱워치를 멈췄다.

57초였다.

"중간부터 설마 싶어서 재봤는데 말이야. 아무래도 우연이 아닌 것 같아. **저 자식, 오늘 전부 다 1분 이내로 이겨버렸어.**"

슈스이 대 부속 고등학교의 전원이 순간 얼어붙었다.

과연 의도한 결과인지는 부재중의 마왕 이외에 아무도 아는 사람이 없지 않겠는가.

"방금 전에도 두 번밖에 죽도를 안 휘둘렀잖냐. ……매번 매번, 남자의 꿈 같은 만행을 저질러준다니까."

스코어북의 문자가 전부 두 개로 꽉 찼다는 데서 이미 다른 차원이다. 그런데 더한 경지가 있다.

간단하게 한 마디를 선사하며 하시쿠라는 웃었다.

"괴물 자식."

× × ×

"이렇게까지 되는 걸 봤더니 아예 후련해지는구나."

점심시간 중 2층 자리. 미소를 띤 마토이는 도복 차림으로 다리를 꼬고 무릎의 위쪽으로 스코어북을 넘긴다.

"아무튼 살짝 아쉽긴 한데 야시로도 꽤 제법이더라? 역시 중학교 때 전국 근처까지 간 만큼 실력이 괜찮아."

"……딱히 대단할 거 없습니다. 저 같은 놈이야. ……저 녀석이랑 비교하면 도저히."

마토이의 옆에서 야시로는 밉살스럽다는 듯이 혀를 찬다.

"제기랄. ……귀신인가, 저 자식."

2층 관객석에서 유우는 후지노미야의 부원들 모임과 떨어진 곳에 서 있다. 그 때문에 목소리가 들리지 않는 지금에야 입을 열었다. 인정하고 싶지 않아서였다. 전부 두 판 승리라니.

"어머, 야시로치고는 얌전한 반응이네. 발작이라면 네가 1등일 줄 알았는데."

"엉? 발작요? 왜요? ……그 스코어북, 뭔가 잘못됐습니까?"

소리 없이 웃음만 짓는 마토이의 손에서 야시로는 난폭하게 스코어북을 빼앗아 갔다.

무슨 일인가 싶어 아까까지 쿠로세와 이야기하던 키노사키가 두 사람이 있는 곳으로 다가왔다.

"마토이 선배, 무슨 일입니까? 또 야시로가 뭔가 저질렀어요?"

"글쎄? 이제 곧 저지르지 않을까? ……스코어 글씨, 전부 네가 썼지?”

“아, 네! 맞아요! 제법 깔끔하죠? 오늘 기록하면서 기분이 꽤 좋더라고요.”

키노사키도 역시 먼 곳에 있는 유우를 본다.

제1시합 전에 의미심장한 말을 들었던 터라 더 이상은 이야기를 잘 나눌 수 없었다. 그때 무엇인가 신경을 건드리는 말을 해버렸던 것일까. 그 이후 말을 주고받은 것은 시합 중 터치할 때뿐이다. 유우가 자신의 다음 차례였을 때.

『잘하네. 이어서 이기고 와야겠네.』

『아깝다. 대신 베어서 이기고 올게.』

『괜찮아. 내가 갚아주면 되니까.』

웃는 얼굴로 선언했던 예고는 전부 현실이 됐다.

이미 절절하게 아는 사실이었다만, 역시 유우가 뒤에 있으면 팀이 패배할 것 같지가 않다.

“그래. ……너, 직접 썼는데도 못 깨달았구나.”

“어?”

순간, 감전된 것처럼 야시로가 벌떡 일어서더니 달려간다. 내동댕이치다시피 놓아둔 스코어북이 세차게 넘어갔다. 마토이는 직접 손에 들어서 키노사키에게 건넸다.

“결정하려면 빨리하는 게 좋아. 너희들, 벌써 2학년이잖니? 시간이 생각보다 많이 없거든. 진짜로. ……어휴. 부러워라, 이 바보 녀석들.”

열심히 하렴, 남자들, 말하며 등을 두드린다. 마토이가 자리에서 일어났다.

"자, 잠깐만요. 마토이 선배. ……결정하라뇨, 뭘요?"

"그야 당연한 거 아니겠어."

마치 도박에 나서는 사람처럼 마토이는 히죽 웃음 지었다.

"이대로가 좋은지, 이대로도 좋은지, 말야."

× × ×

"인마!"

무표정으로 우두커니 서 있는 괴물을 향해 야시로는 두려움도 없이 고함을 내질렀다.

슬립 모드에서 다시 기동하는 기계와 같이 유우가 표정을 펼쳐 보인다.

"무슨 일이야? 야시롱. 뭔데."

"일부러냐?"

잡아먹을 듯이 따진다. 아무 꾸밈도 없이, 두려움도 없이 유우의 눈을 쳐다보며.

"**노리고 한 짓이냐고** 물어본 거다!"

"……그래. 맞아."

야시로의 오장육부가 뜨겁게 달아오른다. 세차게 깨문 이빨이 당장에라도 깨져 나가버릴 것 같다. 이 감정은 무엇이냐. 분노인가? 굴욕인가? 아니면 어느 무엇도 아닌가?

바보인지라 머리로 생각을 다 마치기도 전에 말이 튀어나왔다.

"너, 이따위 태도, 진짜로 싫다!"

선배든 뭐든 상관없다. 건방진 소리 말라며 쌈박질이 벌어져도 괜찮다는 생각까지 했다.

그럼에도.

"응. ……나도야."

왜 얄밉게 웃는 거냐, 이 자식은. 정말 진심으로 마음에 안 든다.

"잠깐, 야시로. 무슨 짓이야. 선배도요!"

놀란 시오리가 이쪽으로 달려온다. 시합 때는 호면을 쓰는 관계로 지금은 콘택트렌즈였다.

"시끄럽다. ……아무것도 아니야. 내버려 둬."

"아무것도 아니긴 뭐가. 쭉 했던 생각인데 야시로는 왜 이렇게 건방지게 굴어? 나랑 똑같이 1학년이잖아? 맨날 미나카미 선배한테 반말이나 하고! 아무리 선배가 화를 안 내는 사람이어도 이런 태도는 진짜—."

"괜찮아, 후카세. 내가 잘못한 거야. 야시롱은 혼내지 마."

새삼 절감했다. 이 자식은 이상하다. 어째서 자신의 편을 들어주나?

"……쳇."

기세가 꺾였다. 머리카락을 거칠게 긁은 뒤 야시로는 유우와 시오리를 놔둔 채 도망쳤다.

"선배는 대체 왜 이렇게 맨날 맨날 나한테……! 에잇, 진짜! 저런 녀석한텐 화도 좀 내요! 화내도 돼요! 잡을 땐 잡아야죠! 검도부잖아요, 선배!"

등을 베여서 이번에는 시오리가 폭발한다. 불만뿐이다. 애써 고약한 성격까지 숨기며 귀여운 후배 행세를 해주는데도 이 사람은 정말 도대체 뭐냔 말이야!

"검도부, 맞나? ……나이야 누구든 다 먹는 거고. 나같이 불쑥 들어온 2학년을 형식만 갖춰 존대하는 것도 우습잖아. 후카세도 존댓말 딱히 안 써도 괜찮아. 야, 유우, 하고 대충 불러줘."

"그, 그런 짓, 저는 절대로 안 해요!"

선배가 먼저 시오리라고 불러준다면. ……그때는, 뭐, 어쩔 수 없겠지만.

희미하게 뺨을 붉히다가 시오리는 재차 튕기는 말로 떠보며 힐끔 유우를 돌아봤다.

선 긋기라도 하는 것처럼 쓸쓸하게 웃고 있었다.

"그랬지. 맨 처음 만났을 때 말을 했었잖아. 사이좋은 사람이 아니면 싫다고. ……납득이야."

"아니……. 저기요! 대체 왜 맨날, 맨날 선배는! 말뜻을 자꾸—."

"방해 좀 할게."

티격태격 떠드는 두 사람의 사이에 끼어들면서 후부키가 씩씩하게 등장했다. 싸늘한 시선을 휘감고 온 바람이 유우의 등을 섬뜩하게 훑은 뒤 다음은 불타오르는 열풍이 되어 시오리의 정면에 들이닥친다. 전국에 자기 이름을 떨친 『검희』의 위풍당당한 살기다.

"……저기. 이누이 씨, 였던가요?"

시오리는 그 기세를 정면에서 곧장 뒤집어썼다. 다만.

"말 그대로 방해인데요. 지금 제가 선배랑 대화 중이잖아요? 선약이 우선이에요."

아주 태연자약하게 웃어넘겼다. 웃음 띤 얼굴에는 반박을 허락하지 않는 압박이 있다. 하지만.

"응. 그러니까 내가 이겼어. ……가자, 미나카미 군. 오래 기다렸지."

흐흥, 의기양양하게 후부키가 귀여운 도시락 가방을 손에 들어 올리더니 여봐란듯이 흔들었다. 시오리의 눈동자가 동요로 흔들거린다.

"뭐, 뭐예요? 무슨 말?"

"아, 말을 안 했구나. 아침에 우연히 후부키랑 만나서 말야. 같이 점심이나 먹자는 이야기를 했거든."

시오리는 불과 몇 초 사이에 한판 빼앗긴 뒤 굴욕으로 얼굴을 일그러뜨렸다. 잘 안다. 우연? 분명 거짓말일 것이다. 토오학원의 자리가 얼마나 먼데. 저 의기양양한 눈빛. 도대체 뭐야. 게다가, 후부키? ……후부키라고 불렀겠다!

"누구 허락을 받고 점심을……!"

"아니, 후부키 본인한테지……."

유우가 고개를 갸웃거리고 있다. 또 엉뚱한 답에 다다랐다.

"아~ 미안. 혹시 점심 먹을 사람으로 찍었던 거야? 설마 아니겠지 싶어서 아예 머릿속에서 빼 놨었거든. ……으음, 좋아."

같이 먹을래?

따라오면 죽어.

두 개의 웅변이 담긴 시선을 받게 되었다. 시오리는 입술을 꽉 깨물었다가 곧장 선택했다.

"괜찮아요, 둘이 다녀오세요. 저는 혼자여도 괜찮으니까요."

적선 따위는 죽어도 받지 않는다.

아울러 단지 무력하게 물러나는 것도 용납할 수 없다. 자존심을 버린 뒤 공격에 나서기로 했다.

"선배님~ 오늘 같이 돌아가요. 호구, 갖다 놓으러 들러야 하죠? 이왕에 같이 바래다주면 후배는 무척 기쁠 텐데요."

시오리가 귀여운 악마처럼 유우에게 어리광을 부린다.

"하하. 뭐야, 별일이네. ……알았어. 첫 시합이니까, 오늘. 기왕이니 위로의 밥도 한턱내줄게. 어차피 잔뜩 질 테니까."

좋아. 동점이다.

뾰로통하게 입술을 깨물고 있는 후부키의 얼굴을 보고 시오리는 매우 만족했다.

"가세요, 빨리 점심 드셔야죠. 저는 선배랑 같은 학교니까 앞으로 얼마든지 먹을 수 있거든요?"

도발만큼은 1등급인 시오리. 그리고 후부키는 도발 내성이 전무하다. 으드득 이를 갈았다.

공격당하고 있다. 안 좋아. 이대로는 안 돼. 사실 단순하게 이 여자애가 짜증 난다.

"나도, 꼭 한턱내주고 싶어. 기념으로. ……평생 못 잊을 거야."

따라서 후부키는 자신의 영역으로 올라오라며 도발하기로 했다.

"와아. ……고마운 말씀이네요. 어디로 가야 대접받을 수 있나요?"

"대장. 꼭 받으러 와줘."

따딱, 두 사람 사이에서 정전기 비슷한 무엇인가가 터져 나왔다.

옆에서 보고 있었던 유우가 당황한다. 일단 후부키와의 약속을 우선해서 함께 걸음을 뗐다.

그런데 앞서 걸어가는 후부키의 기분이 꽤 언짢아 보여 어떻게 이야기를 꺼내야 할지 알 수 없었다.

"저, 저기, 후부키. 무슨 일 있어? 아까부터—."

"나, 잔뜩 이겼어."

고개 돌린 소녀는 찹쌀떡처럼 부풀어 올라 있었다.

"아, 앞으로도 잔뜩 이길 거야. ……그러니까, 나도, 상 받고 싶어."

뺨을 발갛게 붉힌 채 어린아이처럼 조른다. 무척 흐뭇한 광경이다. 그러니까 유우는 마주 보면서 웃었다.

"이겼, 으니까? 이길 테니까? ……어째서?"

말라붙어서. 마치 어두운 우물 밑바닥을 들여다보는 것 같다. 돌을 떨어뜨리는 심정으로 물었다.

"후부키는 말이야, 이겼을 때, 기쁜가 봐?"

"……어? ……으, 응. 그야, 그렇지. 납득이 안 되는 때도 가끔은 있지만."

"검도, 좋아하는구나."

그 말에 팔짱을 끼고 후부키가 고민한다. 그 시점에서 이미 아니게 됐다.

"……이제 와서 관둔다거나 내팽개치고 싶지는, 않아. 이런 마음도 좋아한다고 말할 수 있다면."

"그렇, 구나. ……후부키는, **그쪽**에 있는 아이구나."

마지막으로 중얼거린 한마디 말이 이 소녀에게 과연 전달되었을지는 알 수 없었다. 그래도 더 이상은 어쩔 도리가 없었다. 어둠에 떨어뜨린 시금석은 부서져서 소리조차 들리지 않는다. 유우에게는 그것이 전부였다.

"……미안, 후부키. ……다음에, 꼭 다시 시간을 낼 테니까, 그러니까 점심 식사는 혼자 먹어도 괜찮을까?"

말을 꺼내는 순간, 안 그래도 하얀 후부키의 살결이 더욱 창백해진다.

"아……. ……어, 어째서? 내가, 뭔가, 미나카미 군한테……."

검희와 맞서 싸우기 위해 눈앞에서 후배가 검을 뽑는다. 자세가 역시 불안불안하다.

그러나 분명 장래에 적이 되리라 생각이 드는 믿음직한 미래가 그 검의 끝에서 반짝이고 있었다.

“시작!”

× × ×

시합이 끝난다. 시오리는 혼자 있고 싶어서 리그의 진행을 기다리는 시간에 바깥으로 나왔다. 얄미운 만큼 맑은 날이었다. 저런 태양에 뒤지지 않을 만큼 끓어오르는 열기를 마음에 담은 뒤 체육관 바깥 자판기의 벤치까지 걸어가서 앉았다. 시합 후 복서처럼 머리 숙인 채 입술을 꽉 깨문다.

겨우 두 번의 검격. 그것이 후부키와의 역력한 실력 차이였다.

당연하다. 하지만 인정하고 싶지 않다. 분함에 마음을 지배당해서 시간 감각마저 이미 없었다. 자판기로 음료를 사러 온 남자의 존재도 깨닫지 못할 정도였다. 살기를 담아 시오리는 중얼거렸다.

“이누이이……!”

“네, 네엣!”

남자가 움찔 놀란다. 그제야 다른 사람의 존재를 깨닫고 시오리가 얼굴을 들어 올렸다. 그 남자는 갑상을 달고 있었는데 이름에 『이누이(乾)』라고 적혀있었다.

지금 가장 죽이고 싶은 이름. 게다가 얼굴까지 쏙 닮았다. 이제는 틀림없다.

"이 자식, 언제부터 남자가 된 거야……. 이누이이……."

"나, 나는 태어났을 때부터 남자였어! ……저기, 여동생이랑 착각한 거 아니야?"

카이세이의 말에 시오리는 천천히 제정신을 되찾았다. 물이 든 페트병을 경계하며 검처럼 몸 앞에 내밀고 있는 저 남자는 분명 이누이 후부키와는 다른 사람이다. 친절한 말투가 인격자 같았다.

"……죄송, 합니다. 지금 좀 정신이 나간 바람에. 오빠분이, 있었군요."

"어라. 나를 모르는 거야? ……그렇구나. 조금 기쁜데. 남매가 검도를 같이 하니까 이래저래 싫어도 눈에 띄거든."

뭐가 우스운지 그 남자는 조용히 미소 짓고는 시오리의 옆쪽 벤치에 앉았다. 나는 카이세이야, 불쑥 자기소개를 하면서. 안 물어봤다. 나는 장대비를 맞는 기분이야. 하다못해 괜한 사람한테 화풀이하기는 싫은 마음에 바깥까지 나왔는데 왜 굳이 가까이 오는 걸까. 뒷일은 모른다.

"아까 동생분이랑 시합했는데요. ……그딴 녀석한테, 져버렸어요."

"아하하, 그딴 녀석이라니. 일단 전국에서 우승도 했고, 여자들 중에서는 제법 강한데?"

"시끄러워요. 그런 거 상관없단 말이에요!"

결국 아무리 강해 봤자 유우보다는 훨씬 약하잖은가. 시오리는 으드득 이를 악물었다.

"어차피 검도밖에 못하는 여자 주제에……! 게다가, 아주 간단하게 어리광이나 대뜸 부리고. 너무너무 짜증 나! 그렇게 행복에 취한 녀석한테, 나는……!"

벌써부터 무슨 욕심이냐고 혀를 내둘러도 괜찮다. 마음을 차지하고 있는 심정은 하나였다.

"분해서, 머리가 이상해질 것 같아. ……빨리, 강해져야 하는데. 시간이 별로 없는데……!"

"어째서 강해지려는 거야?"

닮았다는 생각을 했다. 일찍이 『울보 카이세이』라고 줄곧 불렸던 옛날의 자신과. 더욱더 빨리 강해졌다면 어땠을까, 분한 마음을 참는 지금의 자신과.

"왜냐면. ……왜냐하면, 가만 놔둘 수 없는 사람이 있단 말이에요."

꾸욱, 소녀는 하카마를 두 손으로 부르쥐고 있다. 그러다가 뜻밖의 말을 꺼냈다.

"저기요. 제가, 꽤 미인이잖아요. 아, 이런 소리를 한 건 비밀이에요. 괜히 미움 받을 테니까."

"……으, 응. 뭐, 부정을 못 하게 예쁘기는 한데……."

기선을 제압당한 카이세이가 쩔쩔맨다.

자신이 수세에 몰린 기억은 몇 년을 돌아봐도 없었다.

“그런데 성격이 최악이란 말이죠. 이미 끝장났어요! 게다가 반성도 안 하고! 다른 사람들 탓이라고 미뤄버려요! 비뚤어진 게 전부 뻔하게 치근치근하는 사람만 접근했기 때문이라고 진심으로 생각한다니까요! ……이런 자신이, 진짜 싫어요. 그러니까 열심히 숨기자, 고쳐보자, 노력은 했는데. 도대체 뭐야, 저 선배는. 맨날 쓸쓸해하는 표정이나 짓고!”

그런 미녀가 표정을 짜증으로 비뚤어뜨린 채 양손으로 머리를 부여잡고 있었다.

“다들 무책임해요. 눈이 나쁘다고요. 강하다는 둥 예쁘다는 둥 표면만 보고! 좋아서 이렇게 된 게 아닌데! ……혼자 괜찮다는 말이 나와버려서 진짜로 혼자 어떻게든 버티는 사람의 심정은 다들 알 리가 없어.”

누구 이야기를 하는 중인지 금방 알 수 있었다. 분명 저 너머로 떠나 사라졌던 동경이다.

“그때, 약속했거든요. 제가 어떻게든 해주겠다고. ……그런데도 나는, 너무 한심하게, 약해 빠져서…….”

“아니. ……강한데, 너.”

얻어맞은 것 같았다.

오늘 대결했던 누구보다도 이 소녀가 가장 강하고 거대하며 고귀하게 보였다.

연성회는 시시하다며 적당히 검을 휘둘러 댔던 자신이 부끄럽다.

"후카세 씨구나. 기억했어. ……너한테 하나 기술을 가르쳐 줄게. 강해지고 싶지?"

그래서 카이세이는 자신이 가장 소중하게 여기고 있는 검을 소녀에게 보여주기로 마음먹었다.

"다음에 퇴격 머리 치기를 써봐. 요령은『가둔 다음에 없앤다』야."

"……가둔 다음에, 없앤다?"

"다른 기술이 날아오지 않을까, 그러면 언제 날리는 걸까, 착각에 가두는 거야. 그렇게 상대의 머리에서 퇴격 머리 치기를 없애지. 그럼 깔끔하게 들어가. 시험해봐. ……성공할 거야. 분명 성공할 테니까. 넌 재능이 있어. 분명히."

빙긋이 웃은 뒤 카이세이는 물이 든 페트병을 들고 일어섰다. 죽도처럼 쭉 내밀어 자세를 취하자 소녀가 당황한다.

"……믿어도, 되는 거예요?"

"응. 믿어. 그거 하나를 위해서 나는 전부를 걸었어."

낯선 남학생에게 이런 말을 들어도 분명 믿음을 가지기에는 모자랄 테지.

"괜찮아. 나는 그럭저럭 강하니까."

따라서 이제부터 행동으로 증명한다. 그 과정을 보아주면 된다.

카이세이는 체육관으로 걸어 나아갔다. 다음은 드디어 후지노미야와 시합이다. 걸어가던 중 고양감을 억누를 수가 없어 카이세이는 하늘을 올려다봤다.

"어차피 유우 군이겠지? ……여전히, 사람을 자꾸 홀리는구나."

아름다운 아이였다.

성격이 나쁘다고 말을 하던데, 딱히 대단하지는 않았다. 여동생에게는 지지 않으면 좋겠다.

"나도, 질 수는 없겠지. ……빼앗기고 싶지 않아."

자, 가자. 이날을 위하여 검을 내던지지 않고 살아왔다.

그러니까 부탁합니다, 검의 신이시어. 부디, 마음이 다 차오를 때까지, 친구와―.

× × ×

싫어요~!

묘한 환청을 듣는 기분으로 보게 된 출진표. 카이세이의 눈이 똥그래진다.

슈스이 출진 순서. 선봉 콘노. 차봉 카게시타. 중견 하시쿠라. 부장 이누이. 대장 타키모토.

반면에 후지노미야. 선봉 키노사키. 차봉 미나카미. 중견 쿠로세. 부장 야시로. 대장 에사카.

"……차, 봉………………?"

승패의 관건이 되지 못하는 가장 약한 인원을 자주 배치하는 포지션. 차마 믿기지가 않는다.

"어어아……. 어째서 이렇게 되는 거야……. 보통 최악이어도 중견이나 부장이 맞지……."

검은 오라가 카이세이에게 가득 들어찬다. 혼까지 빠져나오는 듯한 원망의 목소리를 쥐어짜 내며 유우를 본다.

뜨겁게, 정말 뜨겁게 주먹을 꽉 쥐고 있었다. ……그런가, 너도 똑같은 심정이구나.

축 어깨를 떨어뜨리고 있는 카이세이의 맞은편, 유우가 굳게 주먹을 꽉 쥐어서 흘러넘치는 마음을 입에 담았다.

"러브 앤드 피스. 싸움은 좋지 않아. 역시 평등한 방법이 최고네."

그냥 가위바위보의 주먹이었다.

이누이와 맞붙고 싶어 하는 야시로와 에사카가 옥신각신하며 끝이 안 나기에 이긴 녀석을 순서대로 대장부터 채운 결과다.

"이봐. 다 끝난 거다? 이제는 다시 바꿔달래도 안 바꿔준다."

일부 반칙을 제외하고.

"괜찮아, 야시롱. 마음대로 해. 대신에 들키지는 말고. 난 누가 상대이든 상관없으니까 말이야. ……어차피 누가 나오든 간에 다 똑같아."

야시로는 등줄기가 서늘해졌다. 도무지 인간의 온도가 느껴지지 않았기 때문이다.

다만 유우는 야시로의 저런 반응조차 깨닫지 못한다. 맞은편을 보고 고개를 갸웃거렸다.

"아까부터 저 오빠분은 왜 저리 축 처져 있대?"

슈스이 진영에서 하시쿠라가 하얀 다리를 휘어뜨리며 카이세이를 걷어찼다.

"인마, 카이세이. 뭘 꿍얼꿍얼 떠드는 거냐. 가자. 고대하던 상대가 납셨잖냐?"

"……저기, 카게시타. 오늘만 내가 카게시타를 하면 안 될까?"

"무슨 소리를 늘어놓는 거야? 이 자식……."

"안 됩니다! 저도 엄청 기대했단 말입다!"

질겁하는 타키모토와 덩실덩실하는 카게시타의 태도와 달리 하시쿠라는 온도가 쭉 내려간다.

"기대? 얼씨구. ……지금 뭐하는 물건이 됐나 모르겠는데 보고 싶지도 않은 꼴을 또 보겠군. 이봐, 카게시타. 리트머스 시험지라면 하다못해 새파래지는 정도로 잘 버텨봐라."

"엉? ……무슨 뜻입니까?"

"찢어지지 말란 뜻으로 한 소리다. 아무래도 인간 자체를 그냥 종잇조각으로 보는 녀석 같거든."

갑상의 좌우를 두 손으로 굽히며 하시쿠라는 정렬을 위해 나섰다. 6대 도장 출신의 검사는 작게 중얼거렸다.

"오랜만이군, 『검귀』. 만나고 싶었다고."

"상호 간에— 인사!"

"잘 부탁합니다!"

오늘 후지노미야 고등학교는 기세가 좋다. 이 시합은 열어

섯 번째 시합이었지만, 현재 8할 이상은 승리를 거두었다.

분명하게 팀에 흐름이 찾아왔다. 어지간한 상대라면 오늘은 간단하게 집어삼킬 수 있겠다.

"읏————크아아아아아앗!"

"윽."

다만 이 시합만큼은 쉽게 흘러가지 않는다.

상대는 슈스이 대학 부속고. 남녀 모두 현 내 최강을 넘어 전국에 이름을 떨치고 있는 강호였다.

키노사키는 코등이싸움을 하면서 그저 식은땀을 흘렸다. 단 한 순간도 긴장을 늦출 수 없었다.

간격이 살짝 벌어지자 완급 조절이 섞인 죽도의 페인트가 키노사키에게 덮쳐들었다. 움직임의 질 자체가 이제껏 겪은 상대와 현격하게 다르다. 똑같이 『검도』라는 경기를 하는 입장이라 생각되지를 않았다.

무엇보다 강한 상대는 기백이 다르다. 수세로 돌아서면 절대 다시는 국면을 전환시키지 못할 것이다.

"오오옷!"

"싸앗!"

키노사키는 분명하게 알 수 있었다. 따라서 공격한다. 마구 공격한다.

이기고 싶다. 이겨야 한다. 이기지 못하면 말도 못 꺼내게 된다.

그래, 무언가 보여줘야지. 나는 그 녀석에게—.

"그래, 얼마나 시시하겠냐! 쓸 기술까지 미리 정해 놨잖냐! 저 자식은 이번에 허리를 칠 거다. 아까는 피해서 허리 치기였으니까 이번에는 좌면 허리 치기다. 그리고 마지막에는 찌름 기술로 끝낼 테고! 다들 이제는 눈치챘잖아!"

키노사키의 고함을 듣고 야시로가 에사카의 옆에서 혀를 찼다.

"망할 자식이. 슈스이 상대로…… 진짜 저지르겠다는 건가."

"어떻게 된 건가, 야시로. 무슨 소리를 하는 거지?"

피아를 가로막는 것은 시합장의 백색 선 하나. 그것이 어째서 이리도 멀게 느껴지는가, 줄곧 고민한 끝에 야시로는 겨우 깨달았다. ……거하게 어긋나 있다. 존재하는 위상이 애당초 달랐던 까닭이다.

그런 게 아니라면 이딴 짓거리, 정상적인 인간이 할 짓인가?

"저 녀석은 오늘 **네 종류의 유효 타격을 전부 순서대로 치고 있다는** 소립니다."

× × ×

화폭에서 빠져나온 것처럼 흠잡을 데 없는 자세였다.

스스로의 고무와 함께 위압을 위해서 발한 기합은 잊은 채 겨우 1학년임에도 명문 슈스이의 레귤러를 꿰찬 재능의 소유자, 카게시타 아키라는 적의 무결함에 충격 받았다. 단련의

성과가 깊이 스며든 신체만이 그저 우직하게 중심을 잡고자 시도했다.

그러나 잡히지가 않는다. 일절 움직여주지 않는다. 마치 바늘로 바위를 찔러 부수려고 하는 것 같았다. 이래서는 안 되기에 카게시타는 이족일도(二足一刀)로 간격을 벗어났다. 그때 대기의 흔들림을 감지했다.

지금 손 주위가 부예진 것 같다. 그것뿐—.

"머리이잇!"

반사적으로 죽도를 눈앞까지 내밀 수 있었던 것은 연습량에 낳은 기적이라고 불러도 괜찮겠다. 음압과 검이 카게시타를 덮친다. 종이 한 장의 간격으로 막아 냈다고 느꼈던 것도 잠시뿐, 검귀에게는 분명 관성이 없었다. 마치 등 뒤에 떨어지는 것 같은 신속함으로 지체가 없는 퇴격 손목 치기가 이어지고 있다.

그 기술은, 사실은 퇴격 손목 치기가 아니었다. 이미 기술마저도 아니었다. 그저 난폭하게 카게시타의 검 밑동을 지하로 내리갈기는 폭력의 발로. 그 힘에 간신히 견딘 카게시타가 본래 위치로 검을 되돌린다.

"뭣—."

어떻게 된 거야. 엉망진창이다. 벌써 다음 공격이 날아온다—!

카게시타는 힘껏 죽도를 위쪽으로 끌어 올렸다. 막아라, 막아라 막아라 막아라! 정수리가 깨져 나간다!

검귀가 취한 머리 치기의 모션에 카게시타는 모든 신경을 동원하여 반응했다. 그러나 그것이야말로 유우의 노림수. 올라간 카게시타의 손동작을 비웃듯이 섬광이 왼쪽 허리를 치고 지나가버렸다.

"타아————아아으야아쌰아—————아아아앗!"

체육관 가득 퍼져 나가는 경쾌한 소리에 모두가 고개 돌린다. 깃발이 세 개, 이의 없이 올라갔다.

"허리 한판!"

흥미가 없다. 깃발을 쳐다보지도 않는다. 등 돌린 녀석의 모습에 카게시타의 몸이 반응했다.

이해의 범주를 초월하는 귀신에 대한 두려움인가. 아니면 좌면 허리 치기라는 비수에 격중당했다는 수치심인가.

전부 아니다. 그저 세포가 뜨거워진다. 빨리 개시의 호령을 외쳐주면 좋겠다.

"시작!"

이번에는 꼭, 카게시타는 앞으로 한 번 걸음과 동시에 포효를 내지를— 수가 결국에는 없었다.

드득, 울린다. 살점을 헤집는 둔탁한 소리. 속귀를 뒤흔드는 것은 스스로의 목소리가 아니다. 청각은 저 소리만을 포착했다.

불쑥 복받치는 구역질. 이것은, 무엇인가.

신체가 말을 듣지 않는다. 오직 눈동자만이 움직인다. 자신의 목에서 무엇인가가 자라나 있었다.

"츠아아아아————앗!"

기합 소리를 듣고 그제야 카게시타는 지금 사태를 이해할 수 있었다.

"찌…… 찌름 한판!"

호흡 기능을 잃은 카게시타는 바닥에 쓰러져 엎드렸다. 목이 막혀서 잠시 일어나지 못했다.

반사 작용으로 풍경이 눈물로 번졌다. 그때 하나의 손이 다가왔다.

"일어설 수 있어?"

"……아……. 네……."

고개를 끄덕인 뒤 상대는 개시선으로 돌아갔다. 숨을 한 차례 내뱉고 죽도를 거뒀다.

"시합 종료!"

유우가 대충 죽도를 거둔 뒤 코트에서 나간다. 사무적으로 쿠로세의 호갑을 터치하며 물러났다.

그리고 평소 버릇처럼 천장을 보고 중얼거린다. 전국의 강호, 슈스이 대학 부속 고등학교라…….

"다른 녀석들과 뭐가 달라?"

이미 자신은 제정신이 아닌 상태라는 것마저 유우는 깨닫지 못했다.

× × ×

혼이 빠져나간 사람처럼 비틀비틀 카게시타가 진영으로 돌아왔다. 도중에 하시쿠라와 엇갈렸을 때 배턴 터치 삼아서 주먹으로 호갑을 두드려줬지만, 그 감각이 전혀 없었다. 지금도 찌릿찌릿 격중당했던 부위가 떨리고 있다. 호면을 벗고 잠시 멍하게 있던 중 이윽고 진부한 한 마디가 새어 나왔다.

"굉장하다……."

공포가 아니다. 경외. 존경이다. 인생을 다섯 번 더 살아서 연습해도 감당할 수 있겠다는 생각이 전혀 안 들었다.

검도를 하던 중 이러한 감각을 품게 된 경험은, 딱히 처음이 아니다.

같은 감정을 느끼게 하는 남자가 이 세상에 한 명이나마 더 존재한다.

"저 사람과 이누이 선배, 누가 더 강할까요? ……선배?"

말을 붙이려던 때 타키모토가 어깨를 붙잡았다. 관둬라, 고개를 가로젓고 있었다.

"벌써 **집중했다**. 아무 소리도 못 듣는다."

"……큭큭."

두 사람의 사이에서 전투복을 걸친 한 남자가 일어선다.

용솟음치는 냉기에 카게시타는 자신의 땀이 일순간에 식어 버리는 듯한 착각에 휩싸였다.

건너편의 유우도 척수를 찔린 듯이 얼굴을 들어 올리며 이변의 정체를 포착한다. 그러고는 눈을 크게 떴다.

환각일까. 미남자의 호면 안쪽에 마왕이 보인다.

"아아……. 좋은데. 강하잖아. 엄청, 강하잖아아……."

거뭇한 증오와 달콤한 도취를 녹여 섞어서 자꾸만 넘쳐흐

르려고 하는 홍소를 덮어 가린다.

기록 따위로는 알 수가 없다. 기억만으로는 너무나 부족하다.

자신을 비의 세계로 이끌었던 진정한 동경이 드디어 눈앞에 나타났다.

"역시, 최고야. ……100년을 기다려도 충분히 이득이야. 이런 상대를, 누가 양보할 수 있겠어?"

자신도 이미 비틀려버렸기에 돌이킬 수 없다. 저 녀석과 함께하기에는 딱 좋겠다.

……그런데.

"어째서, 내가 아니지?"

혹시 악몽의 연속일까. 수없이 꾼 지난 꿈과 중얼거리게 된 말이 똑같다.

그래도 아마 이것은 현실이리라. 이토록 흉한 표정을 지을 수밖에 없을 만큼 악질의 시답잖은 현실.

"……내가, 베고 싶었는데."

화가 치민다. 화가 치민다, 화가 치민다, 화가 치민다.

선 자세, 장비의 맵시, 발검하는 방식, 아울러 걸음걸이. 굳이 맞붙지 않아도 그런 요소에서 결론이 난다.

이딴 허수아비를 대신 내어놓는 너희는 대체 무슨 수작이지?

"좋지 않아. 좋지가 않아. ……그래도 이미, 방법이 없구나."

최후의 양심이 사라지기 전, 얼마 전 나눴던 말이 뇌리에 떠오른다.

『괜찮아. 나는 그럭저럭 강하니까.』

전혀 거짓말은 하지 않았다. 그래, 저 친구를 보면 알 수 있잖은가? 나는 전혀 강하지 않다.

“너무나 약한 너희의 잘못이다.”

최강의 이름이 지금 백색의 선을 넘었다.

인간에서 벗어나버린 또 한 명의 귀신이 검을 뽑아서, 고요하게.

스릉.

대치한 야시로가 뒤늦게 따라온 무언가를 귀에 담았다.

“시작!”

그것이 자신이 베인 소리라는 사실은 마지막까지 깨달을 수 없었다.

“샤아――――――――――――――아아아아아아아아아앗!!”

사람들 틈에서 사는 용이 울부짖는다.

명동(鳴動)하는 체육관과 함께 야시로가 항상 상상하는 승리의 이미지도 뒤흔들리며 사라졌다.

대신에 떠오르는 것은 처참한 이미지뿐.

오른쪽 손목부터 나머지가 없다. 다리가 움직이지 않는다 생각했는데 허리부터 아래가 뚝 끊어져 있는 기분이다.

자신은 두 동강이 났고, 아래로 아래로 시야가 어긋나고, 이윽고―.

“오아아아아아아아앗!”

머릿속을 비워 전진하기 위하여 야시로는 소리 높였다. 총에 격중당한 짐승이 발버둥 치듯 덤벼든다.

거듭하여 검을 휘두른다. 거듭거듭. 악몽에서 도망치려는 듯이, 통하지 않음을 뻔히 알면서도.

"으아아아아아!!"

가장 안전한 간격으로 몸을 피했다. 코등이싸움의 밀착 거리. 야시로는 숙이고 있던 얼굴을 들어 올렸다.

금속이 내리 달리는 호면의 너머에서, 상대의 얼음같이 푸르고 예리한 동공과 눈을 마주쳤다.

등줄기에 소름이 돋는다. 두 다리가 싸늘하다. 자유를 빼앗겨서 마치 얼음에 붙박인 것 같다.

너는 도대체, 뭐냔 말이다―?!

야시로는 괴물에게 물음 던졌다. 다만 대답은 돌아오지 않았다.

없다. 코등이싸움의 상대가. ……아, 찾았다. 그런데 이상하군.

어째서 저리 먼 곳에 있지―?

"머어――――――――――리이이야샤아아아아아앗!"

머리에서 별이 터져 나가며 시야가 사라졌다.

그다음은 지면에 운석이 떨어진 것처럼 둔한 소리가 들리더니 숫제 체육관까지 가라앉는 것만 같은 묵직한 발구름이 들이닥친다. 지금 서 있다는 것이 기적이라 생각될 만큼 무릎이 후들거렸다.

"머리 한판!"

일그러졌던 시야의 구석에는 적방의 깃발. 뒤늦게 사태를 파악할 수 있었다.

퇴격 머리 치기다. 자신은 베여버렸다. 마왕의 보도(寶刀)에.

"……제기랄."

이대로 끝날 순 없었다. 야시로는 개시선으로 돌아온 뒤 다시 한 번 상대의 동공을 봤다.

그 눈은 더 이상 자신을 보고 있지도 않았다.

카이세이의 시야 저편에. 유우는 부장전인데도 책상다리를 관두고 정좌한 채 등을 바르게 폈다.

고동이 점점 빨라진다. 땀이 흐르는 오른손을 보니 살짝살짝 떨리고 있었다.

분명 거짓말이리라 생각했었다. 어차피 다른 사람의 기준이야 믿을 것이 못 되는 데다가 무엇보다 자신은 기대감에 너무나 많이 배반당했다. 그러니까 자신이 본 결과 이외에는 기본적으로 믿지 않는다. ……하지만.

"강해."

몇 년 만일까. 그 말을 진심에서 나온 심정으로 입에 담은 것은.

격이 다른 속도의 일검을 목격하면 진위의 판별은 곧장 완료된다. 진짜배기다.

그러나 아직은 알지 못한다. 미처 다 가늠하지 못한 부분이 있다. 두 판째에 들어선 경기 중, 유우는 팔짱을 끼고 고찰했다.

어째서 몰아치지 않나. 자신이라면 지금 지나간 30초 중에 다섯 판은 따냈을 텐데.

혹시 적당히 봐준 결과라기에는 빈틈을 보고 가만히 있다는 것이 너무나 부자연— 그때.

유우가 앉은 일직선상에 시합 중의 두 사람이 나란히 섰다. 그리고 카이세이는 그 순간을 기다리고 있었다.

시간이 멈춘다.

야시로의 몸이 바짝 굳어서 움직이지 못한다. 그런데도 상대의 입술만이 움직이더니.

—죽어라.

강고하게 중심을 잡은 죽도가 상대의 목을 노리고 빛처럼 용솟음쳤다.

"츠으아아————야아아앗!!"

최단 거리, 아울러 최고 속도의 기술, 한 손 찌름. 파멸적인 속도로 야시로에게 박혀 들어갔다.

잔심 자세를 취하며 정지하는 카이세이. 대조적으로 야시로는 마치 탄환처럼 날려 가서 유우에게……. 묵직한 충격을 한쪽 손으로 받쳐 들었다. 괜찮냐는 말은 없다. 유우는 후배를 도살한 남자를 노려보고 있다.

시합 중 카이세이와 설마 눈이 마주칠 리 없었다. 그런데도 두 사람의 시선은 신기하게도 뒤얽혔다.

그것은 어떤 의미로 지당한 결과였다. 왜냐하면 카이세이는 줄곧, 처음부터 유우밖에 보지 않았다.

온화하고 이지적인 입술이 지금 악마처럼 비뚤어져 있다. 그것은 말소리 없는 말이었다.

사람이 아닌 존재밖에 알아듣지 못하는 말—.

"……큭큭."

후지노미야 고등학교의 전원이 움직이지 못하게 된다. 그 이유는 카이세이의 강한 실력에 압도되었기 때문이 아니었다.

"……큭큭큭."

언제나 헤죽거리며 웃는 유우의 무방비했던 미소가 싹 사라졌다.

이제껏 전부 가면이었음을 새삼 절감케 하며.

"복수인가. 일부러 기다렸군. 나와 방향이 맞을 때까지. ……큭큭."

귀신이 웃고 있다. 2년을 비워 둔 무인의 동토에 드디어 손님이 왔노라고.

"있었어. ……드디어, 찾아냈다. 너도, **이쪽**에 속한 인간인가!"

유우의 음성이 환희에 들떠 오른다. 희색만면하여 나직하게 웃는다.

인사가 끝난 뒤 다음 시합을 위한 교대가 이루어지는 와중에도 줄곧 제 얼굴을 비뚤어뜨리고 있었다.

그 얼굴을 보고 키노사키는 중얼거렸다. 그런가, 라고.

"그게 너의 진짜 얼굴이었냐."

두렵다. 소름 끼친다. 알 수가 없다. 대체 어째서 웃는가. 여러 심정이, 도망치고 싶은 마음과 함께 뒤섞인다. ……그러나, 그 이상으로.

"야, 쿠로. 나 말이야, 바보짓 좀 해도 되냐?"

"……언젠 바보가 아니었냐. 뭘 할 테냐?"

"장사. 팔아 치우고 싶은 게 있어서 말이야."

검은 테 안경 안쪽의 눈동자가 동그래졌다. 그리고 평소처럼 니힐하게 웃었다.

"관심 없다는 표정을 짓지 않았었냐? 네 연약한 팔로 장사가 될까?"

"그런 때 팔심을 더욱 보여줘야 되잖아? 뭐, 쿠로는 차나 마시면서 구경하든가."

"그래. 나는 영세 중립국이니까 말이다. ……빚진 만큼 갚아주는 결과 정도는 만들어봐라."

이대로가 좋은가. 이대로도 좋은가.

"이봐, 유우."

"……응?"

"한 번, 제대로 나랑 싸움질할까?"

좋을 리 없잖아, 마토이 선배.

왜냐면 난 조금 못났어도 분명 사나이니까.

× × ×

“저기, 에사카 부장. ……옆에, 호면 놓아도 괜찮을까요?”

시합이 끝난 뒤 모든 학생들이 학교에 따라 모여서 정좌한다. 마지막 행사를 앞두고 수런거리는 체육관에서 유우가 얌전한 표정을 짓고 말 붙이는지라 에사카는 활짝 웃었다.

“왜 굳이 물어보나, 미나카미. 거절할 이유가 없잖냐. ……참 빠르군. 벌써 마지막 자유 대련인가. 여태껏 이런저런 연습 시합을 경험해왔다만, 오늘만큼 진하고 얻는 게 많았던 시합은 없었지. ……고맙다. 네 덕분이다.”

정중하게, 망설임 없이 머리를 수그린다. 연하의 후배에게.

“자, 잠깐요. 맨날 도대체 왜 이러세요! 저번에도! 난, 아무것도 안 했는데! 검도는 개인 경기잖아요?! 이긴 건 단순하게 모두의 힘이죠! 내 힘은 상관없어요!”

“도대체 무슨 소리냐, 미나카미. ……그래서 더 감사 인사를 하려는 건데.”

으음, 누구냐. 이 녀석을 괴물이라고 부른 녀석은. 대체 무엇을 보고 한 말이지?

이렇게 어수룩하고 귀여운 후배의 얼굴을 지어주는 녀석인데.

“네가 들어온 덕에 모두들 강해졌다. 남자든 여자든 따지지 않고 모두가. 조금 더 주위를 둘러보는 게 좋겠군. ……너를, 모두가 좋아해주잖나. 부장으로서 자랑스럽구나.”

“아니야! 아무 말이나 늘어놓지 마십쇼!”

울먹이는 얼굴로 반발한다. 에사카는 내심 기뻐서 말없이 귀를 기울여줬다.

"그럴 리 없잖아! 난 언제나 자유 대련 때, 힘 빼고 논다고요! 에사카 부장이라면 알아볼 수 있잖아요?! 상대가 10이라면 11로, 90이라면 100으로, 500이라면 600으로, 대충대충! 이렇게 사람 깔보는 놈을 도대체 누가 좋아한다고!"

"그런 게 오히려 이유 아니겠나. ……너는 의외로 바보였구나. 검도부에 있는 녀석들 마음을 알지 못해. 그런 짓 하면 오기가 솟아서라도 시선을 돌려놓고 싶어질 뿐이지."

목청껏 에사카가 웃는다. 위업이 적힌 스코어북을 떠올렸다.

"오늘도 꽤 실컷 놀았던가. 오후 시합을 포함해서 머리, 손목, 허리, 찌름 순서대로 퍼펙트다."

"……뭐, 역시 들켰네요. ……죄송합니다."

"음? 그러니까 왜 사과를 하지? 멋있고 재미있잖나. 마음껏 놀고 시험하라고 아침에 말했을 텐데, 내가."

남자의 꿈 같은 짓을 저지르다니. 가능하면 자신도 해보고 싶다.

"내가 용서한다. 더 많이 해라. 만약에 누가 항의하면 내가 수습을 책임져주마. 더 내키는 대로 마음껏 저질러봐라. 네 검을 보면 알 수 있다. 도대체 무슨 거리낌을 못 떨치나?"

"……나의, 검?"

"뭐냐, 그것조차 스스로는 몰랐던 건가? ……난처한 녀석이군. 너 같은 녀석이 검도를 재미없게 만드는 거다. 알아들었다면 조금 더 자유롭게 굴어라. 너무 묶여 있단 소리다, 너는.”

만났을 때는 어딘가 종잡을 수 없는 녀석이라는 생각이었다. 그러나 지금은 다르다.

이렇게 뻔하고 쉬운 바보는 달리 더 없으리라.

“네가 가장 바라는 것은 말이다—.”

『그러면 30분간 자유 대련을 실시하겠습니다. 3분마다 간격을 두고 큰북을 치도록 할 테니 상대와 교대하는 기준으로 삼아주세요. 마지막 상대와 연격을 실시한 뒤 오늘 모든 일정을 종료합니다. ……준비 되셨습니까? 그러면 호면을 쓰고 시작해주세요!』

호령도 귀에 들어오지 않는다. 그만큼 충격이었고, 그럼에도 깊숙이 몸에 배어드는 말이었다.

“……어째서 마토이 선배가 홀랑 넘어갔는지 이제야 알겠네. ……이런 건 치사하잖아.”

“음? 어째서 지금 타치바나의 이름이 나오지?”

“모릅니다, 바보. ……이왕이니 하나 더 가르쳐주시죠?”

수건을 두르면서 유우가 물었다. 몹시 약하디약하게, 곁에 없는 두 사람을 떠올리며.

“저한테 막 싸우자는 녀석이 있는데요. ……어떻게 해야 될까요?”

“하하하. 모른다, 어리광 부리지 마라. 스스로 고민해라.”

"엑, 저기요? 좀 너무한데요?! 진짜 제가요, 5억 년 만에 다른 사람한테 상담을—."

"잘 부탁합니다!"
"잘 부탁합니닷!"

두 개의 폭풍이 유우의 말을 가로막는다. 감색과 백색, 두 개의 도복이 두 손을 짚어 좌례를 하고 있었다.

갑상에 적힌 이름에 있는 학교는 각각 다르다. 그러나 써 놓은 성씨는 동일하다.

쏙 닮은 얼굴이 둘 올라왔다. 역시 나란히 언짢아하는 표정이다.

"오빠, 비켜. 내가 먼저야."

"허어? 누가 봐도 내가 먼저였잖아. 농담은 성격만 갖고 하지 그러냐?"

"불쌍해라. 얼굴도 엉망인데 눈도 엉망이라니. 오심은 진짜 치명적이야. 지금 당장에 검도 관두는 게 좋겠어."

"……후우. 고분고분 두 번째를 기다려라, 태어났던 순서와 똑같게 말이야."

"시끄러워. 겨우 10분 빨리 태어났던 주제에!"

"이미 그 시점에서 나보다 느렸던 거다, 넌!"

"……씨, 돌겠네. 붙을래?"

"질리지도 않는 녀석이구나, 너도. ……빨리 저쪽으로 가라.

두 번 다시 건방진 소리 못 하게 만들어주마."

눈앞에서 지상 최강의 남매 싸움이 시작되려고 했다. 허둥지둥 유우가 중재에 들어갔다.

"싸, 싸움은 관두자. 좋지 않아. 평화적으로―."

"너는 가만히 있어!"

"뭐야, 끼어들지 마!"

칼로 물 베기 정도의 이야기가 아닌 터라 유우는 곧장 쫓겨났다. 옆에서 보고 있었던 에사카가 웃었다.

"봐라. 적어도 두 사람은 네가 좋아서 못 견디겠다 보군. 조금은 자신감을 가져라. 비굴한 남자는 멋이 없잖나."

"……그러게요. ……저기, 에사카 부장. 내기의, 경품 말인데요."

"오, 결정을 했나? 뭐냐, 말해봐라."

―부 활동, 그만둘 테니까 잡지 마세요.

그렇게 말할 작정이었다.

"……역시 아직은 더 보류예요. 그래도, 언젠가는 꼭 말하겠습니다. 아주 끝내주게 거창한 요구로."

유우는 호면을 쓰고 일어섰다. 그리고 빠른 걸음으로 카이세이에게 다가간다. 뭔가 몇 마디를 주고받더니 곧 에사카에게 다시 돌아왔다.

"그러면 부장 지시이기도 하고, 오늘은 실컷 놀겠습니다. 뒷일은 몰라요."

“이누이를 안 기다려도 되는 건가?”

“맛있는 반찬은 마지막에 먹는 주의라서요. 바람 좀 피다가 오죠. ……어휴, 인기 있는 남자는 괴롭네!”

유우가 인파 안쪽으로 사라져 간다. 얼굴은 안 보였지만 음성만으로도 충분했다.

분명 처음으로『이누이』와 마주했을 때와 똑같은 표정을 지었을 테지.

『즐거운 데이트가 될 것 같군요. 질투 납니까?』

“……질투가 난다, 이누이. 네가 부럽구나.”

× × ×

“유우 도령~♪ 놀아줘~♪”

“엑, 히토미?! 왔었어?!”

“왔지~. 토오가 와 있으면 누나도 같이 와 있는 거야~.”

뭐, 차분하게 생각하면 맞는 말이었기에 유우는 호완을 벗고 머리를 긁적였다.

자유 대련도 중반에 접어들었다. 돌이켜보면 사람들이 자꾸자꾸 오는 바람에 쉴 틈이 없었다.

“아까 반가운 사람이 와서 말이야. ……날 여태 기억하더라.”

“아핫. 당연하잖니~. 누가 손수 길러 낸 아이인데~? 너랑 일단 얽히면 더 이상은 평범한 검에 만족할 수가 없게 되어버리거든~♪”

“……악랄한 저주인데. 지독하게.”

자신은 평범하지 않다. 이미 잘 안다.

그래서 더더욱 오늘 누군가와 인연이 이어졌다는 데에 진심으로 감사해야 할 터이나.

대망의 상대에게 시선을 보낸다. 여전히 부럽게도 티격태격하는 중이었다.

“사이가, 되게 좋구나. 저 남매…….”

“요 녀석, 누나랑 같이 있는데 한눈팔면 안 되지~? 자, 빨리 놀아줘. 못 일어설 만큼 격렬하게 받아줄 테니까.”

말버릇 나쁜 누나. 내가 사촌기라서? 쓴웃음 짓고 유우는 죽도를 겨눴다.

“시집을 못 가게 만들어주지. 빨리 앞에 서.”

“아핫. 바라던 바야~. 내가 기절해도 잘 돌봐주렴~♪”

기다리는 동안 천장을 올려다본다.

“그런가. ……나도 할 수 있었구나. 남매 싸움.”

예전보다 조금 답답한 느낌이 사라진 것 같았다.

× × ×

쿠웅, 큰북보다 아득하게 둔중한 소리가 카이세이의 오른쪽 손목에서 울려 퍼졌다. 제자리에 가만히 멈춰 선 채 피로로 가득 찬 한숨을 내쉬었다. 이런 싸움의 패턴, 도대체 몇 억 번째인가, 카이세이는 먼 곳을 바라봤다.

"그래, 훌륭한 퇴격 손목 치기였어. 미안하다, 후부키. 내가 졌다고 치자. 잘못했어."

"장난하지 마. 이렇게 대강 때우고 이겼다는 거야?"

"아니, 내가 졌다니까. 제발 그만 좀 하자……."

이겨도 발끈한다. 져도 발끈한다. 도대체 뭘 어쩌라는 말인가. 오빠는 울고 싶어졌다. 두 사람의 남매 싸움은 매번 이런 결말로 끝난다. 카이세이는 후부키에게 이긴 전적이 없었다.

"그딴 거 필요 없어! 제대로 진지하게 싸워줘. 아니면 죽어버릴 거야!"

언젠가와 똑같은 말을 입에 담았다는 것을 후부키는 스스로 깨달았다. 추억이 더럽혀진다.

그때는 가슴이 화륵 뜨거워져서 정신이 나가버리면 어떡하나 싶을 만큼 흥분했더랬다. 대체 왜 하필이면 이 녀석에게 똑같은 말을 들려줘야 하나. 이 자식은 원수다. 꿈을 빼앗아간 자신의 적이다!

"마지막 한 판. 이게 진짜로 끝이야. 알겠지?"

"……그래, 알겠다. 진짜로 마지막 한 판이다. 절대 딴소리 마라."

일단 떨어졌다가 다시 자세를 취한다. 후부키는 죽일 작정으로 증오를 담아 소리쳤다. 반면에 카이세이는 무언. 수면을 미끄러지듯이 간격을 좁혀 나아간다. 빨리 끝내버리자, 일도양단의 검을 휘두르며.

거울과 같은 수면에, 파문— 온다!

후부키는 손목 머리 치기를 날리며 뛰었다. 자신이 잘 아는 오빠를 완전히 다 파악한 절대적인 손목 치기가 격중되리라.

"윽—."

"머으리야아!!"

그러나 수면에 비친 오빠는 환상. 후부키가 선택했던 기술에 맞서 카이세이는 두 번의 검을 휘둘러서 곧장 끝냈다.

상격 손목 머리 치기. 연속기라는 말이 잘못되지 않았나 의문시될 만큼 동시였던 두 번의 검격.

"좋아, 끝났네. 슬슬 가야겠어. 약속이 있거든."

"…………아냐."

"음, 뭐? 딴소리 안 하기로 약속—."

"너 같은 놈, 오빠 아니야! 진짜아로 싫엇!"

자유 대련 중 흘러넘치는 기합 소리에 숨겨서 후부키는 쌓이고 쌓인 울분을 내지른 뒤 달려 떠나갔다.

홀로 남아서 카이세이는 도대체 뭐냐, 고개를 갸웃거린다. 하지만 다음 순간에는 아무래도 좋다는 생각만 들었다.

어차피 여동생의 기분이 상하는 데는 이유가 없다. 평소와 똑같잖은가. 지금 동생의 투정 따위야.

"아아앗……?!"

시계를 보면 벌써 라스트 세트 시간에 돌입한 참이었다.

시험 종료 1분 전에 마킹 실수를 발견한 수험생의 마음으로 주위를 둘러본다.

찾았다! 가장 안쪽!

카이세이는 온갖 장해를 밀어내며 힘껏 달렸다. 그 끝에 간신히 다다를 수 있었다.

"……지각이야, 오빠분. 얼마나 기다리게 할 셈이야."

"미, 미안! ……그런데 그 대사, 네가 할 말은 아닌데. 조금. ……울고, 싶어졌어."

꽉, 카이세이는 두 눈을 감았다. 무엇인가를 참는 것처럼.

그 모습에 기시감이 느껴졌다. 그럼에도 어딘가 기억은 애매하다.

"저기? 우리들. ……어딘가에서 만났던 적이 있었지?"

물어본다. 그러자 카이세이는 눈을 크게 뜨더니 조용하게 웃고 고개를 흔들었다.

"아니. ……처음 뵙겠습니다가 맞아, 미나카미 유우. 이누이, 카이세이입니다. 앞으로는 잊지 말아줘."

"……큭큭. 기억에 새겨줄 거야?"

"네가 살아 있는 동안은 쭉."

두 사람의 위치가 교차한다. 체육관의 안쪽 깊숙한 곳에서 두 사람은 이번에야말로 검을 뽑았다.

유연하게, 한순간. 일천의 말을 나누기보다 길게. 유우의 왼손이 떨렸다.

아아. 얼마나 오랜만인가. 이 호흡, 이 투기. 뇌가 떨리는 이 감각.

기쁘구나. 의심의 여지도 없이 너 역시 **이쪽**인가 보다!

"나아아아아————————————————————앗!!"

유우의 포효에 유리가 드륵드륵 흔들린다. 그게 어쨌냐고 카이세이도 또한 부르짖었다.

"싸아아아아아아아아아아————————————————아!!"

자, 간다, 유우 군. 이날을 위해 살아왔어. 옛 기억을 떠올려주지 않아도 상관없다. 그저 지금부터 나의 이름을— 평생토록 못 잊게 만들어주지!

"흐앗!"

카이세이의 죽도가 흔들거린다. 찰나의 틈에 세 개의 미끼를 넣어 허점을 추적한다.

미량의 빛을 감지하자마자 척수 반사에 의지하여 섬전 같은 일검을 손목으로— 안 된다, 멈춰라!

"타아아앗!"

그 빛은 건드리면 즉사할 마경의 광채다. 유우에게서 미친 속도의 상격 손목 머리 치기가 날아오고 있음을 카이세이는 직전에야 겨우 간파했다. 억지로 팔을 멈추고 다가들어서 무효타를 만듦으로써 한판을 회피한다.

작게 유우가 혀 차는 소리를 들었을 때 식은땀이 흘러 떨어졌다. 호면 안쪽으로 무심코 웃었다.

믿기지 않는다. 설마 미래가 보이는 건가?

그렇게 놀랄 만큼 비범한 예측 능력과 타이밍. 스스로가 강자인 까닭으로 카이세이는 곧장 깨달았다.

수 싸움과 순간 반응에서 미나카미 유우는 자신보다 몇 단계 우위에 있다. 분명히 잡아챘다고 자신했었는데 하마터면 본인이 죽을 뻔하지 않았던가. 이쪽의 수법은 전부 다 비쳐서 들여다보인다고 생각하는 것이 좋겠다.

기가 막힌다. 악몽이다. 그렇기에— 최고다!

자, 간다. 전부를 미리 알아버린다면—.

카이세이가 천천히 숨을 내뱉는다. 예리한 두 눈이 푸르게 얼어붙었다.

코등이싸움이 심해처럼 무겁고 괴로워졌기 때문이다. 유우의 호흡이 멈췄다.

처음으로 겪는 감각이었다. 주먹을 맞대고 있는 상대가 묵직하며 둔중한데도 너무나 가볍다.

까딱 방심하면 철퇴가 머리에 떨어질 테지. 마음을 다잡으면 투명해져서 바람처럼 사라진다. 그런 기분이 든다.

유우는 카이세이의 눈동자를 봤다. 동공 안쪽을 꿰뚫어 볼 수밖에 없단 생각에, 가쁘게 숨을 들이마시며—.

"머리이야아, 샤아아아아!!"

카이세이는 뒤로 사라졌다.

불가시의 보도를 주저 없이 뚫고 바람을 가른다. 중력째 갈라 절단하는 충격에 이어 뒤늦게 소리가 따라온다. 그 소리는 둔하지 않고 높았다. 작렬하는 대나무의 소리다.

죽도로 막아 냈다. 막아야 했다. 오는 줄 뻔히 알고도 피하지 못할 공격이었다.

어떻게 피할 수 있었는지는 알지 못하나— 행운!

상대가 물러나는 순간은 최고의 빈틈. 유우는 잔심 자세를 취한 카이세이에게 질풍과 같이 뒤따라서 최고 정확도의 3연타를 거듭했다. 손목. 뒤로 빼내서 회피. 우회하며 다시 한 번 손목— 오른손을 죽도에서 떼고 곡예처럼 카이세이가 도주한다. 잡았다, 죽어라— 머릿!

믿기지 않게도 회피했다. 머리를 왼쪽으로 비틀어서.

유우는 그저 실소를 흘리며 재차 코등이싸움으로 몰아갈 수밖에 없었다.

의미 불명이다. 어째서 방금 공격이 회피당했지? 반사 신경이 너무나 좋은— 아니, 정확하게는 눈인가.

눈이 지나치게 좋았다. 종이 한 장의 두께가 종이 한 장 같지가 않다. 확신을 갖고 회피하는 결과였다.

유우는 이제 깨달을 수밖에 없다. 이누이 카이세이는 신체 능력에서 자신보다 몇 단계 우위에 있다.

방금 전 분명히 완벽하게 허를 찔렀던 손목 이어 머리 치기도 불현듯 몸을 낮춰서 도주했잖은가. 악마적인 피지컬이 이 세상을 벗어난 듯한 속도마저 가능케 하는 까닭이었다. 제아무리 허를 찔러도 어지간한 기술은 본 다음 회피할 수 있을 것이다.

이것이 절망. 최흉(最凶)인가. 좋군— 이렇게 재미있을 수가!

자, 간다. 전부를 보고 움직일, 수가, 있다면……?

코등이싸움에서 서로가 다시 간격을 떨어뜨렸을 때 유우는 보고 말았다. 도복을 입은 어딘가의 교사가 큰북의 채를 휘둘러 올리는 것을.

장난치지 마라, 아직도 1분밖에 안 지났다.

싫다. 이렇게 어중간하게 끝내고 싶진 않았다. 결판을 내고 싶다—!

시간으로 치면 1초도 안 되는 동안. 이미 사고조차 못 되는 주마등에 하나의 기술이 번뜩였다.

온다.

카이세이는 태세를 갖췄다. 어떤 기술이 날아들어도 쭉 너를 보아왔던 나라면 피할 수 있다!

일족일도의 거리. 거기에서 유우의 죽도는 움직이기 시작했다.

"—어?"

궤도는 작은 원이었다. 실전 검도에는 거의 존재하지 않는 특수 궤도가 회오리를 일으킨다.

바람이 죽도를 훑었다. ……아니다. 살아 있다. 이 검은 생명을 지니고 있다!

카이세이의 정상을 벗어난 눈이 마침내 회오리의 정체를 간파했다.

뱀. 자신의 검에 휘감기는 것의 정체를 간파했을 때 카이세이의 두 손에서 감각이 사라졌다.

하늘이 보이는 것 같다. 천장이 없는 하늘. 그곳에서 자신의 죽도가 날고 있었다.

"머리이이이———이!"

둥, 둥, 두웅, 울린다. 마지막 큰북 소리는 천천히.

그 안에 딸가닥하는 소리가 뒤섞였다. 카이세이의 죽도가 바닥에 떨어지는 소리였다.

카이세이는 잠시 멍하니 서 있었다. 10초에 미치지 않는 잠깐이었을까. 자신에게 일어난 일을 이해하는 데 시간이 약간 걸렸다.

그러나 멍하니 있던 사람은 카이세이뿐이 아니었다. 유우도 또한 잔심의 자세를 취한 뒤 뒤늦게 카이세이가 저지른 짓을 이해했다. 오직 유우에게는 들렸던 까닭이다. 큰북 소리에 섞인 둔탁한 금속음이.

호령 후 마지막 연격의 소리가 들려온다. 마치 대나무의 비가 내리쏟아지는 것 같다. 그런 와중에 두 사람은 똑같은 표정으로 흐, 웃었다.

일검, 또 일검. 아쉬움을 숨기지 못한 채 천천히, 유우와 카이세이는 연격의 죽도를 마주친다. 그리고 전원과 함께 유우와 카이세이도 죽도를 거뒀다. 옆에 나란히 앉아 유우가 먼저 호면을 벗는다.

"……제길. 피해버렸겠다! 시합에서 쓴 적도 없는 비장의 기술이었는데."

휘감기 기술.

상대의 손에서 죽도를 옭아매어 날려버린다. 실전에서는 거의 목격할 수가 없는 환상의 기술이었다. 그러나 죽도를 단지 날려버린 뒤 끝내면 반칙 하나밖에 못 딴다. 유우는 그다음의 공방을 말한 것이다.

추가 공격이었던 한 손 머리 치기를 카이세이가 이번에는 고개를 위로 젖혀서 면금으로 받아 냈다. 한판 판정이 떨어지지 않게.

유우는 한숨을 쉰다. 아무 과장도 없이 비장의 수법이었다. 덧붙여서 이 남자에게는 시합 중 좌면 허리 치기도 이미 보여줬다. 요컨대 이제 카이세이 상대로 쓸 기습 종류는 바닥나버렸다는 뜻이다.

저질러버렸다는 생각에 쓴웃음을 짓는 유우. 그때 뒤늦게 카이세이가 호면을 다 벗었다.

"진짜⋯⋯ 굉장해! 멋지다! 아까, 어떻게 해서 친 거야?!"

유우가 숨을 멈추고 있다. 그렇게 멍청한 질문으로 들렸던 걸까.

"⋯⋯너, 너어? ⋯⋯혹시, 카이세, 맞냐?"

카이세이의 고동이 높아진다.

비가 내리지 않게 양쪽의 눈을 꽉 감았다.

"연심관의. 울보 카이세, 맞아⋯⋯?"

"⋯⋯늦었잖아, 바보야. 대체 얼마나 기다리게 할 셈이었던 거냐."

이번에는 더 이상 꿈이 아니다.

만나고 싶었다. 말하고 싶었다. 건네주고 싶었다. 몇 년이고 소중하게 간직해왔던 이 말을.

"오랜만이야, 유우 군. ……여태껏 쭉, 기다렸어."

BEYOND THE SWORD

제6합 세상에서 가장 아름다운 손

연성회 날의 밤.

후부키는 자기 방에서 베개에 파묻힌 채 용해되어 있었다. 교복을 벗어 정리하지도 않고 푹 엎드린 몸을 일직선으로 둔 채 침대에서 움직이지 않는다. 그저 원망의 목소리가 들릴 때마다 베개만 진동했다.

"후카세에……!"

눈앞에서 보란 듯이 약속을 잡았다. 이래서는 패배나 마찬가지였다.

몇 번이고 지난 장면을 떠올리며 후부키는 이를 갈았다. 지금쯤 두 사람은 즐겁게 식사를 하고 있을 것이다. 자신은 거절당했던 식사를.

"……으. 그딴, 검도가 아니더라도 잘 살아갈 여자한테, 내가……!"

두 번의 검격으로 베어줬다. 그럼에도 전혀 마음이 풀어지지 않는다.

이기는 게 당연하니까.

검에 전부를 바친 자신이 초보자를 한 명 때려눕혔다고 이제 와서 무슨 자랑이 되는데? ……괴롭다. 허망하다. 처음으로 검을 쥐는 게 싫어졌다.

"그래도. ……이제 와서, 물러날 순 없는걸……!"

왜냐하면 내버린 것이 너무나 많다. 이제 와서 다시금 주우러 갈 수도 없잖은가. 자신이 자꾸자꾸 돌이킬 방법이 없는 몹쓸 여자가 되어 간다는 것은 알아도 이미 손쓸 도리가 없었다.

"여우 짓, 못한단 말야……."

하나밖에 좇지 못한다. 그렇게 여우 짓을 하며 어디에서든 살아갈 수 있을 여자애라면 이토록 비참한 기분은 절대로 알지 못한다. ……게다가. 게다가. 전부 다 내버리고 죽을힘으로 좇아갔는데도.

『좋아, 끝났네. 슬슬 가야겠어. 약속이 있거든.』

진지하게 맞상대조차 안 해주는 꼴이니까.

『……미안, 후부키.』

정말 열심히 노력했는데 차이고 말았다—.

"……으. ……윽, 으읏—."

어째서. 대체 왜. 검도 따위 너무나 싫어. 그런 심정과 연쇄하여 뇌리에 한 소년의 얼굴이 떠올랐다.

『후부키는 말이야, 이겼을 때, 기쁜가 봐?』

차마 이해가 되지 않는다는 듯 물어보던 목소리. 다 늦은 지금에야 겨우 알았다.

『검도, 좋아하는구나.』

"……그런, 가……. 이런, 기분이, 드는구나……."

나는 왜 이렇게 둔한 여자일까. 정말 싫어, 사라지고 싶어.

새카만 방에서 혼자 눈물에 젖는다. 그러던 때 파묻혀 있던 자신의 옆에서 삐로링, 휴대 전화가 빛났다. 메신저 톡의 알림음이다. ……누구 메시지이든 알 바 아니야. 아예 평생 방에서 파묻혀 있을 테니까!

[Yu.M] 불쑥 연락해서 미안해요. 미나카미 유우입니다.
[Yu.M] 갑자기 민망한데, 내일 시간 괜찮으면 같이 나갔다 올까?
[Yu.M] 오늘 좀 미안했으니까, 후부키랑 만나고 싶어!

"갈래에―――――――――――――――――!"
청천벽력. 그 목소리로 옆방의 카이세이를 움찔 떨리게 만든 뒤 후부키는 곧장 전투 준비를 개시했다.

× × ×

그나저나 무대 뒤에서는.
유우는 시오리와 즐거운 식사 자리를…… 갖는 게 아니라 부엌에서 냄비를 젓고 있었다. 무척 맛있는 냄새.
"둘한테 다 미안한 짓을 했구나……. 으으, 정말 난 끝장난 놈이야……."
비장의 양념으로 자기혐오를 섞어서 카레를 만든다. 생각해야 할 거리가 잔뜩 있을 때 시간이 걸리는 요리를 만들면 머릿속을 정리하는 데 최적이니까. ……그리고 또.

"유우 도령, 꿍얼꿍얼 시끄러워~. 뭐해~ 빨리 밥~! 유우 도령이 만든 카레~ 빨리 줘~♪"

이 칠칠치 못한 운동복 차림의 의누나, 즉 아이하라 히토미가 술캔을 한 손에 들고 밥 달라, 밥 달라 시끄럽게 떠들고 있기 때문이었다.

아이하라는 스물네 살에 독신이다. 대학 진학을 계기로 어검관에서 떠났던 터라 자취 생활도 길었을 텐데. 그럼에도 저 바닥을 치는 생활력은 뭐지? 이제까지 어떻게 살아왔는지 너무 수수께끼였다.

"나는 히토미의 마누라가 아니야! 왜 당연하다는 듯이 집에 와 있는 거야!"

"엥~ 왜냐면 누난 자유 대련 때문에 엄청 배고픈걸~. 그렇게 격렬하게 저질러 놓고~."

"심지어 난 거기에다가 시합도 나갔거든! ……진짜 어떻게 된 거야, 우리 집 어른들은."

느닷없이 요리를 냅다 떠넘기는 어머니도 어머니다. 불평을 늘어놓고 싶어도 전화로 『히토미한텐 아직 못 만들어줘』, 『엄마 체면을 좀』이라며 울먹울먹하는 데야 어떻게 거절할 수가 없다. ……혹시 나, 떼쟁이한테 약한가?

"첫 견학 때도 비슷했던 것 같은데……. 아니, 후카세는 진짜 어떻게 해야 하나."

"응~? 그 귀여운 1학년 애가 어쨌다고~?"

"약속을 취소했어. 히토미가 집에 오니까. ……다음에 뭔가 맛있는 걸 사줘야겠네."

유우는 한숨을 쉬고 자꾸자꾸 어두워진다. 반대로 아이하라는 자꾸자꾸 밝아져 갔다.

"흐음~. ……흐응~♪ 유우 도령, 그 아이보다 누나를 더 좋아하는구나~♪"

"시, 시끄러워! 가족 최우선은 당연한 거야! 밥 다 했으니까 빨리 앉아!"

"아핫, 부끄럼 탄다, 부끄럼 탄다~♪ 만세~ 유우 도령의 카레다!"

두 사람은 식탁에 앉았다. 당연하다는 듯이 어머니는 없지만, 오늘은 자칭 누나가 있다. 유우는 고분고분한 아이로 돌아와서 하루의 이야기를 전부 이야기했다. 또 검으로 실패했다는 것. 내일은 학교에서 중요한 연습 대련이 있는데 그 전에 쌈박질을 하잔 녀석이 나타났다는 것. 카이세이와 만난 것. 그리고 또.

"나, 진짜로 못된 놈이야. ……어우, 글썽글썽하던 눈빛을 떠올리면, 심장이 아파……."

후부키에게 화풀이를 하고 말았다는 것. 자신 같은 녀석에게 말을 걸어준 고마운 아이인데.

그렇게 자꾸 침울해하는 유우를 보고 아이하라가 또 반짝반짝 빛을 발한다.

"……흐흥~. 좋았어~♪"

문득 수상쩍게 웃더니 마녀가 고문서를 넘기듯이 스마트폰을 만지작거린다. 그러고는 유우를 콕콕 찔렀다.

"유우 도령, 휴대 전화 줘볼래~? 하룻밤 한 끼니의 보답으로 누나가 도움을 줄게."

"괜찮긴 한데…… 뭐? 잠깐, 지금 하룻밤이라고 말했지? 밥 먹고 잠까지 잘 생각이야?!"

"세세한 덴 신경 쓰지 마. 머리 벗겨질라~. ……후후후. 귀여운 아이 연락처를 유출시켜줄게~."

사실은 살~짝 질투도 나는 마음이지만. 잔뜩 놀아줬으니까 오늘은 용서한다.

아이하라는 숟가락을 척 내밀며 어검관의 여검사들이 다 같이 고이고이 키웠던 의동생에게 출진을 재촉했다.

"유우 도령. 이누이 양 데리고 데이트 갔다 오자♪"

× × ×

"어휴, 지쳤어. 도쿄 싫어. 전부 의미 불명이야……."

점심시간의 세이부 신주쿠 역(西武新宿駅) 앞. 유우는 가로등에 기대어 선 채 휴일의 인파에 압도당했다. 잠시 후 보게 될 영화를 광고하는 거대한 전자 제품 매장의 스크린을 올려다보면 입에서 혼이 빠져나가는 기분이 든다.

도쿄, 무서워. 유우의 몸이 지금 한 번 더 트라우마로 떨린다.

"야마노테(山手), 사람 넘 많아. 신주쿠 역, 사람 넘 많아. 서던테라스 출구는 또 뭐야? LUMINE와 LUMINE2의 차이가 뭐야? 몰라, 납득이 안 돼. MARUI가 왜 마루이(OI)가 되지? 누가 봐도 오이오이(0101)잖아……?!"

지쳐서 어깨를 털썩 떨어뜨렸다. 그러나 예비 조사는 데이트의 기본이다.

유우는 오전을 전부 다 써서 신주쿠를 미리 돌아보고 왔다. 조금 지치기는 해도 덕분에 예습은 빈틈없이 마쳤다. 약속 장소에서 휴대 전화를 꺼내 들고, 물길 안내인에게 답례의 말을 전하기로 했다.

[Yu.M] 진짜 고마워. 역시 도시 여자애는 다르네. 혼자 왔다간 틀림없이 폭사했을 거야.

[후카세 시오리] 별로 상관없어요~. 다음 약속을 위한 예습이라는 게 되게 기특하니까요♪

[Yu.M] ……뭐, 미안한 짓을 하기도 했고, 도쿄는 초심자니까 말이야.

[후카세 시오리] 아무튼, 언제 다시 만날 거예요? 저는 언제든 괜찮아요!

[Yu.M] 응응? 뭐가? 당연히 오늘이지.

[Yu.M] 휴일도 겹친 모양이고, 이런 기회가 흔히 있지는 않으니까.

[후카세 시오리] 엥~? 타임요! 오늘 말이에요?! 좀 너무 갑작스럽지 않아요?!

[후카세 시오리] 저한테도 준비를 할 시간이 필요하거든요?! 휴일이라면 항상 겹치잖아요!

"……안 겹칠 텐데? 뭔가 이야기가 얽혔다?"

이렇게 된 이상 약속을 다시 잡았다는 둥 애매하게 말하지 말고 남자답게 분명히 말을 해 두는 것이 자신의 취향이다. 유우는 힘 있게 고개를 끄덕거리다가 단숨에 받아쳤다.

[Yu.M] 겹치지 않아. 갑자기도 아니고. 어제 내가 제대로 말을 꺼냈어!

[Yu.M] 다시 말할게, 고마워. 후부키와 데이트, 철저하게 에스코트하고 올게요.

"좋아. ……그나저나, 좀 늦네."

유우는 전자 제품 매장의 스크린을 지금 한 번 더 올려다봤다. 시계는 약속 시간에서 20분 지난 숫자를 표시하고 있었다. 단순히 지각이라면 괜찮은데 지쳐서 열이 났다거나 후부키의 신상에 무엇인가 일이 생기지는 않았나 걱정된다.

연락이 오진 않았나 싶어 다시금 휴대 전화를 들여다봤다.

시오리가 검도부의 채팅방을 불태우고 있었다.

[후카세 시오리] (유우의 발언이 적인 스크린샷 첨부)

[후카세 시오리] 보고합니다~! 이 녀석, 여자랑 데이트한데요~!

[Yu.M] 뭐야, 잠깐만!!!!!! 도대체 무슨 짓이냐, 이 녀석아?!

[유키무라 마도카] 꺄~! 꺄~! 미나카미 군은 사나이구나~♪

[에사카 진] 갑자기 검희를 불러냈단 말인가. 과연 일류답군.

[하즈키] 신속. 윈디?

[치히로] 유우 군, 경박해! 야해! 치근치근! 이러면 키놋 쨩이 잖아!

[슌스케] 야, 나한테 불 붙이지 마라! 난 상관없는 얘기지!

[Yu.M] 저주할 테다, 후카세.

[후카세 시오리] 시끄러워요, 이 바보! 언젠가 칼에 찔릴 거야!

[Yu.M] 왜 네가 벌컥거리는 거야! 그런데 날 찌를 수 있을 녀석을 알면 관심이 가니까 가르쳐줘.

[유키무라 마도카] 아~ 검도 별 사람이 또 혹성에서 전파를 받아버렸네.

[야시로] 이럼 좀 불쌍한데……

[Matoi] 미나카미, 너 진짜 최고야! 그래, 이래야 내 후배답지♡ 있지, 손톱은 잘 깎아 놨어?

[치히로] 손톱? 손톱은 왜?

[쿠로세] 이보쇼, 손님. 잠깐 바깥으로 나갑시다.

유키무라 마도카가 Matoi를 퇴장시켰습니다

[에사카 진] 전혀 자비가 없군……?

[유키무라 마도카] 구제 불능이니까 어쩔 수 없네~

[치히로] 잘은 모르겠는데 유키 선배는 여전히 악랄해.

[하즈키] 후지노미야 섭관 정치. 타치바나 코토쿠 황제.

[쿠로세] 그런 것보단 휴일에 플레이하는 FPS가 진짜 최고

더라. 아예 매일매일 휴일로 하는 게 좋지 않나?

[슌스케] 동감이야. 그래도 조금만 같이 시간 좀 내자~. 난 이만, 쿠로한텐 나중에 따로 말할게.

[Yu.M] 야아! 뭐야, 둘이서만 놀지 말고 나부터 좀 도와줄래?!

[쿠로세] 유감스럽게도 거기부턴 과금 콘텐츠란 말이지. 거절한다.

[슌스케] 미안한데 나도 똑같네. 알아서 잘 싸워라~. 아직 싸움 중이기도 하고 말이야.

유우는 칼에 찔린 기분으로 심장을 부여잡았다. 예측되는 상실을 떠올리며 입술을 꽉 깨물었다.

"……도대체 뭐야. 딱히 싸우고 싶진 않다고, 관두—."

"느, 늦게 와서 미안해!"

휴대 전화를 꽉 붙들어 잡던 때 기다리고 기다린 목소리가 들려왔다.

수그리고 있던 얼굴을 들어본다.

"저, 저기, 사실은 30분 전에 도착할 생각이었어! 그런데, 다른 사람들이……!"

후부키의 동글동글한 눈동자에 뒤지지 않을 만큼 유우는 눈이 휘둥그레졌다. 신음하지 않으면 실례가 될 만큼 귀여운 아이가 두 손을 움직거리며 쩔쩔매고 있었기 때문이었다.

"굉장하네. ……귀여워. 깜짝 놀랐어! 혹시 머리카락 잘랐어?"

도복 차림의 이미지가 있는 후부키가 원피스에 파스텔컬러

얼굴을 바라보려니까 점점 후부키가 빨개져 갔다.

"저, 저기, 나, 손 씻고 올게……!"

도망치는 토끼처럼 재빨리 후부키가 자리를 뜬다.

이 타이밍에 자리를 비워준다? 요컨대.

"계산, 할 시간을 주는 건가……! 후부키는 착한 녀석이구나."

스마트하게 손을 들어 올려서 후부키의 추가 오므라이스와 계산 전표를 주문했다. 곧 점원분이 검은 바인더를 뒤로 돌린 채 가져다줬다. 마음을 굳게 다잡아 뒤집는다.

"……어우우. 진짜냐. 오늘, 충분하려나……."

고등학생에게는 꽤 버거운 금액이 지면에서 춤추고 있었다. 영화는 인터넷 결제였으니까 유우는 오늘 처음으로 지갑을 여는 셈이다. 분명 어젯밤 잠들기 전에 확인했던 자금이라면…….

머리로 전자계산기를 두드리며 지갑의 지폐 넣는 곳과 대면한다.

무수히 많은 유키치(諭吉) 씨가 비좁은 나의 집에 들어앉아 있었다.

"치트 코드?!"

그야말로 천문학적인 숫자가 들어 있는 지갑 안쪽에서 유우는 한 장의 종잇조각을 발견한 뒤 꺼냈다. 어머니의 글씨였다.

『정말 고마워요. 히토미의 식사와 엄마의 체면 값이에요. 이 정도면 충분할까요?』

"너무 비싸잖아! 지갑에 버그 난 줄 알았네! ……아, 진짜, 멍청이라니까. 고등학생의 금전 감각을 모르는 건가!"

그럼에도 도저히 거부는 할 수 없었다. 유우는 어쩔 수 없이 부정 수급한 돈을 지불해서 당장을 모면했다.

한편, 같은 시간대.

사쿠라코와 유키도 또한 같은 가게에서 식사를 하고 있었다. 관심 있는 남자아이 앞에서도 평소와 다름없이 마구 먹어 치우는 후부키의 모습을 떨어져 있는 자리에서 지켜봐주며.

"우리 공주님은 꾸밈이 없구나아……. 되게 애써서 예쁘게 꾸며줬는데."

"뭐, 꾸밀 줄 모르는 거야 어쩔 수 없죠. 그래야 우리 후부키인걸요."

종이 냅킨을 써서 천천히 예의 바르게 유키가 식사를 하는 동안에 사쿠라코는 벌써 와구와구 오므라이스를 다 먹어 치웠다. 운동부 특유의 빠른 식사를 마친 뒤 소스가 묻은 입을 스스로 닦는다.

"그나저나 미나카미 군한텐 언젠가 고맙다는 말을 해줘야겠네. 우리의 구세주이기도 하고 말이야. 오늘 아이하라 선생님이 갑자기 연습 쉬기로 한 거, 보나 마나 미나카미 군 덕분이잖아?"

"그럼요, 맞는 말이에요. ……저기, 사쿠라코. 구세주 말이 나와서 말인데요, 부탁이 하나 있는데."

유키의 동작이 정지한다. 저질러버렸어, 라는 미소 띤 얼굴로 사쿠라코를 보고 있었다.

"더는, 못 먹겠어요. 살려줘……."

"아앙?!"

몸이 살짝살짝 떨리고 있는 유키의 접시를 들여다보니 최소 사이즈인데도 4분의 1조차 줄지 않았다.

"전혀 안 줄었잖아! 얼마나 연비가 좋은 거야, 너!"

"조, 좋은 거예요. 조용하게 얌전하게, 그리고 저연비. 저는 프리우스(PRIUS) 같은 여자예요."

"스피드 삼륜차면 의미 없다고! 이러니까 만복 중추에 쫓겨 다니는 거야! 내가 주문하기 전에 분명히 말했지?! 넌 무조건 남길 테니까 하나 주문해서 나눠 먹자고! 거절한 게 누구였더라?!"

"다, 당연하잖아요. 승복할 수 없는걸요. 여자와 오므라이스 하나를 나눠 먹는다니요. 굴욕이에요. 처, 처음은 남자 친구랑 함께가 좋단 말이에요!"

"영원히 안 온다, 그날은! 밥이랑 같이 남겨져버려라!"

사쿠라코는 쿡쿡 쑤시는 머리를 부여잡고 유우와 후부키를 힐끔 돌아봤다.

후부키가 공주님처럼 입 닦아주기 돌봄을 받는 장면이 보였다.

"…………………………………부럽다아……."

숨어 있었던 꿈꾸는 아가씨 사쿠라코가 자신을 겹쳐서 보곤 진심으로 부러워한다. 자신도 사실은 저쪽이 더 좋았다. 정작 현실은.

"사쿠라코오……. 왕언니이……."

"……끄앗, 진짜! 먹으면 되잖아, 먹으면! 계산은 전부 네가 책임져!"

수요와 공급은 항상 불일치. 집에 가면 절대로 체중계에 올라가지 않을 것이라 결심한 사쿠라코였다.

× × ×

점심 식사 후 두 사람은 LUMINE에서 윈도쇼핑을 즐겼다. 도중에 후부키는 검도를 하는 데 최적의 머리끈을 발견하곤 몹시 마음에 들어 하며 잡화점의 계산대에 줄 섰다. 그동안 유우는 딱히 할 일이 없다. 혼자 근처를 어슬렁거리던 중에 관심을 끄는 가게를 발견했다.

"오……? 안경집이네."

슬쩍 들러본다.

시력이 좋은 자신에게는 관계없는 가게라고 생각했었는데, 최근에는 컴퓨터용 안경도 있다지 않던가. 하나 손에 들어서 써봤다. 겸사겸사 생각이 떠올라서 휴대 전화를 꺼냈다.

[Yu.M] 안경집에 왔어. 추천해줄 수 있어?

[후카세 시오리] 몰라요.

[Yu.M] 아까부터 왜 화내는 거야? 말을 안 해주면 알 수가 없어.

[후카세 시오리] 그냥요.

[후카세 시오리] 맛있게 밥 먹었을 테니 그냥 부러워서요~

[Yu.M] ……어제 저녁 식사를 직전에 취소한 게 문제였군. 진짜 미안하데도.

[Yu.M] 그래도 선약 우선이니까 용서해줘라. 먼저 후부키한테 미안한 짓을 저질렀거든.

[Yu.M] 후카세한테도 한턱낼 거야, 다음에 꼭……

[후카세 시오리] 엥? 저한테도 사준다고요? 어제 급하게 볼일 생겼다며 약속 깼잖아요.

[후카세 시오리] 이누이를 낚아챘으니까 후카세 따윈 아무래도 좋아~ 이런 거 아니었어요?

[Yu.M] 아니거든! 너 대체 얼마나 비뚤어진 거야! 어제는 진짜로 급한 볼일이었어!

[Yu.M] 나는 약속을 기필코 지켜. 절대 모르는 척 외면하지 않는다니까. 내가 먼저는.

[후카세 시오리] ………………그럼 용서할게요. 다음 휴일은 꽉 써서 후카세 사죄의 날인 거예요.

[Yu.M] 잠깐, 저녁밥 사준다는 얘기였잖아! 왜 하루를 꽉 채워서 늘어나는 거야!

[후카세 시오리] 여자한텐 세 배로 갚아준다, 이거 기본이에요. 당장 시간이 안 나면 리볼빙 결제로 하죠.

[Yu.M] 영원히 원금이 안 줄잖아……. 뭐야, 그렇게 나랑 데이트를 하고 싶었어?

[후카세 시오리] 뭐래요?! 정신 좀 차려주실래요! 다음엔 진짜 때릴 거예요!

때릴 수 있다면 때려봐라, 타자를 치려는데 뒤에서 어깨를 토닥거렸다.

"뭐하는 거야?"

아무것도 꺼림칙한 행동은 하지 않았는데도 뒤에서 말을 건네는지라 깜짝 놀랐다.

휴대 전화를 서둘러 주머니에 넣고 돌아보자 후부키가 유우의 안경 쓴 얼굴을 보고 놀란 표정을 짓고 있었다.

"안경……?"

"아, 이거? 도수는 없어. 어때, 어울—."

말을 다 마치기 전에 쭉 간격을 좁혀 다가들었다.

후부키의 단정하고 작은 얼굴이 엎어지면 코 닿을 데에 있다. 그러다가 안경을 부모의 원수처럼 노려보더니 한쪽 손으로 벗기고, 다른 한쪽 손을 유우의 뺨에 가져다 댔다.

"아무것도 안 걸치는 게 분명히 훨씬 멋있어."

압박감 있는 미소 띤 얼굴을 마주하며 두근두근할 뿐 아무런 말도 못 하게 된다. 빨개져서 말없이 고개만 끄덕거렸다.

"어휴, 진짜 방심할 틈이 없네. 오늘은 튀어나오지 마, 건방진 안경. ……가자, 미나카미 군."

후부키가 쭉쭉 앞으로 나아간다. 오늘 가장 큰 전과를 거뒀다는 사실은 깨닫지도 못한 채.

조금 떨어진 곳에서 지켜보던 왕언니는 그런 게 답답해서 견딜 수 없다.

"바보, 붓키~! 잘 뚫었잖아. 그럼 치고 들어가야지! 왜 검도 아니면 다 놓치는 거야!"

응원 부대의 통솔자, 사쿠라코는 하늘을 우러러봤다. 승리가 눈앞까지 다가왔었는데!

"너희도 뭐라 말이나 해봐! 지도가 부족한…… 탓……."

고개 돌렸더니 다 같이 옷가게에서『가장 머리가 나빠 보이는 코디를 한 사람이 우승하는 대회』를 개최해서 놀고 있었다.

"아핫, 유키 쨩 선배 화났다~. 쇼난(湘南)의 래퍼 같은걸~."

"링고 씨는 즉흥 랩을 요청한다!"

"……해봅시DA. 사는 곳은 쇼토(松濤). 통금 10시에 12시면 소등. 남친이 안 생겨서 급해지네, 급해져. 억누를 수 없는 마음속 충동, 쏟아 낼 곳은 죽도와 검도, Yeah……."

답이 없구나. 환경이 안 좋다.

사쿠라코는 진심으로 동정했다. 아무튼 귀여운 후배가 굴하지 않고 힘내주면 좋겠다.

척 보기에 가망이 없는 분위기도 아니었고. 게다가, 무엇보다.

"힘내라, 붓키. ……검도부잖아. 결국 마지막엔 혼자 결판내야지."

검희가 패배한 채 끝날 리 있나. 상상이 되지 않는다. 사쿠라코는 오늘 하루에 만족하며 끄덕 고개를 움직였다.

"자, 복귀한다, 바보들아! 상황 종료!"

× × ×

가끔 맞이하는 휴일은 본래 지나가는 속도도 빠른지라.

끝나지 않길 바라더라도 얄미운 태양은 자꾸 가라앉을 뿐. 후부키는 울고 싶은 심정으로 저녁 하늘을 올려다보고 있었다.

"후부키, 저녁 식사는 어떻게 할래?"

"아. ……미안. 오늘은 오빠도 있으니까 집에서 먹을래."

가족, 귀찮다. 그래도 이것만큼은 부모님의 부탁인 터라 어쩔 수 없었다.

뺨을 볼록거리고 있자니 유우가 자신의 얼굴을 보고 웃었다. 무척이나, 쓸쓸해하며.

"부럽네. ……사이, 좋구나. 둘이."

"어디가?! 그딴 놈, 진짜로 싫어! 어제도 치고받고 싸웠단 말야! 게다가 나는 진심이었는데!"

후부키는 꽉 주먹을 부르쥐었다. 증오를 담아. ……잃어버린, 슬픔을 담아.

『다녀올게, 후부키. 나, 혼자서도 열심히 하고 올 거야.』

"그딴 놈. ……그딴 놈, 오빠도 아냐!"

세게 주먹을 부르쥐는 후부키를 보고 유우도 자신의 왼손을 들여다봤다. 꽉 쥐는 대신에 펼쳐 둔 채로.

"그렇구나. ……그래도, 그렇다 해도 부러운걸."

"어, 어째서? 정말, 좋은 게 없는데."

"왜냐하면, 싸움을 할 수 있잖아? 해도 되잖아? ……가족이라면, 멀리 떠나가지는 않으니까."

유우의 손이 떨리고 있다.

분명히 가장 강한 사람인데도 이때는 톡 건드리기만 해도 부서져버릴 것처럼 보였다.

"싫거든, 싸움. 끝난 다음에는 모두가 떠나가니까. 한 번 저질렀다간 아예 끝장이야."

"……꼭 그렇지는……."

"꼭 그렇게 되더라. 벌써 몇 번이나 부서뜨렸어. 배우질 못한다니까. ……자기 자신밖에 못 보는 나 자신이, 싫어서. 그러니까, 싸움은……."

유우가 하늘을 우러러본다. 하늘에서 내리쏟아지는 눈물 비슷한 빛을 받아 안으며 계속 말했다.

"아니, 틀렸네. 결국 난 무서운 거야. ……그냥 약한 녀석이니까."

선 긋기를 하듯 시름없이 웃는 얼굴을 두고 후부키는 아무런 말도 못 하게 되었다. 그렇게 망설이던 중 재차 배려까지 받아버렸다.

"미안. 물어본 이야기도 아닌데 우는소리를 했어. 이러면 안 되는데."

"그, 그렇지 않아! 나라도 괜찮다면, 종일 들어줄게."

"……후부키는, 착한 녀석이구나. 그런데 카이세이도 되게 괜찮은 녀석이야. 너무 싫어하지 말아줘라."

마치 진짜 오빠처럼 다정하게 유우는 말했다. 무엇인가를 그리워하는 듯이 아련한 눈빛이었다.

"카이세이는 후부키를 많이 좋아하던데. 옛날에 만났을 때는 온종일 후부키를 걱정했었어."

"……옛날에, 만났던 적 있었어? 오빠랑?"

"응. 소학교 저학년쯤 여름이었던가? 카이세이가 연심관에서 방문 시합을 왔었거든. ……그렇구나, 후부키는 몰랐구나. 열이 높아져서 못 왔다고 그 녀석이 말했더랬지."

오빠 관련의 이야기라면 뭐든 다 안다고 생각했었다. 그러나 아니었다. 유우는 자신이 알지 못하는 오빠를 알고 있었다.

"그랬, 구나. ……되게 약했지? 『울보 카이세이』는."

"응. 웃음이 나올 만큼. 그 때문인지는 모르겠는데 그 녀석 엄청나게 이지메도 당했어. ……그래도, 한 걸음도 물러나지 않았지. 울지 않았어, 녀석."

그 말에 고개를 끄덕였다. 오빠는 너무너무 싫다. 그러나 한 말을 반드시 지키는 점만큼은 유일하게 인정해줄 수 있다는 생각이었다.

"처음으로 다른 사람을 멋있다고 생각했었지. ……여동생을 위해서라고 말을 하더라. 누군가를 위해서라면 열심히 버틸 수 있다고. 되게 멋있었어. 그게 난 안 됐으니까. ……어떻게든 꼭 친구가 되고 싶었지. 그러니까 용기를 내서 가장 특기였던 기술을 보여줘서 다가갔어."

유우가 왼손을 펼쳐 보인다. 검을 놓아버린 지 분명 수년이 지난 손을. 손은 여전히 딱딱하고 울퉁불퉁한지라 마치 검의 저주에 걸린 것 같다는 인상마저 있다.

그러나 후부키에게는 그 손이 세상에서 가장 아름답게 느껴졌다.

"성공했지. 너처럼 강해지고 싶다는 말도 해줬어. ……기뻤어. 그런 말을 해준 사람은 그 녀석이 처음이었거든. 그래서 나는 소중하게 아껴 놓았던 기술을 진심으로 가르쳐줬고."

보물을 발견한 사람처럼 유우가 웃는다.

"헤어지기 전에 마지막으로 약속을 했어."

"……약속?"

"응. ……반드시 지키겠다고 그 녀석은 말했어. 그러니까 나도 끝까지 기다려줘야 할 책임이 있었는데. 어떠한 일이 있더라도. ……그랬어야 했어. 그 녀석이 약속을 깰 리 없잖아. 후부키라면, 이해할 수 있겠지? 이제껏 카이세이를 줄곧 봐왔잖아."

후부키가 숨을 멈춘다.

줄곧 좇았던 진실이 지금 눈처럼 내려왔기에.

"있잖아, 후부키. 집에 돌아와서 그 녀석은 어땠어? 내가 준 검을, 제대로 써줬으려나. 혼자서도 항상 열심히 노력했으려나. ……하긴, 안 물어봐도……."

"가르쳐줘."

말을 가로막고 묻는다. 상기된 목소리를 숨길 수 없었다. 입가를 누른 손이 무의식중에 떨렸다.

“부탁할게, 가르쳐줘. ……어떤, 약속을 했던 거야?”

네가, 범인이었어—?

몸을 떨면서 답을 기다린다. 그러나 돌아온 것은.

“안 가르쳐줘. 왜냐면 사나이끼리 한 약속이거든.”

밤을 등지고 웃는 사랑스러운 사람의 미소뿐이었다.

유우가 자신의 왼손을 보고 있다. 마치 마음을 확인하려는 듯이 천천히 쥐더니.

“저기, 후부키. ……마지막으로, 들르고 싶은 곳이 있는데.”

× × ×

“감사합니다. 또 올게요.”

낡은 미닫이문에서 나온 유우를 확인한 뒤 후부키는 가게 주인에게 인사하고 문을 닫았다. 먼지 낀 불투명 유리에는 무도구점이라는 문자가 있다. 두 사람의 손에는 신품 죽도가 들려 있었다.

“미안해. 일단 데이트인데 마지막에 이런 곳으로 데리고 왔네.”

“……으음. 일단이라는 말은 필요 없는 말이야. ……후후. 나, 바보구나. 오늘 중 가장 마음이 편안해졌어.”

후부키는 쓴웃음 짓고 비닐에 싸인 신품 죽도를 두 손으로 꼭 붙잡았다.

“응. 이제 내일도 다른 녀석들과 싸울 수 있어. 태어난 걸

후회하게 만들어줄 거야."

"……후부키는 강하구나."

처음 잠깐은 야유를 들었다는 생각이었다. 그러나 곧 아니었음을 깨닫는다. 인기척 없는 골목길에서 어둑어둑한 가로등이 비춰주는 유우의 얼굴을 보면, 검을 쥐어서 울퉁불퉁해진 손을 보면 알 수 있었다.

이 사람은, 강한 사람. 그러나 너무 과하게 강해져버린 사람. 그러니까 아무도 눈물 흘리게 때려주질 못한다.

자신은 행복한 여자라고 강하게 생각했다.

철두철미하게 패배할 수 있었다. 이기고도 허망한 심정을 알 수 있었다. 많은 것을 버려서 강해졌다고 생각했었는데도 아직껏 한참 모자랐음을 알 수 있었다.

자신은 약하다. 잘 안다.

"응. 나는 강해."

그래도 꼭 말해줘야겠다.

한없이 순수하게, 솔직하게, 검희는 물러나지 않고 당당하게.

"그러니까 네가 이렇게 약한 표정을 짓는 걸 용납할 수 없어. 무언가를 무서워한다는 걸 용납할 수 없어. 더 많이 멋있어져야지. 누구보다도 강한 너로 있어줘. 검을 피해서 도망친다면 절대 용서하지 않을 거야."

후부키는 유우로부터 간격을 벌린 뒤 비닐 봉투에서 죽도를 뽑았다.

그리고 정면에서 자세를 취한다.

“유우, 군. 괜찮아. 무섭지 않아. ……죽도에 맞아도 사람은 안 죽어. 그러니까 마음껏 해치워도 괜찮아. 똑바로 눈을 보면서 자신을 가져. 너는 세상에서 제일 멋있어.”

검의 저편을 똑바로 주시하며 후부키는 웃음 지었다. 물론이야, 너는.

“나를, 베어 낸 사람이잖아.”

“……그래. ……고마워. 나를, 베어줘서.”

후부키가 죽도를 거둔다. 그러고는 후련하게 웃는 얼굴의 유우가 왼손을 내밀었다.

“후부키. 부탁이…… 아니, 좀 아닌가. 졌으니까 내 말을 들어.”

“……네.”

오싹오싹했다. 더욱 이렇게 거리낌 없이 다뤄주면 좋겠다.

“악수해줄래? 나랑, 친구가 되어주면 좋겠어.”

“……에잇. ……그런 당연한 부탁에다가 쓰지 말아줘. 바보.”

후부키가 수줍어하며 고개를 휙 돌리더니 손을 내민다. 그 손을 유우는 보물처럼 감싸 쥐었다.

“예쁜 손인걸.”

“……앗! 자, 잠깐만! 왼손은 안 돼! 나, 나는 손이 딱딱하고 지저분하니까!”

빼내려고 하는 그 손을 유우는 놓아주지 않는다. 소중하게, 소중하게, 공주님을 대하듯.

“괜찮아, 이 손이 좋아. ……노력한 손이야. 이렇게 예쁜 손을 가장 좋아해.”

치사하다. 심술궂다. 이렇게 항상 나를 정성껏 귀여워해준다.

나쁜 기분은 아닌지라 거절하지 않았다. 지금 상태에서 더 바보가 되어버린다면 어떻게 해야 하지?

몹시 난처했던 후부키는 밤하늘을 바라본다. 거기에 한 줄기 유성이 흘러갔다. 버렸던 과거를 휘감은 채 별은 반짝반짝 빛난다. 아직은 다시 주워도 된다 말하는 것처럼.

후부키는 지금 조용히 결의했다.

“고마워. 꽉 잡아서, 기억해줘. ……이 손으로, 언젠가.”

너를 꽉 붙잡을 테니까.

언젠가 꼭 자기 입으로 좋아한다고 말할 거야. 후부키는 지금 다시 한 번 검을 쥔 손에 진심을 담았다.

“있잖아, 유우 군. 나 말이야. 어릴 때 꿈이 있었어. 궁금해?”

“오? 응, 가르쳐줘라. 무슨 꿈이었어?”

—신부가, 될 거야.

후부키는 장난스럽게 쿡쿡 웃었다.

“싫어. 안 가르쳐줘. 왜냐면 여자아이의 비밀이니까.”

“……귀여운 공주님이구나, 후부키는.”

있잖아, 오빠. 아마 얄밉기는 서로가 마찬가지겠지만, 아무튼 나한테 한 가지 물어봐주면 좋겠어.

좋은 소식일까. 슬픈 소식일까. 어느 쪽이든 상관없다. 어째서인지 까닭도 없이 얼굴을 보고 싶어졌다. 그런 기분이었다.

후부키는 말했을 때의 얼굴을 기대하며 집에 돌아간다. 현관을 열고 가장 멋진 표정을 짓고 말하자.

분명 질색하는 표정이 돌아올 텐데, 어쨌거나 귀여운 여동생의 애교니까.

아마도 답을 들으려면 지금뿐일 거야. 그러니까 꾹 참고 물어봐줘.

"오빠. 나 말야. 좋아하는 사람, 생겼어."

BEYOND THE SWORD

제7합 눈물짓는 검귀

일찍 일어나면 서 푼은 이득이라는 말을 하는데, 지금의 화폐 가치로 환산하면 대략 60엔 정도다. 그렇다면 잠이나 자는 게 훨씬 괜찮지 않겠는가? 이른 아침의 방에서 쿠로세 마코토는 홀로 하품을 했다.

시간은 곧 금이라지 않던가. 인생의 귀중한 시간을 아무래도 좋은 곳에 바치고 싶지는 않다.

도복에 갑과 갑상을 착용한 뒤 쿠로세는 평소처럼 벽에 기대어 앉았다. 수건으로 땀을 닦으며 오늘 예정표가 적힌 프린트를 손에 들었다.

『전일 연습(오전 대결 후 오후는 연습 대련. 전국 대회 개인부 출장 선수 결정전)』.

가장 많은 승수를 거둔 녀석들 둘이 출전한다. 단순해서 좋다. 불쾌한 검도에서 유일하게 감싸줄 만한 요소는 이런 부분이라고 납득하던 때에 방문이 열렸다. ……왔나. 녀석이.

"쿠, 쿠로……? 어, 어떻게! 말도 안 돼. 아직 한 시간이나 전인데!"

"시끄러운 녀석이군. 뭐, 별거 아니다. 서 푼 이득을 보고 싶어졌을 뿐. 나는 휴일과 돈을 아주 좋아하니까 말이다."

미나카미 유우가 눈을 커다랗게 뜨고 있었다. 뭐, 반대 입장이었다면 자신도 같은 반응이었겠지.

땀에 젖은 머리카락을 붙잡고 있었는데, 그것만으로도 상대는 여러 정황을 파악해버린 것 같았다. 여전히 뭐든 닥치는 대로 꿰뚫어 보는 녀석이었다.

"난 한칼 거들어주지도 않았잖아. ……사이좋구나, 너희 둘."

"이봐, 착각하지 마라. 나는 누구의 편도 들지 않는다. 그냥 빚을 갚아주는 것뿐이지."

"빚?"

"예전에, 좀. 정말 그게 전부다. ……나는, 빌리고 빌려주는 게 싫단 말이다. 서로 간에 눈이 뒤집혀서 이따위 부 활동에 들어와버린 몇 안 되는 바보들이잖나. 쓸데없는 생각은 안 하는 게 좋겠지?"

계산은 정확한 것이 좋다. 손해와 이득을 따져 인간에 얽매이고 싶지는 않다. 꾸물거리고 끈적대는 관계는 싫다.

그러니까 친구가 없다는 말을 이따금 듣게 되었어도 좋았다. 지금 이대로가 좋다, 자신은.

"응. 그러게 말야. ……그러니까 나도 쿠로하곤 그런 거 뺀 사이가 좋아."

그럼에도 불구하고.

삐뚤게 자세를 잡은 자신에게 똑바로 치고 들어오는 이 새로운 죽도는 뭐지?

"뭐냐, 영업인가? 안 산다, 나는."

"아니야. 그런 게 아니라. 그냥 청산이야. ……내가, 처음 여기에 왔을 때 쿠로의 죽도를 부러뜨렸잖아. 그럼 새걸 갖고 와야지, 받아줘라."

"……필요 없다. 그때, 준다고 말했을 텐데?"

"싫은데. 부탁할게, 쿠로. 어서 받아줘. 나도 너하곤 빚을 지기도 지우지도 않는 게 좋아."

정말이지 분통 치미는 녀석이군, 쿠로세는 마음속으로 욕설을 내뱉었다.

사실은 자신 같은 놈보다 훨씬 더 차가운 주제에. 아무에게도 아예 기대를 안 하는 주제에.

"계산은 정확하게 하자. 나랑 넌 이래도 괜찮잖아?"

최악이다, 이 자식은.

겨우 사람이 열을 식혀 놓았더니 어째서 이런 소리를 지껄이나?

"……그래. 알겠다. 받아 두지. 그런데 말이다, 이놈이면 되는 건가?"

쿠로세가 히죽 웃는다. 결심했다.

"응? 뭐, 뭐가?"

"오늘 너를 벨 검이다."

자신도 슬슬 장사에 나서야겠다. 혼자만 손해를 보는 처지는 전혀 달갑지 않으니까.

물론 알았다. 자신들은 두 보따리로 달려들어 봤자 이 녀석한테는 서 푼 이하일 테지.

"일찍 일어났는데 유감이군. 서 푼만 더 있다면 삼도천 정도는 건널 수 있었을 텐데."

그럼에도 분명 가만히 앉아 끝나는 결말보다는 낫다.

힘주어 노려봐주자 겨우 말의 의미를 이해한 유우가 낄낄 웃기 시작했다. 처음으로 보는 얼굴이었다. 그 후에 보여준 늠름한 얼굴에 더하여.

"이놈이고 저놈이고. 잠꼬대는 자면서 해라, 약해 빠진 잡졸들아."

멋진 얼굴이다. 예전의 지루해 죽겠다는 얼굴과는 다르다. 겨우, 빨리 일어난 대가를 획득했다.

쿠로세는 장사 수완이 좋은 스스로를 자랑스럽게 여기며 방문을 열고 바깥으로 나갔다. 어째서인지 달음박질을 치고 싶은 기분인지라 달리기에 불편한 하카마 차림으로 서둘러 도장에 갔다. 정말 오늘은 안 어울리는 짓을 잔뜩 저질렀다. 그러니까 도장의 거울 앞에서 죽도를 겨누고 있는 1년을 같이 보냈던 동기에게는 곧장 이변을 들켜버린 것 같았다.

"쿠로, 무슨 일 있어~? 내가 안 어울리는 짓 하는 바람에 속이 불편해졌나?"

"……그래. 너 때문에 나도 방금 막 그 자식한테 싸움을 걸어버렸거든."

키노사키는 웃었다. 쿠로세가 마치 거울 같았기에.

"맞지? 내가 말했지~? 진짜 지금이 딱 장사철이라니까. 빨리 안 팔면 종잇조각이 되어버린다고."

"그만 꼬락서니는 죽어도 싫군."

"그치. 당연히 싫지~. ……그딴 꼴만큼은, 말이 안 되잖아. 역시."

키노사키는 다시 한 번 거울 앞에서 죽도를 휘둘렀다.

물론 알았다. 모자람을. 그리고 모자란 것이 당연함을.

거울은 거짓말을 하지 않는다. 쌓이고 쌓인 외상값을 고작 며칠 동안에 다 갚아버리는 게 말이나 되나.

"그 자식 말이야~ 엄청나게 강하잖아? 단체전 하면 숨 쉬듯이 이기고 오고, 우리가 져도『괜찮아, 괜찮아』능청 떨면서 실실 웃기나 하고, 태연하게 두 판을 되찾아 온단 말이지. 솔직히 쪼끔 무섭더라. 인간이 아니라는 생각도 가끔씩 들어. 그래도 말야. ……그래도 말이야. 그런 게 내가 도전하지 못할 이유는 안 된다고 생각하거든."

거울에 어떤 거짓도 없는 자신이 비추인다. 적당적당에 왜소한 자신. 분명 누구에게도 자랑할 수 없을 것이다.

그래도, 그렇기에 더더욱. 그런 자신이기에 더더욱.

『타아————————아아으야아쌰아————————앗!』

그 일검에 몸이 잘려 나가는 듯한 짜릿함을 느껴버렸다.

"더 이상, 이대로 쭉 볼품없는 놈이 되기는 싫어. ……할 만큼 죽어라 해봐야지."

자, 빚을 갚아주러 가자. 신변 정리는 깔끔하게 하고.

휘두른 죽도가 뚝 멈춘다.

조금이나마 친구라는 말을 쓸 권리가 생긴 것 같았다.

"두고 봐, 쿠로! 내 벼락치기 검이 그 자식 몸뚱이를 두 동강 낸다!"

"……그래. 괜찮은 마음가짐이군. 나도 기대하마."

모처럼 겸연쩍은 마음에 농담으로 받아줬건만. 도대체가 언제든 뜻하는 대로 흘러가주질 않는다.

"이러지 마라, 거 되게 징그럽네~. 다른 때 같았음 잠꼬대 집어치우라고 말할 분위기였잖아."

"큭큭. 뭐, 괜찮잖나. 가끔은, 잠꼬대도."

또 한 명의 바보가 거울 앞에서 죽도를 들어 겨눴다.

"나도 조금이나마 꿈을 꾸고 싶어졌나 보다."

× × ×

전투가 시작된다.

저릿저릿한 분위기가 도장 안쪽에 가득 들어찼다.

심판 도구를 든 여학생들이 협의 중이다. 마토이가 주심을, 하즈키와 치히로가 부심을. 마도카가 무릎 위쪽에 스코어북을 올려놓았고, 시오리는 화이트보드의 옆에서 시계를 손에 들었다.

남학생들은 전투복을 걸친 뒤 둘로 나뉘어졌다. 유우는 야시로가 있는 백색 측에서 때가 오기를 기다렸다.

호완을 착용한다. 왼손을 쥐어본다.

딱딱하게 비틀린 검귀의 주먹이 이제나저제나 하며 흥분을 드러낸다.

"……저기, 야시로?"

지금이라면 이름을 부를 수 있다. 귀엽지 않아도 마주할 수 있다.

"뭐야."

그때, 슈스이 대학 부속고와 시합을 하기 전. 가위바위보로 만든 승패를 자신은 양보했었다.

물론 평등하며 싸움이 없는 방식이다. ……다만 사실은 도무지 웃기지도 않는 바보짓이었다.

"이쯤 해서 한 번 정리를 할까? 아무래도 난 역시 검도부인가 봐."

평등한 방식 따위 신물이 난다. 그딴 시답잖은 방식은 이제 내버리겠다.

"이번에는 양보 안 할 거야."

무조건 이겨야 한다. 아니면 직성이 안 풀린다.

백 번을 맞붙고 만 번을 맞붙어도 이긴 사람은 물론 자신이어야 한다.

"그 녀석을 벨 수 있는 사람은 나뿐이니까."

후배에게 얕보이는 자신은 절대 용납할 수 없다.

유우는 일어섰다. 왼손에 한 번도 안 쓴 검을 들고.

"……헹. 드디어 본색을 드러내시는군."

야시로는 피식 웃었다.

역시 이렇게 나와줘야 한다. 무엇을 위해 시건방진 녀석과 검도를 해야 하는가. 이렇게 덤벼드는 자식의 코를 눌러주는 것이 못 견디게 즐겁기 때문이다.

"이리 와봐, 미나카미 선배. 2층 자리에서 응원이나 하는 게 어울릴 거야."

"……크큭. 누구한테 시건방진 소리를 늘어놓는 거야, 후배."

유우가 걸어간다. 처음 첫 번째 시합을 위해.

백색 선 앞에서 언제든 싸울 수 있게 검을 쥐었다. ……다만, 그 전에.

"미안, 마토이 선배. 시작, 잠깐만 기다려줘요. 한 가지 억지를 좀 들어주면 좋겠는데요."

"어머, 뭔데? 혹시 죽도가 쪼개졌어?"

"아뇨. ……주심, 바꿔줘요. 장식이 살짝 부족해서."

시계를 들고 쪼그라든 저 녀석을 유우는 힘 있게 노려봤다.

"후카세. 네가 맡아라. 이제 시계 담당은 졸업할 때가 됐잖아?"

와라. 넌 그런 곳에 있어도 되는 여자가 아니야.

"어? ……제, 제가요?! 아, 아니에요. 해본 경험도……!"

"언제까지 초보자로 눌러앉으려고? 너 정말 이대로 가만히 있고 싶어?"

찰싹, 뺨을 때리듯이 쏘아붙인다.

처음으로 부원 누군가를 엄격한 태도로 나무랐다. 그런 행동을 더 이상은 후회하지 않는다.

일순간의 침묵이 도장에 들어찼다. 과연 그 녀석은 도망치지 않았다.

"아뇨. 할게요. 꼭 하고 싶어요."

"좋아. ……죄송합니다. 이렇게 해도 괜찮을까요? 마토이 선배."

사후 승인. 그래도 이런 상황이 못 견디게 재미있다는 듯이 친절하게 선배는 웃어주었다.

"나를 바꿔치기하겠다? 배짱이 꽤 대단하구나. ……좋아. 네 억지라면 들어줘야지."

유우가 천장을 올려다본다. 똑바로 눈을 보겠다. 그러겠다고 약속했다. 거절은 두렵다. 몸이 떨리도록 두렵다. 더 이상 고독한 장소에는 있기 싫었다.

그러나, 그럼에도 혼자서 줄곧 싸워왔던 그 남자와 싸우고 싶다는 말을 하겠다면.

도망치고 싶은 자신은 지금 베어버려는 것이 분명한 의무일 테지.

"슌스케도, 괜찮겠어?"

검의 저편을 힘주어 응시한다. 그곳에는.

"그럼, 괜찮지. 서로 원망하기 없기다."

자신의 눈을 보고, 그럼에도 웃음 짓는 허수아비가 아닌 사람이 있었다.

—그래. 이기자. 진심으로.

"앞으로."

한 걸음. 두 걸음. 세 걸음. 용기의 검을 손에 들었다가 세계의 중심에서 조용하게 뽑아냈다.

유우가 감았던 두 눈을 지금 뜬다.

간다. 슌스케. 서로 원망하기도 대충 하기도 없다. 진정한 나를 보여주마.

……그러니까 말이야. 전부 다 끝난 다음이어도 괜찮으니까 말이야.

"시작!"

나와 친구가 되어줘라—.

× × ×

저녁나절.

해산 이후에 키노사키 슌스케는 호구를 벗고 잠시 천장을 보고 있었다. 맑고 후련한 기분하고는 뭔가 다르다. 분한 마음이 가득 차오른 것도 아니다. 이름 붙이기 어려운 감정이 가슴속에서 맴돌이친다. 다만 이렇게 올려다보면 아직껏 방금 전 광경이 보이는 듯한 기분이 들었기에.

죽도가 하늘을 날았다.

시간이 멈춤과 함께 자신의 몸인데도 자신의 말을 안 들어주는 감각이 잊히지 않는다. 이누이 카이세이도 분명 똑같은 감각을 맛보았을 테지. 그렇게 생각하면 뭔가…….

"키놋치. 땀이라도 닦어. 감기 걸린다."

"음~ 바보니까 괜찮지 않나~?"

"바보야. ……오늘, 사나이답게 잘 싸웠어."

호구를 전부 다 벗고 돌아온 치히로가 웃음 짓는다. 쑥스러워져서 키노사키는 능청 부렸다.

"뭐야, 뭐야. 놀리는 거냐~? 쿠로한테 훈련이라도 받았냐."

"나는 거짓말은 안 해유. 금방 얼굴에 드러나는걸."

"……땡큐. 칫히 보니까 뭔가 김이 빠지네. 배도 좀 고프고."

"그게 무슨 뜻이야……. 뭐, 오늘은 아저씨가 맛난 거 사줄게! 특별 대접이유!"

"진짜?! 와아~ 어디에 가서 불고기라도 먹어볼까."

내 지갑을 박살 내지 마! 소리친 뒤 치히로는 도장에서 떠나갔다. 처음에는 농담 삼아서 한 말이었는데 진짜 배가 고파졌다는 것을 깨달아버렸다. 그만큼 열중했었을 테지. 그러나 오늘은 남이 사주는 밥을 얻어먹을 수 없었다. 아침부터 열심히 함께 훈련해줬던 친구에게 감사의 말을 전해야지.

"쿠로. 진짜 고마워. 오늘은 내가 너한테—."

왼편에 고개 돌렸는데 이미 없었다. 언제나 후닥닥 돌아가버리는 녀석이다. 그 때문에 두 자리 옆쪽에 있던 녀석과 눈이 마주쳤다. 졌을 때 할 말을 미리 생각해 두면 좋았을 텐데, 키노사키는 아쉬워했다.

이렇게 멋 부릴 기회가 또 어디 있겠어.

"졌다."

이런 말밖에 안 나온다. 도대체가 자신은 결국 언제나 삼류에 불과할 뿐 멋은 못 부리는 녀석이구나. 그런 생각에 자조하던 때 귀한 광경을 목격했다. 유우의 몸동작에 고개를 갸웃거린다.

"……말을 잘, 못하겠는데 말야, 음."

이상한 녀석이라는 생각부터 들었다. 어째서 입술을 꽉 깨무는 걸까. 오른손으로 눈도 가리고 있고. 저렇게 땀까지 흘릴 만큼 피곤했던 걸까, 나와 한 싸움이.

"나 말야, 너한테 이긴 게. ……기쁘더라."

그렇다면 이보다 더 기쁠 수 없겠다. 쭉 숨을 내쉬며 키노사키는 웃었다.

"땡큐. 좋아, 대결은 끝났다. 이제부터는 협력 플레이구나."

"……나랑 같은 편이면 끝이 안 날 텐데? 도중에 안 질리게 잘 버텨줘라."

"질릴 일 없다~. 너랑 같이라면. ……져도, 재미있더라고."

키노사키는 호구를 선반에 가져가서 척척 수납했다. 얼굴을 보지 않으며 등 너머로 말했다.

"밥, 먹어야지~? 고기 먹자고. 칫히의 지갑을 쳐부수는 부대, 결성이다."

"와아, 죽도록 가고 싶어! 입대하고 싶어! ……그런데 오늘만큼은 안 되겠네. 미안."

"어우, 선약이 있나?"

"응. 어떤 의미로 데이트거든. 몇 년이나 기다린 사람이라 좀 여유롭게 이야기하고 싶어서 말야."

"얼씨구? 또냐~? 너, 얼굴값 제법 하는구나~. 뭐, 나한테는 못 미치지만 말이다."

"하하. 이 자식 봐라."

모든 정리를 마친 뒤 키노사키는 먼저 도장에서 예를 갖췄다. 떠나기 전에 유우에게 말했다.

"이봐, 유우. 자꾸 여자들만 만나서 놀지 말고 가끔은 친구하고도 놀아줘라. 그러다가 칫히랑 나랑 삐치면 교실 안에서 난동 부릴 거다."

"……그래. 안 보채도 놀아달랠 거야. 나중에, 아주 질색할 만큼. ……내일 또 보자."

"오냐, 내일 또 보자. 잘 가라~."

"…………아, 슌스케. 칫히한테도 말을 좀 전해주—."

거기에는 이미 키노사키의 모습은 없었다.

"뭐, 상관없나. ……굳이 말 안 해도 분명히 전해졌을 테니까."

부 활동, 권유해줘서 고마워.

유우는 아무도 없는 도장에서 조용히 예를 갖췄다.

그러고 나서 천천히, 창문으로 비쳐 들어오는 석양을 받아 쬐며 호구를 정리한다. 선반이 아닌 호구 주머니에. 오늘은 아직 갈 데가 있기 때문이다.

"다음은, 죽도 주머니인가."

용구 창고에 놓아둔 물건을 가지러 가기 위하여 낡은 미닫이문을 드르륵 잡아당겼다.

"음음, 잘 모르겠어……. ……아, 선배?! 뭐야, 아직도 있었어요?"

따로따로 흩어져 있는 대나무를 대량의 줄과 자루와 선혁. 여러 부품들 틈에 둘러싸여 있는 시무룩한 표정의 안경 미인.

이토록 얼간이 같은 참상을 만들고도 그림이 된다는 것은 물론 검도부의 아름다운 부분이다.

"죽도를 조립하고 싶었던 거야? 나한테 말하면 얼마든지 가르쳐줬을 텐데."

"……그게, 요즘엔 다른 분들하고만 잔뜩 얘기하잖아요."

뚱한 눈빛으로 쏘아본다. 시오리는 곧이어 뺨을 볼록거리며 휙 고개 돌렸다.

"저는 혼자서도 괜찮거든요."

"……너무 귀여운 소린 하지 마. 또 놀려주고 싶어지잖아."

유우가 손을 뻗어서 머리를 만진다. 얽혀 있었던 죽도의 줄을 살며시 치워줬다.

"아……!"

"정말 가만 못 놔두겠다, 너는. ……도구 챙겨서 바깥으로 나와. 가르쳐줄 테니까."

킥 웃고는 먼저 유우가 용구 창고에서 나갔다.

시오리는 손이 닿았던 부위를 두 손으로 꼭 붙들고는 혼자 열기에 달뜬 사람처럼 중얼거렸다.

"드디어, 손을 대줬어……."

× × ×

"오늘 미안했다. 갑자기 심판 시켜서 깜짝 놀랐지?"

"진짜 놀랐다고요. ……그래도, 사과하지 말아주세요."

시오리는 따로따로 풀어져 있는 네 개의 대나무를 묶어서 마무리로 자루를 감아 힘껏 꽉 줄을 잡아당겼다. 동시에 무심코 깊이 바닥에다가 숨겨 놓았던 마음을 흘리고 말았다.

"저기 멀리서 봐주지도 않을 때보단 훨씬 기뻤으니까요."

막 배워서 만든 죽도가 생명을 띤다.

기뻤다. 이 사람이, 진지하게 자신을 신경 써줬다는 사실이.

언제나 누구와도 손이 닿으면 안 된다고 조심하는 듯이 한 걸음 물러나 있는 태도를, 그런 모습을 볼 때마다 욕심만 많은 자신은 줄곧 안달복달했었고, 아울러 표현할 수 없는 섭섭함이 가슴에 솟았더랬다.

"……앗. 이, 이상한 의미로 받아들이진 마세요!"

무심코 솔직해져버렸던 자기 자신이 부끄러워서 변명하듯 죽도 조립에 집중한다.

"……너는, 마성의 여자구나……."

그래서 그때 유우가 어떤 표정을 짓고 있었는지 시오리는 알지 못했다.

"……네? 뭐예요, 그게. 또 놀리려고요? …………응. 괜찮은 느낌이야. 좋아, 다 됐다~!"

검 끝에서 3분의 1이 되는 위치에서 중혁을 배운 대로 묶는다. 마지막으로 남은 부분을 가위로 잘라서 완성이다.

기쁜 마음이 들어 일어서서 막 완성된 죽도를 휘둘러봤다.

유우가 멍하니 보고 있었다.

"어? 벌써 다 끝났어? 뭐지, 겨우 한 번, 흐름만 빨리 보여준 게 전부인데?"

"네. 뭔가 잘못됐나요? 한 번 봤으면 따라 할 수 있잖아요?"

고개를 갸웃거리고 있자니 뭐가 우스운지 유우가 웃곤 일어섰다. 견본으로 만든 죽도를 손에 들고서.

시오리는 가만히 바라보다가 장난치듯이 유우의 정면으로 돌아서서 자세를 취했다.

더 많이 신경 써주면 좋겠다. 말은 안 하겠지만.

그런 마음을 아는지 모르는지 유우도 죽도를 겨누며 자세 잡아준다.

보다가 넋이 나갈 만큼 아름답다고 생각했다.

치사하다. 이런 광경을 보면 자신도, 또한 그 여자도 두 번 다시 미인이라는 말은 못 하게 된다.

살짝 후회하며 시오리는 지그시 유우를 째려봤다. 검 끝이 맞닿는 일족일도의 거리에서 창문을 지나 비치는 짙은 주홍색 빛이 두 사람의 그림자를 연결하여 비추어준다. 그 상대는 또다시 킥 웃었다.

"건방지달까, 무서운 줄을 모른다고 말해야 할까. 후카세는 강하구나."

"……그렇게 대단한 사람이 아니에요. 저는, 웃음이 나올 만큼 약한걸요."

"넌 나한테 이겼는데?"

진득한 시선으로 이번에는 유우의 반격이 돌아왔다.

"네."

저 시선이 쏟아지는 지금을 만들었던 지난날의 자신을 자랑스럽게 생각한다.

"저는 단순히 욕심쟁이니까요."

그때는 지금처럼 저녁 해 기울어지는 시간이었다.

토오 학원과 연습 시합을 했던 날. 후부키를 제압한 뒤 에사카와 내기까지 마친 유우가 호구 주머니와 죽도 주머니를 들고 교문의 노을빛 비치는 건너편으로 떠나가려 하고 있었다.

『부 활동, 안 들어가는 거예요? 선배.』

그 뒷모습에 말을 건넸다. 그렇게 하지 않으면 두 번 다시 못 만나리라는 느낌이 들었기 때문에.

『그래. 오늘로 진짜 끝이야. ……말했잖아? 검도, 안 좋아해.』

『져보고 싶은데도 질 수가 없기 때문에요?』

부드럽게 웃던 유우의 얼굴이 굳어진다. 숨 멈추는 소리가 들려왔다.

『얼굴에 쭉 티가 나던데요. 불만이 많은가 봐요, 선배는.』

『……그래, 어쩌면. 아무튼 더 이상 후카세하곤 상관없잖아? 거리를 두겠다고 말도 했었고.』

서툴게 웃는 얼굴로는 미처 숨기지 못한 저 소년의 불타오르는 눈동자가 말하고 있다.

다가오지 마라. 걸음을 내딛지 마라. 가까이 오면 기필코 베어줄 테다.

발출되는 압력에 시오리의 몸이 공포로 얼어붙는다. 지금 당장 도망치라고 고동은 맥박을 친다. ……하지만.

『상관있어요. 선배는 저랑 같이 부 활동에 들어가야 해요.』

검희 한 사람만이 받을 수 있었던 뜨거운 시선을 자신도 받게 되었다는 기쁨이 공포에 이겨버렸다.

『말했잖아요. 저는 다가오지 말라는 말을 들으면 어떻게든 꼭 다가가고 싶어지거든요.』

자신은 청개구리니까. 무엇인가에게서 도망친 듯한 이 사람을 오기로라도 도망치게 놔주고 싶지 않았다.

『제가 선배를 만족시켜줄게요.』

『……네가?』

『네. 저랑도 내기를 하죠. 한판 승부예요. 저한테 한판 빼앗겼구나~ 생각이 들면 선배의 패배예요. 제 부탁을 들어주세요.』

『하하, 잘 모르겠는데 말이야. 그럼 내가 아무렇지도 않게 넘기면 내가 이기는 거야? ……좋아, 내친걸음이지. 너도 여기에서 베어야겠군.』

유우의 얼굴 분위기가 뒤바뀐다. 허수아비를 박살 내는 데

어떠한 자비도 베풀지 않겠노라고 자신을 노려본다.

『그나저나 내가 이기면 너는 뭘 해주는 거야?』

『뭐든 괜찮답니다~? 살짝 야한 요구라도, 뭐든지.』

『그렇게 도발을 막 써먹다가 언젠가 된통 혼난다.』

『안 혼나요. 선배, 척 봐도 겁쟁이인데. ……그리고 말이에요.』

시오리는 매력을 뽐내려는 듯이 머리카락을 귀 뒤로 넘겼다. 그리고 풍만한 가슴 앞쪽으로 팔짱을 꼈다.

『제가 질 리가 없잖아요? 이~렇게 귀여운 후배의 제안을 거절하는 남자가 과연 있을까요?』

이제 내숭 부리는 짓은 관둔다. 비뚤어졌지만 가장 강력한 자신을 앞에 꺼낸다.

빤히 흘겨본다. 그러자 유우는 눈이 동그래졌고.

『분명 후카세는 귀여워. 맨 처음 홀려서 따라갔던 것도 인정할게.』

그런 다음은 자신에게 코웃음 쳤다.

『하지만, 귀여운데 뭐 어쩌라고? 미안하지만 난 외모 따위는 아무래도 좋거든. 네가 귀여운 건 네가 노력했기 때문이 아니지? ……가소로워. 외모밖에 없는 녀석을 위해 자신을 바치고 싶단 생각은 안 들어.』

가슴이 무너지는 것 같았다. 정곡이었으니까. 거죽만 아름다울 뿐 자신의 알맹이는 가소롭고 지저분하다.

그런 약점을 이 사람이 설마 눈감아줄 리 없지 않은가.

『……흐응~. 알겠습니다. 됐어요. 안 해도 좋아요, 검도.』

분했다. 이렇게 간단하게 져버리는 약한 자신이.

『그러면 이거, 필요 없겠네요? 검도부 들어가는 김에 제가 버려드릴게요.』

자신은 전혀 바꿀 수 없었던 표정을 검은 몹시도 간단하게 바꿔버린다는 사실이.

『뭐, 뭐야.』

방심하고 있던 유우의 손에서 시오리는 죽도 주머니를 멋지게 빼앗았다. 간단했다.

왜냐하면 한 번은 보았으니까. 유우와 후부키가 즐거워하며 호구를 서로 빼앗고 놀던 장면을.

『제가 요령은 좋거든요. 그러니까 간단하게 강해져버려요. ……저기요, 검희라고 했죠? 그런 여자애는 금방 추월해버릴걸요.』

시오리는 빼앗은 죽도 주머니를 얼굴 옆쪽에 든 채로, 일그러지기 시작한 유우의 표정을 마주 바라봤다.

검을 쥔 왼손이 떨린다. 무섭다. 약하다. 도망치고 싶다.

『거, 검도쯤이야……. 별거, 아니잖아요?』

하지만 이대로 두 번 다시 만나게 되지 못하는 것이 훨씬 더 무섭다는 생각이 들었으니까. 그러니까 싸워야 한다.

용기를 짜낸 건곤일척이 지금 검귀의 급소를 가격했다.

『헛소리 마라!』

격분해서 유우가 바짝 다가온다. 두 눈에 또렷하게 시오리를 비추며.

『별것 아니다……?! 아무것도 모르는 주제에, 두 번 다시 그 따위 말 지껄이지 마라! ……내놔. 건들지 마라!』

검을 빼앗아 간 자신의 손 위에 딱딱하고 울퉁불퉁해진 유우의 손이 겹쳐졌다.

『누구 마음대로 버리겠다고! 이건 내 물건이야!』

강하게 강하게, 숫제 부숴버리겠다는 듯이 센 힘으로 붙잡는다. 가느다란 손이 으득거리자 시오리는 고개 숙였다.

『아……! 선배, 아파, 아파요…….』

『……어! 미, 미안!』

정신을 차린 유우가 곧 손을 놓는다. 뒤로 뛰다시피 하면서.

『아파……. 정말, 선배는……………………. 마음이 아파지는 사람이네요~! 너무 쉽잖아~!』

이겼다. 수그렸던 얼굴을 들고 시오리는 씩 미소 지었다.

『엥……?』

『손을, 내밀어버렸네요. 안 되잖아요~. 무기도 없는, 게다가 여자애를 상대로.』

『……너, 너 방금, 일부러……!』

『알았죠? 다음부터는 접촉 엄금이에요. 딱 오늘만 용서하는 거예요. 특별히요.』

꽤 귀여운 사람이라는 생각이 든다. 오늘 본 한심한 얼굴을 평생 기억하며 살고 싶었다.

『돌려드릴게요, 이거. ……소중한 물건이잖아요. 맞죠?』

왜냐면 다음부터는 쉽게는 못 볼 테니까. 그렇게 기대하고 싶으니까.

질문을 대신해서 죽도 주머니를 건넸다. 받아 든 유우는 잠시 하늘을 올려다봤다.

『……어떤 이유가 있든지 간에. ……먼저 손 내밀어버린 놈은 진 게 맞겠지.』

후유, 숨을 내쉬더니 유우는 죽도 주머니의 끝을 자기 어깨에 가져다 댔다. 그러고는 이쪽을 보며 쓴웃음 지었다.

『한판 빼앗겨버렸네. 마음대로 해라.』

깔끔하게 매듭을 짓는 상쾌한 미소. 지고도 멋있다는 게 조금 치사하다는 생각이 든다.

『그러면요.』

—결심했어. 이 사람은 반드시 내 걸로 만들겠어.

『조금 욕심부려도, 들어주는 거죠?』

“하지만 네가 욕심을 부려준 덕에 지금이 있지. ……강해, 넌.”

그때와 비슷한 미소를 띠며 검의 저편에서 유우는 죽도를 겨누고 있다.

역시나 검이 가장 잘 어울린다. 그런 생각을 떠올리던 중에 유우는 검 끝을 내리더니 곧이어 불현듯 머리 숙였다.

“고마워. ……그리고, 미안하다.”

시오리의 의식에 일순간 공백이 들어찼다. 그런 빈틈을 유우가 설마 눈감아줄 리 없었다.

"노력했잖아. 많이 아팠을 텐데. ……미안해. 모진 소리를 많이도 했어."

"……무, 슨, 소리를, 하는 거예요. 저는, 전혀, 아무렇지도……."

"전혀는 거짓말이지. 너는 꽤 티가 나거든. 나랑 똑같아. ……남에게 얻어맞으면 아프잖아. 그걸 깨닫지 못하는 녀석은 아무리 시간을 쏟아부어도 진짜가 될 수 없어."

시오리는 다정하게 웃는 얼굴을 앞에 두고 꽉 입술에 힘을 넣었다. 그렇게 하지 않으면 견딜 수 없다.

"알아. 혼자여도 대충 괜찮을 거야. 그래, 강해질 수 없는 이유는 못 되겠지."

그러나 애써 이렇게 힘내왔는데도, 이 사람은, 간단하게.

"하지만 혼자 지내다 보면 강해지는 것밖에 못 하게 되니까. ……편한 쪽으로 도망치지 마라. 눈앞에 써먹기 좋은 녀석이 있잖아. 내키는 대로 써먹어. 그 대신 절대로 변명은 못 할 거다. 내가 옆에 있어줬는데도 네가 약하다면 전부 네 탓이거든."

"……모진 소리를, 하시네요."

"그러게 말야. 하지만 넌 믿을 수 있으니까."

마음을 맞은 기분이다. 가장 듣고 싶었던 말이었기에.

"후카세는 귀엽기만 한 녀석이 아니잖아. 강한 아이니까. 나한테 이길 만큼. ……나도 참 보는 눈이 없었던 거야. 차라리, 나도—."

"에잇."

"응? 으앗, 뭐야?! 아무것도 안 보이네! 어, 어지러워……!"

"선배 눈이 너무 좋은 게 잘못이에요."

눈을 꾹 감은 채 방심해줘서 다행이다. 그건 그렇고 안경까지 잘 어울린다니. 정말 치사한 사람이야.

"저는 말이죠. ……부예서, 아무것도, 안 보이거든요?"

안경을 써도 괜찮았다. 눈과 성격이 나빠서, 또한 머리가 살짝 잘 돌아가는 자신이면 괜찮았다.

—나는, 이런 나로도 괜찮았는데.

따뜻해진 뺨을 만지자 마음의 눈물에 젖어 있었다. 조용히 웃다가 이 틈에 소매로 닦았다.

"그거야 후카세의 눈이 너무 나쁜 탓이지. ……어휴. 갑자기 무슨 짓이야? 자, 가져가라."

"네~. ……저기요, 선배."

자기 자신을 되찾아 가던 중 한 번 더 유우를 향해 죽도를 들어 올린다. 고동이, 빨라진다.

"응? 뭐야?"

"시오리라고, 불러주세요. ……시오리가, 좋아요."

용기를 쥐어짰다. 드디어 좋아할 수 있게 된 자신의 이름을 가장 좋아하는 사람이 불러주기를 바라니까.

"알았어. ……고마워. 친구로 승격 성공이네. 좀 우쭐거려도 되겠어."

"부탁이 있는데요. 지금 당장 여기서 죽어! 뭐 이딴 둔탱이가 있어!"

"주, 죽으란 말은 좀 심하네! 뭐야, 내가 잘못했어?!"

"잘못했죠! 지인짜 저질이에요!"

뭐, 하지만 이 사람다운가.

한숨을 쉬고 이번에는 유우도 알아들을 수 있게 이유를 말했다.

"이누이한테는 지고 싶지 않다고요. ……그러니까 저도 이름을 불러주세요. 아님 화낼 거예요."

시오리는 검의 저편을 날카롭게 흘겼다. 애증이 뒤섞인 시선을 마주 받으면서 유우는 간지럽다는 듯이 웃고 있었다.

"그래, 알았다. 오기 가득한 꽈배기야. ……나도 약속은 지켜. 그러니까 너도 한 말은 진짜로 만들어줘라."

"그야 물론이죠. 지켜봐주세요, 1년 뒤에는 이누이 따위 순살이거든요?"

"현 상황에선 그냥 잠꼬대지만, 말이야!"

꽉 쥐고 있었던 시오리의 죽도가 빙글빙글 저편으로 날아갔다. 흉악한 휘감기 기술이다.

"뭐, 뭐야. 살살 좀 해주세요! 후배거든요! 초보자거든요!"

꺅꺅 떠들며 저항해봐도 눈 깜짝할 틈에 간격이 좁혀지는 터라 저항할 수 없다. 죽도가 날아가버려 빈 왼손을 억지로 펼쳐 놓는다.

"시끄러워. ……손이 많이도, 예뻐졌잖아. 이 바보가."

들켰다. 소지와 약지와 중지의 뿌리 부분에 생겨서 터진 물집을. 미숙한 자의 증거를.

"아, 앞으로 쭉쭉 멋있어질 거예요, 제 손은!"

부끄러워서 빼내려고 했다. 그러나 유우에게 꽉 붙잡혀버렸다.

“아야야야! 뭐예요, 힘만 세! 바보바보, 변태, 아파요! 저, 접촉은 엄금이라고 그때…….”

“시끄럽다니까. 더는 알 바 아니야. ……네가 도발했잖아. 이 정도는 각오했을 텐데?”

시오리의 뺨이 도취감으로 물든다.

“안 놓친다, 시오리.”

“……네. 꽉 쥐어서, 붙잡아주세요. ……이 손으로, 언젠가.”

선배를 쓰러뜨릴 테니까.

언젠가 꼭 저 입에서 좋아한다는 말이 나오게 만들겠다. 시오리가 제 손에 힘을 넣으려고 했다.

그 순간, 검도장의 문이 조용조용 열린다. 몹시 쓰디쓴 표정을 지은 남자가 얼굴을 살짝 내밀었다.

“……저기. 열심히 러브 코미디 중에 진짜로 죄송합니다. ……저 왔습니다.”

시오리와 후부키의 첫 번째 연적.

이누이 카이세이는 머리를 긁적이며 죽도 주머니와 호구 주머니를 들고 서 있었다.

“와앗, 미안, 카이세이! 시계를 안 봤네! 금방 갈아입고 올게!”

어린아이가 놀다가 질린 장난감을 집어 던지듯이 유우는 시오리의 손을 휙 놓았다. 그리고 질풍처럼 한순간에 도장에서 사라져버린다.

유우의 기척이 완전히 다 사라지자 카이세이는 두 손으로 머리를 감싸 쥐고 무릎부터 허물어졌다.

"아아아, 미안……. 절대 방해할 뜻은 없었어. 나는, 진심으로 네가 이기기를 응원하니까! 제발, 진짜로 부탁할게! 뭐든지 할 테니까 절대 후부키한테는 지지 말아줘!"

"……부, 부탁 아니어도 이길 건데요. 보통은 여동생을 응원하지 않아요?"

"할 리 없잖아! 만에 하나 후부키가 이기면 나는 유우한테 혀, 형님이라든가 이상한 호칭으로 불릴 사이가 되어버리거든?! 으아아……! 무리무리무리무리야! 말도 안 된다고!"

시오리의 옆에서 카이세이는 머리를 감싸 쥐고 괴로워했다. 주저앉은 채 발까지 동동 굴렀다.

잠시 후 진정이 좀 되었을까. 카이세이는 무릎을 당겨서 앉고 거하게 숨을 내뱉으며 고개를 끄덕거렸다.

"그래도 별로 걱정은 안 해도 되겠구나. 지금 시점에서 1등은 압도적으로 나 같으니까."

"……화가 나지만요. 실제 너무나 맞는 말 같기는 해요."

"그렇지, 뭐. 쌓은 세월이 다르니까, 세월이."

시오리는 맞손을 잃은 왼손을 짜증난다는 듯이 흔들다가 카이세이의 왼손을 바라봤다.

세상에서 가장 아름다운 손이라고 생각했다.

"분위기 파악 좀 해주실래요. 으음, 카이세이 씨. 져서 물러나주지 않으면 다들 곤란한데요."

"……으음~ 그게 말이야. 다들 하는 말이거든. 이누이 카이세이는 분위기 파악 좀 하라고, 빨리 적당히 좀 이기고 물러나라고 말이야."

그 말의 대상을 시오리는 구태여 듣지 않아도 곧 깨달았다.

"그런데 난 말야, 다들 져버려 져버려 떠들어 대면 오히려 무슨 일이 있어도 이기고 싶어진단 말이지~."

자신도 마찬가지다.

그러니까 분명 재능이 있다. 강해질 수 있다. 언젠가는 꿈을 이룰 수 있다.

고초로 가득 찬 검의 길이 그때는 조금이나마 밝아 보이는 것 같았다.

× × ×

탄식이 나올 만큼 아름답고 밝은 달밤이었다.

연심관이 있는 장소는 도회지의 변두리. 연습을 마친 뒤 바깥으로 나왔더니 가로등도 몇 없는 하늘이 눈부시다.

도시에도 이런 장소가 있다. 유우가 죽도와 호구를 지면에 내려놓은 뒤 잠시 우두커니 서 있으려니까 귀가 준비를 마친 카이세이가 뒤에서 말을 걸어왔다.

"어땠어? 연심관의 훈련."

"어검관과 달리 거칠고 진지하더라. 꼬맹이들도 기운 넘쳐서 좋았고. ……하나 더 말하자면."

언제나 맞닿아 있는 하늘을 올려다본 뒤 유우는 고개 돌렸다.

"어검관과 비슷하게 연습 힘들던데. 오랜만에 임사 체험을 했잖냐."

"그러게. 몇 년을 해도 죽겠다는 생각이 들어. 학교 연습이랑 합동 기술로 쏟아지면 특히……."

이런 수련을 매일같이 한 녀석이 있다. 바보구나, 유우는 웃었다.

"그러고 보니 관장님, 아직도 기운이 가득 넘쳐서 안심했어. 오랜만에 할아버지 얘기도 할 수 있었고."

"……유겐 영감님은 혹시……?"

"죽었어. 병으로. 중학교 2학년 겨울에, 훽."

카이세이가 숨을 죽였다. 모든 수수께끼가 맞물려 이어졌다는 기분이 든다.

"……미안."

"아냐, 괜찮아. ……이제, 괜찮아. 지금이 있으니까, 딱히 상관없어."

더 중요한 것은, 카이세이를 지그시 바라본다. 하늘에서 내리쏟아지는 과거의 지난 빛줄기를 받아 머리의 그림자가 얼굴까지 뻗어 온다. 인상은 달라졌다. 키도 꽤 자랐다. 자신보다 5센티미터는 크다. 그리고 무엇보다도.

"강해졌구나. ……카이세이."

인정하자. 너는 의문의 여지도 없이 나의 생애를 걸 만한 숙적이다. 그렇게 마음을 다잡아 정면에서 바라봐주는데도 카이세이는 불현듯 눈을 피해버린다.

눈이 떨어져 나가는 게 아닐까 싶도록 꽉 힘을 넣어서 감고 있었다.

"안 돼. 절대로, 물러나지 않아, 난. ……약속을, 했으니까 말이야. 설령 네가 기억을 못 하더라도, 나는 그거 하나면 충분했어."

"인마, 섭섭한 소리 마라. 네가 너무나 많이 변했던 탓이지 난 또렷하게 기억하고 있었어. 그런데 뭐냐, 넌. 아까 자유 대련 중 벌써 나한테 왔었지. 거절하는 게 당연하잖아. ……그 약속은 장소도 포함하는 거 아니었어?"

사납게 웃는다. 지금은 보이지 않은 먼 하늘을 떠올리며.

『약속한 거야, 카이세. 나랑 비슷하게 강해져라. 오늘 가르쳐준 기술, 언젠가 가지고 와. 나는 쭉 기다릴 테니까. ……울지 마. 웃어, 카이세. 멋진 이름이 아깝잖아—. 언젠가 태양처럼 웃어봐. 그럼 말이야. 약속이 전부 이루어지는, 그때는—.』

유우가 하늘을 가리킨다. 그곳은 약속의 정상이다.

"놀자, 카이세이. 누구 하나가 죽을 때까지."

"……응. 놀자, 유우. 가장 아름다운, 저 장소에서."

약속이 이루어질 날은 이제 곧이다. 더 이상 남겨 둘 걱정거리는 아무것도 없다. 그렇게 같이 서로를 향해 웃어주던 때 두 사람의 앞에서 차가 멈췄다. 창문이 천천히 미끄러지더니 카이세이와 쏙 닮은 남자의 얼굴이 나타난다.

"카이세이~. 그리고, 유우 군. 호구 신거라. 집에 가자꾸나!"

× × ×

뒷좌석의 차창으로 유우는 바깥을 봤다. 뒤로 지나쳐 가는 야경이 어딘가 신선했다.

"유우 군. 자도 괜찮단다?"

"그럼. 도착하면 깨워줄 테니. 옆에 바보를 보렴?"

운전석에서 카이세이의 아버지가 고개 돌리지 않고 엄지만 움직여서 자기 옆쪽을 가리킨다. 마침 같은 타이밍에 왼쪽 어깨가 무거워졌다. 천진난만하게 잠든 얼굴을 보고 유우는 웃어버렸다.

"줄곧 이렇게 생활했었군요. 카이세이는."

"그렇지, 뭐. 검도만 쭉. 요즘에는 아침에 나갈 때랑 밤에 잠들기 전밖에 얼굴을 못 보는구나."

"난 아예 한 달은 말을 못 한 때도 있었어."

"……원망하지 않으세요? 검을."

한번 기회가 있다면 물어보고 싶었던 말이다. 자신에게는 없는 부모라는 존재에게.

"이런 게 아니었다면 가족이 뿔뿔이 흩어질 일도 없었다든가. ……그런 생각은 들지 않으셨나요?"

"딱히 안 드는데."

"안 드는걸. ……너는, 너무나 잘 들여다보이는 아이구나."

즉답과 함께 카이세이의 어머니가 고개 돌려서 바라봐준다. 다정한 미소라고 생각했다.

"유우 군. 이 아이와 친구가 되어줘서 고마워."

"……다른 사람과 치고받는 경기에 끌어들였는데요. 저를 원망하는 게 맞지 않을까요."

"그렇지 않아. 치고받을 상대가 있다는 것은 큰 선물인걸. 그것만큼은 우리가 줄 수 없으니까. ……그러니까 네가 있어준다는 게 정말 다행이야."

"유우 군은 너무 현명한 거야. 조금은 거기 단세포를 본받아 바보가 되거라."

애당초 말이야, 아버지는 웃었다.

"겨우 이만한 고생으로 가족의 연이 끊어지겠냐. ……그렇게 생각하지 않나? 유우 군."

뇌리에 단 한 명의 여성이 떠오른다.

"……네. 정말이지, 맞는 말씀이네요. ……집에 돌아가면 어리광 부려볼게요."

눈을 차창에서 저 멀리 흘러가는 별하늘로 옮긴다. 정말로 멋진 하루였다.

분명 지금껏 살아왔던 날들 중 가장. ……그러니까.

"잠깐 이야기 좀 들어주실래요. 지금까지 많은 일들이 있었어요. ……그러고 나서."

천진난만하게 잠든 얼굴을 지금 한 번 더 마주 바라본다.

"이야기를 잔뜩 들려주시면 좋겠어요. 카이세이의, 이야기를."

숙적은 웃고 있었다. 분명 장절한 인생이었을 테지. 지치고 흠집 난 신체가 지난날을 대변해주고 있다.

그럼에도 웃을 수 있는 친구의 굳건함에 진심에서 나온 경의를 담아.

"이봐, 카이세이. ……어떤 꿈을, 꾸는 거야?"

BEYOND THE SWORD

제8합 비 멎은 뒤, 아득하게

언제나 비가 내렸다.

안 좋은 일이 있을 때마다, 혼자가 될 때마다, 자꾸 울었다.

그러니까 강해지라며 다른 사람과 치고받아야 하는 경기에 자신을 밀어 넣었던 부모님을 몹시 원망했다.

좋아했던 것은 먼저 검도를 배웠던 후부키뿐이었다.

그런 여동생이 어검관에 방문 시합을 가는 전날에 몸살이 났다. 싸우러 가게 된 사람은 자신 한 명뿐.

『갔다 올게, 후부키. 나, 혼자서도 열심히 하고 올 거야.』

그러나 걱정 끼치지 않게. 마음 편하게 쉴 수 있도록. 무서웠지만 약속을 했다.

혼자서도 울지 않겠다고.

자신을 위해서 힘이 나지는 않을지라도. 다른 사람을 위해서라면 힘낼 수 있을 테니까.

그런 각오로 방문 시합에 임했지만 역시 마음가짐 하나로 현실이 달라지지는 않았다.

이지메를 당했다. 걸핏하면 우는 버릇 때문에 곧잘 이지메를 당했었지만, 후부키가 없어지자 훨씬 더 심각해졌다.

더 이상은 견딜 수 없었다. 그럼에도 하다못해 도장에서는 울지 않겠다며 하루를 버틴 뒤.

『……저곳이라면.』

눈앞에는 사람이 오르기 힘들 만큼 높디높은 험준한 산.

저곳의 정상이라면 분명 아무도 오지 않을 거다. 그러니까 저곳에서 실컷 울어주겠어.

등반은 힘들었다. 토할 것 같았다. 몇 번이고 몇 번이고 도중에 관두자는 생각이 들었다.

그럼에도 약속을 깨뜨리기보다는 분명 이러는 게 낫다—.

그런 심정으로 도착했던 정상. 그곳에는.

『……우와아.』

구름 한 조각 없는 완벽한 창궁과.

『너, 너는…… 어제!』

평생 동경하게 될 친구가 기다리고 있었다.

세상에, 얼떨떨한 기분이었다. 어째서 하필 이런 곳에 자신과 비슷한 나이의 아이가?

그리고 이유는 잘 모르겠는데 그 아이는.

『어제 본, 멋있는 녀석이네…….』

『……흐엥?』

살면서 한 번도 들어본 적 없었던 칭찬의 말을 해줬다.

『너, 짜식. 카이세라고 했지? 여동생도 있다며! 이름 되게 귀엽더라! 알려줘라, 무슨 뜻이야? 난 유우! 뜻은……. 멀다는, 뜻인데…….』

잇따라 재잘재잘. 어쩐지 그 아이가 먼저 울 것 같은 분위기였기에 울고 싶은 마음을 꾹 참고 웃었다.

『응. 나는…… 카이세이. 뜻은 말이야. 활짝 개었다는 뜻. 저기 봐, 저렇게.』

산 정상에서 둘이 나란히 앉아 하늘을 가리켰다.

『……우와아. 좋겠다아. ……예쁘네. 멋있는 이름이구나.』

기뻤다. 이런 칭찬의 말을 듣기는 처음이었으니까.

『조, 좋아……! 그러면 내가 너를 더 멋있게 만들어줄게! 그 딴 자식들, 다 때려눕혀버려! 내가 기술을 가르쳐줄게! 시범도 보여줄 거야! ……그, 그러니까, 알았지? …………나랑, 친구가 되어주라.』

이런 말을 해주는 사람은 처음이었으니까.

그리고 더욱 기쁘게도.

『굉장해~! 멋있다아! 그거, 어떻게 하는 거야?!』

처음으로 사귄 친구는 세상에서 가장 멋있었다—.

금세 사이좋아졌다. 집에도 묵었다.

검도는 너무 싫은데도 같이 놀면서 기술을 배우면 시간 지나가는 것이 순식간이었고.

『한판 따냈잖아, 카이세! 너 진짜! 재능이 있어! 굉장하다니까! ……그러니까 말이야. ……도쿄에 돌아가도 열심히 해봐. ……나 잊어버리지 말고 말이야.』

『……으, ……으, 으. ……훌쩍, ……으, 흑—.』

『어. 야, 뭐야, 카이세?!』

대뜸 눈물이 나와버렸다. 모처럼 잔뜩 힘냈는데도.

이지메를 당했을 때도 산을 올랐을 때도 아무리 힘들어도 울지 않았는데. 더는 만날 수 없다. 잠깐만 상상해도 버틸 수 없었다.

이러려는 게 아니었는데, 볼썽사납게 변명을 했다. 자신의 이야기. 여동생의 이야기. 혼자 열심히 하겠다고 약속도 했고. 이렇게 다짐까지 한 만큼 분명히 괜찮다고 말하려던 마음을.

울먹울먹하며 두서없이 이야기했다. 그런 자신을 보다 못해서였을 테지.

유우는 자신의 두 어깨를 쥐고 웃으며 말했다.

『그럼 말이야, 카이세. ……나하고도 약속을 하자. 그러면 열심히 할 수 있지?』

『나랑…… 유우 군이?』

『응. 약속한 거, 카이세.』

눈을 바라봐줬다. 그래서 기뻤다.

『나랑 비슷하게 강해져라. 오늘 가르쳐준 기술, 언젠가 가지고 와. 나는 쭉 기다릴 테니까. ……울지 마. 웃어, 카이세.』

한심하기는. 너는 오빠잖아. 줄곧 그러한 말에 상처를 받아왔다.

그러나 이 친구만큼은 달랐다.

『멋진 이름이 아깝잖아. 언젠가 태양처럼 웃어봐.』

이 친구만이 처음으로 자신을 사나이로 바라봐줬다.

『그럼 말이야. 약속이 전부 이루어지는, 그때는. ……나하고 또 저곳에서 놀자, 카이세이. 단둘이, 정상에서!』

그러니까 이번에야말로 기필코 지켜 내겠다. 평생 누구에게도 말하지 않고 마음에 숨긴 채.

그것이 사나이끼리 한 약속이니까.

『응, 기다려줘. 꼭 기다려줘! 나는, 아무리 시간이 걸려도……. 꼭 갈 테니까!』

다시 태어났다. 이제껏 갖고 있었던 전부를 버리고 검을 쥐었다.

엄격하지만 다정한 부모님. 줄곧 지켜준 여동생. 다 같이 앉아서 먹는 따뜻한 식사.

몹시 좋아하던 게임, 산책, 설령 괴롭힘을 당하더라도 싸움은 하지 않았던, ……맑게 갠 평화로운 나날.

『다 필요 없어. 난 기필코 저곳까지 갈 거야!』

줄곧 비가 내려도 좋다. 마지막에 저 풍경을 볼 수 있다면. 그런 마음가짐 하나로 수라가 될 수 있었다.

다만 마음만 갖고, 수라가 되는 것만으로 금방 만날 수 있었다면 얼마나 좋았을까.

자신은 약했다. 친구와 같은 재능이 없었다.

그러니까 단지 바닥을 기듯 한 발짝 한 발짝 시간을 들여 올라갈 수밖에 없었다.

그 결과, 무엇이 기다리고 있었던가.

『……이러지 마.』

눈을 덮어 가려도 비애가 울음 짓는 포효가 귀를 찌른다.

그곳에는 지옥이 있었다.

자신이 너무나도 약해서, 느릿해서, 너무나 오래 기다리게 했기 때문에.

평생을 쭉 동경했던 대상은 너무나 강하게, 서글프게, 사람이 아닌 것으로 뒤바뀌어버렸다.

『나한테 울지 말라고 말한 사람은 바로 너였잖아!』

태양은 사라졌고, 창궁은 잿빛으로. 얼어붙은 우박이 괴물의 뺨에 내리쏟아진다.

이윽고 누군가는 눈물이 얼어붙은 듯한 검의 파편만을 남긴 채 약속의 장소에서 사라져버렸다.

『……울까 보냐.』

울 자격도 웃을 자격도 자신에게는 없다. 있는 것은 오로지 약속을 빈껍데기로 만든 처벌뿐이다.

『가자.』

사람이기를 관둔 채 혼자서 올라간다. 그리고 자신에 대한 증오가 담긴 피투성이 검의 저편에는.

『제가 정점에, 올라섰다고요. ……죄송합니다. 기뻐할 수가, 없습니다.』

알고 있었다. 그곳에는 이미 아무것도 전혀 남아 있지가 않다는 것을.

빛이 사라진 정상에서 검에 비치는 자신을 본다. 이미 인간이 아니었다.

눈을 감고는 석상처럼 혼자 멈춰서 선다. 누구 하나, 벨 상대가 남지 않았다. 이제 지쳤다.

그러니까 마지막으로 딱 하나 도전을 하자.

만약 자신이 동경했던 그 기술을 제대로 사용할 수 있다면. 그때는, 자신도—.

꿈의 잔재를 호완에 실어 흐린 하늘을 올려다본다. 쌓이고 쌓인 고독을 울부짖을 준비는 이미 끝났다.

그런데— 그때, 눈보라(吹雪, 후부키)가 불어서.

구름 사이를 베어 가르는 과거에서 온 일검.

너는 울지 말라는 목소리가 들렸다.

× × ×

"……어, 라. …………여기, 어디야?"

기분 좋은 흔들림에 눈을 떴다. 평소에는 눈을 떴을 때 곧바로 머리가 맑아졌는데, 몹시도 깊이 잠들었었나 보다. 신호를 기다리던 아버지가 고개 돌려서 봐줄 때까지 아직 차내에 있다는 사실을 깨닫지 못했다.

"일어났구나. 아, 움직이지 마라, 카이세이. 가만히 자게 놓아두거라."

"……응."

오른 어깨가 조금 무겁다. 고개 돌렸더니 유우가 말끔한 얼굴로 잠들어 있다.

이 무게감은 더 이상 꿈이 아니다. 이보다 더한 행복은 없을 것이라 생각했다.

“쭉 유우 군과 얘기했단다. 그러다가 아까 겨우 잠든 거다. 엄마랑 같이 말이지.”

“그렇구나. 엄마도 아침마다 도시락 싸주려면 일찍 일어나니까.”

“거 뭐냐, ……카이세이. 너, 매일 가족을 위해 아침 일직 일어나서 밥 차리고 청소할 수 있겠냐? 검도에서 1등을 따내며 그렇게 할 수 있겠냐? ……엄마 아빠가, 후부키가 없어도 생활할 수 있겠냐?”

“많이, 힘들지. ……나는 절대로 못 할 거야.”

“그렇지. 보통은 못 한단 말이지. 어림 없어. 아빠도 엄두가 안 나는구나.”

아버지가 백미러를 통해 유우를 본다. 눈가가 살짝 젖어 있었다.

“대단하구나, 이 아이는. ……강하고 착해. 아마도 세상에서 가장 착할 거야.”

“응. 나의, 동경이야.”

곁에서 잠든 동경에게 지금 다시 한 번 눈길을 준다.

검귀가 웃고 있다.

더 이상 사라져버릴 것 같은 아름다움은 없는지도 모른다. 그러나 잠에서 깨어난 친구는 분명 지난날들을 넘어서 가장 강할 것이다. 그렇게 확신했다.

“언제나 폐 끼쳐서 미안. ……그래도, 더 많이 연습할래. 나는 검과 살아갈 거야."

"그래. 엄마 아빠를 괜히 신경 쓰진 말거라. 네 인생이잖냐."

그러니까, 아버지는 등으로 말했다.

"치열하게 살아라, 카이세이. 인생을 절대 시시해지게 놔두지 마라."

"응. ……아버지. 나한테도 들려주면 좋겠어. 유우의 이야기를."

전부를 준 진짜 벗에게 진심에서 우러나오는 경의를 표시하기 위해. 자신에게는 알아야 할 의무가 있다.

"있잖아, 유우. ……어떤 꿈을, 꾸는 거야?"

× × ×

태어난 이후 쭉 검밖에 없었다.

평범한 가정에는 당연히 있어야 할 것이 자신에게는 없었다.

아버지는 이미 돌아가셨고 어머니는 집에 없었다. 줄곧 회사에 나가 있을 뿐이었다.

『……엄마아.』

안 울게 되었다. 울어본들 아무도 돌아봐주지 않음을 깨달아버렸으니까.

아버지의 죽음 이후에 거의 육아 포기 상태가 됐던 어머니는 대부분의 시간을 아버지 쪽 조부에게 자신을 내맡겼다.

조부— 어검관의 관장, 미츠루기 유겐(御劍幽玄). 자신에게 있는 유일한 가족의 이름이었다.

비뚤어진 관계였다. 무뚝뚝한 사람이었다. 검 이외에는 손대는 것을 허락해주지 않았다.

그러나, 그럼에도 좋았다. 자신과 함께 있어준다면 달리 아무것도 필요하지 않았다.

아무도 없는 집에는 돌아가고 싶지 않았으니까. 허전해서 죽어버릴 테니까. 검에, 이 지옥에서 빠져나갈 수 있는 유일한 구원의 도구에, 그저 죽을힘을 다해 매달렸다.

그 끝에 기다리는 것이 또 다른 지옥이었음을 알았을 때도. 그럼에도 혼자되기는 싫었다.

『유우 도령이 왔다~.』

『어허, 이리로 와라, 상단 자세를 가르쳐주마』

『이도류라면 나한테 맡기시라!』

『지금부터 좌면 허리 치기를 가르치면 스타가 되지 않을까?』

『좋았어, 그럼 난 찌름 맡을게~!』

도장에만, 가족이 있었다.

검도 따위, 너무나 싫다. 그래도 도장의 식구들은 정말 좋았으니까 하루도 안 쉬고 훈련하러 갔다. 강해지면 강해질수록 다들 관심을 가져주었으니까. ……그리고, 무엇보다도.

『거기, 할배! 나랑 한판 붙어!』

『오, 좋다. 와라. 어차피 질 테지만.』

『뭐라는 거야, 붙지도 않고 큰소리치지 마!』

유일한 가족이 함께 놀아주는 이 시간이 자신에게는 살아가는 의미였다.

매일 아침 4시에 일어나서 산 정상까지 달리고, 목검을 휘둘렀다. 학교가 끝나 돌아오면 제일 먼저 도장으로 달려가서 훈련했다. 자신과 어머니의 식사를 차리기 위해 잠깐 빠졌다가 식사 후 곧장 훈련에 복귀했다. 거듭 도중에 토하면서도 밤늦게 몸의 전지가 떨어질 때까지 검을 휘둘렀다.

『제길! 진지하게 싸워라! 괜히 봐주지 말란 말이다, 할배!』

『헹, 10억 년은 빠르구나.』

그럼에도 이길 수 없었다. 키가 자라고 목소리가 슬슬 바뀌어도 승패만큼은 늘 같았다. 분했다.

자신이 약한 까닭에 이기지 못한다. 그렇게 납득하려던 때에 비극이 일어났다.

『……뭐야. 그게 진짜로 하는 건가? ……장난이지?』

주변 사람들이, 너무나 맥 빠지게 약하다. 허수아비처럼 단칼에 베여 나간다. 자신의 또래뿐 아니라 어른까지도. 애매한 것들은 일단 자세를 잡는 순간에 분통이 난다. 그렇게 괴물 같은 몸뚱이가 되어버렸다.

『으, 우와아아앗! 괴물!』

『가까이 오지 마, 제발!』

『더는 너랑 검도를 하기가 싫어.』

그러나 결국 강해진 것은 신체뿐이었다.

『뭐, 뭐라는 거야. ……너무나 약한, 너희가 잘못한 거다!』

저 뒤에 놓아두고 온 마음을 단련할 수단은 없었기에 그저 괴물이라 불릴 때마다 마음이 삐걱거린다.

어떻게든 마음을 달래기 위해 부 활동에 들어가보거나 전국 각지의 도장으로 방문 시합을 다녀보기도 했다. 그러나 어디에서도 만족감은 얻지 못했다. 괴롭고 허망해서 몇 번이고 눈물이 나오려고 했다. ……하지만.

『유우 도령~ 자, 이리로 오렴~. 누나들이 놀아줄게♪』

『……응. 지금 갈게. 오늘은 꼭 저 녀석도 때려눕히겠어!』

이곳에는 강한 가족이 있다.

그러니까 이제는 됐다. 타인 따위 필요하지 않아.

애당초 타인에게 위안을 구하려고 한 행동 자체가 잘못이었던 거야.

친구 따위 필요 없어. 검 말고는 필요 없어. ……단 한 명의 가족 말고는 필요 없어.

소원은 단 하나뿐.

『간다! 할배!』

언젠가 꼭 할아버지를 때려눕히겠다. ……그것 하나뿐이었는데.

『뭐야, 할배! 괜찮은 거야?!』

『병실에서 떠들지 마라. 욘석, 시합은 어쩌고.』

『그딴 소리나 할 때가 아니잖아! 몸은?! 어떻게 된 거야!』

『도망쳤구나.』

살의라는 말을 써야 할 만큼 예리한 눈빛을 병상에 누운 사람이 쏟아 낸다. 당분간은 죽지 않겠다 믿고 싶었다.

『미숙한 녀석. 네가 여기에 오면 내 몸뚱이가 뭐가 달라지겠느냐. 나를 염려하려거든 모조리 박살을 낸 다음에 여기 와야지. 앞으로 일절 다른 사람의 이름을 도망치기 위한 구실로 쓰지 말거라. 알겠냐.』

『……알았어. 걱정해서 날아온 손주한테 말 진짜 고약하다. 안 보채도 겨울 창천기는 우승할 거야. 칫, 빨리 나아서 나랑 붙어야지.』

『……크큭. 좋다. 네가 우승을 하면.』

『지금 약속까지 한 거다! 좋아, 이 틈에 휘감기 기술을 완성시켜주겠어…….』

번뜩거리며 예리하게, 귀신처럼. 자신이 거침없이 웃었던 것을 잘 기억하고 있다.

평소에는 자신과 똑같이 웃던 조부가 그때만큼은 온화하게 웃었으니까.

『너는 나와 마찬가지로 인간이 못 되는 놈이다. 그리 키웠지. 다만 딱 하나는 잊지 말거라.』

『……뭐를?』

『버림받아도 버리지 마라. 인생은 길다. 비는 반드시 내리지만, 언젠가 쾌청(快晴)한 날이 찾아올 거다.』

『……할배 말은 언제나 무슨 뜻인지 알 수가 없어.』

『몰라도 된다. 잊지만 않는다면, 그리고 말이다. ……유우.』

주름투성이 왼 주먹이 쑥 다가온다.

『네가, 엄마를 쭉 지켜주거라.』

어째서, 그런 소리를 하는 거야. 어째서, 마지막에 내 이야기가 아닌 거야.

그 여자는 나를 버렸잖아! 이제 와서 그런 소리를, 어째서!

『……알았, 어.』

그럼에도 답했다. 가족의 부탁이었으니까. 주름투성이 왼 주먹에 검귀의 주먹을 부딪치며. ……그런데도. 조부의 손은 두 번 다시 검을 쥐지 못하지 않았던가.

검과 빈껍데기가 된 약속만이 자신에게 남았다. 그러니까 하다못해도 저것들만은 지키기 위해 정상을 목표로 했다. 그랬더니 서글플 만큼 간단하게 한쪽 약속은 완수되어버렸다.

받게 된 보상은 승자를 칭송하는 허망한 트로피와 얄팍한 1등 상장.

누군가에게 바치고자 어두운 도장에서 고개 돌린다. 그곳에는 아무도 없었다.

『……젠장, 제기랄! 이따위 것에!』

난폭하게 바닥에 집어 던져서 부쉈다. 창고에서 꺼내 온 검까지 휘둘러서, 산산이.

그럼에도, 아무도 말려주지 않는다. 검의 저편에는 아무것도 보이지 않는다.

조부는 없다. 자신을 귀여워해주던 어검관의 식구들도 문득 깨달았을 때는 진학이며 취직을 이유로 다들 사라졌다.

허수아비라며 베어 넘겼던 친구들은, 이미, 아무도—.

『으, 아아. ……아아, 으아아아아아——————!』

BEYOND THE SWORD

제9합 용사의 도전

한 달의 시간이 흘러갔다.

끝없이 뻗어 나가는 맑고도 푸른 하늘. 카이세이는 혼자 회장의 체육관 바깥에서 서 있다.

오늘은 전국 대회 예선전, 개인부이다. 각 학교의 대표 두 사람이 전국 출전을 걸고 싸운다.

상위 두 명이 전국에 갈 수 있지만, 지금 와서는 유우와 싸울 수 있다면 아무래도 상관없었다.

"그런 것보다. ……날이 맑아서 다행이야."

카이세이는 기지개를 켜고 태양에 운명의 시합표를 비추어 봤다. 블록이 넷으로 나뉘어져 있다.

미나카미 유우. A블록의 가장 왼쪽 상단.

이누이 카이세이. D블록의 가장 오른쪽 하단.

도전하는 자와 도전받는 자. 운명이 대각선을 그리고 있었다.

"사랑받는구나. 검의 신에게."

쓴웃음과 함께 상쾌한 바람이 불어온다. 그 안에서 약간의 위화감을 감지한 뒤 고개 돌렸다.

"……뭐냐, 역시 너였냐. 여기는 어떻게 알고 왔어."

"그냥. 17년쯤 뜻하지 않게 여동생으로 살다 보면 이 정도는 알아."

흥, 코웃음 치고 후부키는 평소처럼 건방지게 몸 앞으로 팔짱을 꼈다.

거참, 왜 이렇게 항상 시건방지나. 옛날에는 귀여운 녀석이었는데. ……뭐, 아무튼 어쩔 수 없다.

“그래, 무슨 부탁인데.”

“……어떻게 알았어.”

“나도 오빠로 산 시간이 더 검도보다 길잖아.”

땅이 꺼져라 숨을 내쉬고 양쪽 허리에 손을 가져다 댔다.

아주 건방지지만, 너무 얄밉지만 가족이다. ……전부 용서한다.

공주님을 대하듯 오른손을 내밀자 뺨을 볼록거리며 후부키는 말했다.

“어려운 부탁인데, 괜찮아?”

× × ×

설령 오늘 날씨가 비든 눈보라이든 유우는 아랑곳하지 않으리라. 호면의 안쪽. 혼자서 웃는다.

오늘 날씨는 보다시피. 면금 너머로 하늘을 내다볼 수 없어도 만족이다.

행복에 살짝 잠겨 있던 때 누군가가 어깨를 톡톡 두드렸다. 고개 돌리자 교복 차림의 동기 둘이 보인다.

“내가 홍백띠 달아줄게.”

심판이 도전자를 앞에 데려다준다.

자, 간다. 온 힘과 온 정신을 다해 올라갈 테다. 이 길을 쭉 달려서 도착한 곳에— 그 남자가 기다리고 있다!

"간다, 카이세이!"

일어서서, 몇 초. 환희에 전율하며 사납게 부르짖는다. 맨 처음 휘두를 검은 이것밖에 없다!

"타아————아아아으야아쌰아아앗————!!"

두려워해라, 먼지만도 못한 것들아. 미나카미 유우는 여기에 있다!

× × ×

"……후후. 말이 안 되잖아. 바보다. 바보가 있어."

자신과 완전히 똑같다. 카이세이는 호면 안쪽에서 유우가 일으킨 황당무계한 사건을 떠올리며 웃었다.

그야말로 극광의 일검. 도무지 검도에서 존재할 수가 없어야 하는 파열음이었다. 그 충격으로 시간까지 같이 베어 가른 것처럼 모든 시합의 진행까지 멈춰 보였다.

여전히 믿기지 않는다. 맞은 상대의 호구가 깨져 나갈 줄이야.

"……그래. 빨리 해라. 빨리 나도 놀게 해줘라."

백색 선 위에서 일어나 심판의 호령을 기다린다. 그러던 중 바로 옆 코트에서 작은 우레가 떨어졌다.

"읏, 타아아아아앗————————!"

저릿거리는 시선에 고개 돌린다. 사람의 몸을 후려갈긴 검희가 고개 돌리지도 않은 채 이쪽을 보고 있었다. 살의를 담아, 번뜩번뜩.

"……알고 있다니까. 거참, 조금은 오빠를 존중해줘라."

『어려운 부탁인데, 괜찮아?』

『내게 가능한 일이라면.』

『응. ……이겨줘, 오빠.』

어떤 마음으로 한 말인지 자신은 알지 못한다. 알고 싶다는 생각도 들지 않는다.

다만 자신은 오빠다. 여동생의 부탁은 문답 무용으로 이루어준다!

"부탁을 한 상대를 원망해라, 후부키. 네 오빠는 세상에서 제일 강하니까!"

심판이 제왕을 앞에 데려준다.

자, 가자. 몇 번이고 올랐던 장소로. 그곳에 앉아— 한 남자를 기다리도록 하자!

"와라, 유우!"

모든 것을 직시하며 몇 초. 변함없이 무자비하게 양단할 테다, 친구에게 받은 이 검으로!

"머어————————리이야아아아앗————!!"

마왕. 괴물. 내키는 대로 불러라. 나의 목, 가져갈 테면 가져가봐라!

이누이 카이세이는 여기에 있다!

× × ×

예리하게, 두개까지 가라앉히는 듯한 바람이 땅울림을 동반하여 체육관을 쭉 달려 나간다. 선혈과 같은 홍색이 세 개, 질풍으로 화한 카이세이의 뒤쪽에 피어났다. 그것을 보지도 않고 조용하게 잔심 자세를 취한 뒤 돌아선다.

개시선에 돌아올 때 카이세이는 한 차례 고개를 까딱거렸다.

도대체 무엇이 불만인 걸까, 2층 자리에 가득 넘치는 관객들이야말로 고개를 갸웃거렸으나 1층의 회장에 남아 팔짱을 끼고 보고 있었던 유우만큼은 예외였다.

고개를 당기며 재밌어서 못 견디겠다는 듯이 웃었다.

"저 녀석, 그걸 노리는 건가? ……바보라니까. 진짜."

자신과 닮았기에. 유우는 막 시작하는 카이세이의 두 판째 대결에서 눈을 돌리며 주위를 돌아봤다.

1층의 사람이 꽤 줄어서, 2층이 점점 떠들썩해진다. 공식전에서 곧잘 보이는 광경이다. 아울러 여덟 면 있었던 코트도 눈앞의 두 대결이 끝나는 대로 숫자가 절반으로 줄어들 테지.

준결승. 때는 가깝다. 나지막하게, 소름 끼치게, 목에서 소리가 났다.

그야말로 괴물. 투기를 발하는 유우에게 아무도 다가오지 못한다.

“즐거워 보이는군, 미나카미.”

유우를 잘 아는 선배 이외에는. 에사카는 겁내지 않고 정면에서 말을 건넸다.

“그렇죠. ……저번에는 방해를 받는 바람에. 드디어 아주 마음껏 진짜 적수와 즐길 수 있습니다.”

“아니. 유감이지만 너는 소박을 맞게 될 거다.”

그렇다. 곧장 정면에서. 자신감, 좋다. 괄괄함도 좋다. 후배 상대로 빼는 사나이 따위 없다. 주의만 끌었다면 이제 충분하다.

“저승길 선물은 뭐가 좋을지 물어봐주러 왔다. 미안하게도 성격이 좀 급해서 말이지. 유감스럽지만 여기서 소원을 쓰는 건 무효다. ……다만, 마지막으로 들어줄 말은 다 들어주마. 더 이상 유예는 없다.”

너와 있으면 나는 자기 입장을 잊게 된다. 그러니까 서로 간에 빚은 없애고 싶다.

“내기의 소원, 무엇이 좋겠나?”

자, 말해봐라. 분위기 파악 못 하는 내가 너를 베어서 쫓아내주마!

“……큭큭. 사실 난 말을 했었지, 그때. ……결정했습니다,

지금 막!"

커다란 남자가 눈앞을 가로막고 서 있다.

그 남자는 선배. 그러나 꺼내지 못할 말 따위 지금은 없다!

"거기서 비켜. 내가 지나갈 테니!"

선언한 대로 철저히 후회하게 만들어준다—!

불꽃이 흩날린다. 그 바로 옆에서 또 하나 공기가 터져 나갔다.

세차게 날아드는 전력을 굳이 방어도 않은 채 화려하게 피해서 검이 몸체를 두 동강 낸다.

아름다운 피하고 허리 치기다. 2층 자리에서 신음성 섞인 환성이 터져 나올 만큼.

그러나 회심의 일격을 자랑스러워하지도 않고 남자는 그저 냉정하게 검을 거뒀다. 슈스이 대학 부속고라는 이름의 갑상을 착용한 그는 정좌한 뒤 호면의 끈을 풀었다.

그 남자에게 카이세이가 말을 건넨다.

"여전히 아름다운 허리 치기군요. 역시 가장 좋아하는 기술다워요."

"……어엉? 귀여운 녀석이구나, 너는. 그딴 거짓말 곧이곧대로 믿었던 거냐?"

호면과 수건을 벗자 하시쿠라 타카히토의 수려한 갈색 머리카락과 하얀 살결이 드러났다.

가지런하게 벗은 호완의 위에 호면을 올려놓고, 그 위에 회색으로 맞춘 고등학교의 수건을 걸친 뒤 숨을 내뱉는다.

"아주 질색이다, 이따위 기술. ……너무 짜증이 나서 1등짜리 특기가 되어버렸지만 말이다."

가장 서툰 기술이었다.

그중에서도 가장 화려하며 멋있는 **그것**을 먹고 말았다. 용서할 수 없었다. 그래서 인생이 뒤틀렸다. 줄곧 관두겠다는 생각을 갖고 있었던 검이었는데, 그것 때문에 고향을 등지고 추천까지 써 가며.

—검귀 자식. 고등학교에서 만나면 기필코 쳐 죽여주마.

지옥 같은 연습을 끝까지 견딘 이유는 오직 그러한 의지가 있었기 때문에.

아울러 그런 집념이 결국 결실을 맺은 게 1개월 전. 봄의 연성회에서 겪은 일이다.

만났다. 만나고 싶지 않았다. 만나면 자신이 쌓은 3년 동안의 가치를 심판받아야 할 테니까.

『잘 부탁합니다.』

그럼에도 검에 바쳤던 자신의 몸은 자동적으로 녀석에게 머리를 숙이고 있었다.

3분 동안의 자유 대련. 사력을 쏟아부었다. 어떤 내용이었는지는 아예 기억이 안 난다.

『고맙군. 미츠루기. 후련해졌다.』

『……변했네, 하시쿠라 군. 강해졌어. 예전하고는 전혀 비교가 안 돼.』

다만 그 순간. 빼앗긴 한판보다도 강한 충격이 치달렸던 것을 기억하고 있다.

『……내 이름을 설마 기억하고 있었던 거냐.』

『그야 기억하지. 전국 중학교 대회 때, 결승이잖아? 이스루기 출신의 하시쿠라 군. ……그 시합은 진짜 싫었어. 너무 끈질겨서 짜증이 나더라니까. 중학교 공식전이니까 찌름도 쓸 수가 없어서 더 자꾸 짜증이 났지. ……처음으로 사람을 죽여버리겠다는 심정으로 좌면 허리 치기를 날렸어. 덕분에 지금은 내가 가장 특기로 하는 기술이야.』

『……그랬나.』

『그래도 가장 기억에 남는 건 끝난 다음이려나. 호면 벗으니까 엄청난 미남이 튀어나와서 말이야. 이 자식, 얼굴은 잘생겼는데 검은 왜 이따위냐, 우습더라. ……그리고 또, 줄곧 날 노려봤었잖아.』

당연하다. 결승에서 하필 좌면 허리 치기를 날리는 놈이었는데.

처음, 사람을 죽여버리겠다는 마음이 솟았었다.

『그게 말이야. ……난 엄청 기뻤거든. 도망치기는커녕 똑바로 봐준다는 게. 위로를 받았다는 기분이었지. 그러니까 말을 나눠보려고 갔었는데. 아예 눈도 안 마주쳐줬잖아.』

『당연하잖냐, 이 바보가. 넌 진짜로 비뚤어진 놈이다. 병이야, 병. 괜히 가까이 갔다간 옮아버리지.』

너무하네, 녀석은 웃었다. 그 모습을 보고 녀석이 조금 변했다는 생각을 했다.

『나도 말이야. ……너를 쫓아갔다. 언젠가 꼭 갚아주겠다고 검을 붙잡고 버텼지. 그 채점 결과가 지금 끝났다는 기분이군.』

『어땠어?』

『그래. 아무래도 난 이제 너 같은 놈 아무래도 좋은 것 같아.』

그리고 자신도 꽤 많이 달라졌다. 분명 뒤틀려 있던, 어둠에 떨어졌던 자신의 눈동자에 비치는 것.

『도망친 녀석한테는 관심 없다. 내가 베고 싶은 건 가장 강한 녀석뿐이지.』

그것은 단 하나의 태양이다.

『가장 강하다는 게 뭔지 알겠냐, 미츠루기. ……뻔하지. 가장 오래 버티는 녀석이다. 가장 구질구질한 녀석이다. 지금 가장 멋있는 녀석이다! 너 따위한테 저 녀석 상대를 양보할까 보냐!』

도발해주마. 돌아와라. 그때야말로 철저하게 죽여주겠다. 그러니까 너도 올라와라!

나는 기필코 가장 강한 녀석을 베고, 그 장소에서 너를 기다리겠다!

"네 녀석은 귀여운 후배다, 카이세이. ……너무 귀여워서, 죽이고 싶어졌지 뭐냐."

하시쿠라 타카히토는 태양을 노려봤다. 설령 이 눈이 불타

질풍이 된 카이세이에게 맞서서 재차 하시쿠라는 곱절의 함정을 깔아 놓는다.

안 놓친다, 걸려들어라, 짜증 내다가 실수해라! 후배한테 진다는 게 말이나 되냐! 각오해라, 카이세이. 나는 끈질긴 놈이다!

하시쿠라가 찌름의 페인트와 더불어 거짓 표적의 발구름으로 땅을 울린다. 동시에 옆의 진동도 겹쳐졌다.

"쓰랴아———야앗!"

목에 틀어박힐 때까지 겨우 머리카락 한 가닥의 시간 차. 끝까지 주시하다가 때를 맞춰서, 에사카의 죽도를 쥔 왼쪽 주먹이 찌름 공격을 쳐낸 뒤 곧바로 건곤일척의 왼손 머리 치기를 내리찍는다.

"머어리————잇!"

둔탁한 소리가 울리지만 어깻죽지.

고개를 비틀어 회피한 유우가 통각과 삶의 실감에 어금니를 드러낸다.

빠르게. 더 날쌔게. 신속하게! 난 지금— 더욱더 강해졌다!

껍질을 부수는 환희 속에서 유우는 최속의 좌측 손목 치기를 날렸다. 머리 위로 치켜든 안쪽의 손을 노려서 날린 변칙 궤도는, 다만 호구에서 빗나가 팔꿈치의 조금 위쪽을 가격했다. 뼈와 살에 울리는 아픔을 이 악물고 견디며 에사카는 깨닫는다.

이런 지경에서 더 성장하다니. 게다가 몇 단계나 훌쩍.

쫓아갈 수 있는 마지막 경계가 이미 목전에 있음을 방금 전 두 번의 검으로 깨달아버렸다.

더 이상 녀석이 빨라지면 처음부터 극소에 불과했던 자신의 승기는 완전히 사라져서 자취를 감출 것이다.

다음이, 분명 더 이상은 여지가 없는 마지막 한판. 각오를 다진 뒤 앞으로.

검보다 먼저 성품에 이끌렸다. 마지막 대결에 나서는 동료로서 강자를 앞에 두고도 웃을 수 있는 녀석이 필요했다. 슈스이한테 이기고 싶다. 다 같이 이기고 싶다. 그러나 무엇보다도 먼저 나는 너에게 이기고 싶어졌다.

강하다. 그러니까 기꺼이 나도 웃겠다. 너를 끌어들인 사람은 다른 누구도 아니라 바로 나이기에.

한 걸음. ……간다.

아직. 한 걸음.

아직이다. ……한 걸음!

"머어리이이이이이————————이잇!!!"

자신의 전부를 건 일검.

느릿하게 연장되는 시간 속에서 에사카는 두 눈이 포착하는 광경과 죽도를 쥔 손의 반응을 가슴에 품고 희미하게 웃었다.

—그래. 다행이다. 이번에는 제대로 둘 모두 보였다.

"타아————————아아으쌰아아——————————아아아앗!!"

자신을 뚫고 지나가는 머리 받아 허리 치기. 허겁지겁 뒤쫓는 멋없는 짓은 관두고 등을 보여준 채 말하도록 하자.

갔다 와라, 미나카미. 내게도 꿈을 보여줘라.

"허리 한판!"

시합 종료의 버저가 둘 겹쳐졌다. 그러나 주심의 목소리는 겹쳐지지 않았다.

"시합 종료!"

"연장— 시작!"

개인전은 4분 동안에 결판이 나지 않았을 경우 한쪽이 한판을 따낼 때까지 연장전을 수행한다. 재시합도 휴식도 없다. 그런 무겁고 힘든 대결에서 먼저 긴장을 늦추는 쪽이 패배한다.

2층 자리에서 웅성거리는 소리가 난다. 이누이의 연장전 따위 처음으로 본다며 떠들어 대는 목소리를 대결 와중에 하시쿠라는 귀에 담았다.

그럼에도 웃지 않는다. 거친 호흡에 어깨가 오르내려도 이를 악물고 사람이 아닌 것 같은 형상으로 원수를 노려보면서 울부짖는다.

—지지 않는다. 지고 싶지 않다! 여기에서 죽어도 상관없단 말이다! 저곳에 올라가야 할 사람은 바로 나다!

여전히 수많은 함정이 날아들기에 카이세이는 존경의 마음마저 품게 된다.

다만 감사하고 싶었다. 자신이 강해지고자 택한 장소에 이 사람이 있어줬다는 것을.

마노색 눈동자가 하시쿠라를 쏘아본다. 그 뒤편에서 숙적으로 둔 상대가 이쪽을 보고 있었다는 사실마저도 의식하지 않은 채.

카이세이는 또다시 누군가에게 갖게 된 진심을 더욱 강해지기 위한 근간으로 삼아서 껍질을 부수려는 때를 맞이하려 하고 있었다.

—지금 해치우지 않는다면 죽는다.

소모의 극한, 망아의 경지. 단련이 몸속 깊숙이 스며든 하시쿠라의 신체가 경종을 울린다. 최후의 기력을 긁어모아서 머리 받아 허리 치기의 페인트를 하시쿠라는 이를 악물고 최강의 힘으로 시도했다.

카이세이의 죽도가 경계를 위해 순간 흔들린다. 그 빈틈을 하시쿠라의 척수는 놓쳐 보내지 않았다.

왼쪽 발가락과 모지구(母指球)의 볼록한 부분으로 바닥을 헤집어서 한 발의 탄환이 된다.

베느냐, 베이느냐. 둘 중에 하나. 돌아갈 길은 이미 없었다.

광란의 포효를 늘어뜨리며 하시쿠라는 최후의 일검으로 가장 기본이 되는 들어가며 머리 치기를 선택했다.

카이세이도 역시 거울에 비춘 탄환. 승부에 결판이 나는 한 순간, 뒤편에서 유우가 커다랗게 눈을 부릅떴다.

카이세이가 약간 느리다. 아름다운 상격 머리가 지금 교차한다.

시간을 계측한다면 찰나에도 못 미쳤을 테지. 다만 새하얀

무아의 경지에서 하시쿠라는 분명 나긋하게 웃었던 것 같다. 괴롭고 힘든 흑백의 길에 색채가 뒤따른다.

뭐야, 아직도 이런 감정이 남아 있었군.

웃어도 된다. 웃을 수밖에 없다. 그런 장면과 마주할 수 있는 자신은 역시 행복하다.

"머리 한판! —시합 종료!"

하시쿠라는 자기 자신을 긍정했다.

검을 거두고, 옆에 올라가는 것이 설령 자신의 색이 아닐지라도.

예를 갖춘 뒤 코트를 떠나자 박수가 장내를 뒤덮었다. 기분 좋은 소리를 귀에 담으며 무장을 해제했다.

『결승 진출 선수는 후지노미야 고등학교, 미나카미 선수. 슈스이 대학 부속 고등학교, 이누이 선수로 결정되었습니다. 15분간의 휴식 후 여자 결승전을 실시, 이어서 남자 결승전을 실시하겠습니다.』

하시쿠라는 호구와 죽도를 들고 일어섰다. 그런 자신을 쫓아와서 후배가 머리 숙였다.

이기고도 일절 자랑하지 않는 그 얄미운 얼굴을 내비치면서. 도통 마음에 들지 않았다.

"인마, 카이세이. 네놈이 졌다."

"……예?"

그러니까 구겨뜨려줄 테다.

"좌면 허리 치기, 못 때렸잖냐. 그러니까 내기는 내가 이겼지."

"……………………아."

진심으로 잊고 있었다는 얼굴이다. 3년을 들인 대가를 대강이나마 얻어 낸 듯싶다.

사실은 분했다. 말도 나누기 싫었다. 꼬인 놈이니까 지금 당장에 침 뱉고 집에 가자는 생각도 든다.

"어때, 알겠냐? 네 녀석도 결국은 이게 한계라고. ……그러니까, 관둔단 소린 관둬라."

그러나 자신은 선배니까.

노력하고 또 노력했는데 그럼에도 저 등을 따라잡을 수 없을 것 같아 못 견디게 얄미운 녀석이지만.

자신보다 더 노력한 누군가이며 그 녀석이 후배라면 전별의 말 정도는 건네야 할 테지.

"너는 재능이 없단 말이다. 그러니까 계속해라. 그게 져버린 네 녀석의 평생 이어질 벌칙 게임이다."

"……네. 선배도, 같이 가주셔야죠."

"헹. 이왕이면 한 놈 더 게임에 데려와라. 쪼끔은 망겜이 재미있어질 테지."

하시쿠라는 왼 주먹을 카이세이에게 내밀었다. 평생을 바친 스스로의 주먹을.

"갔다 와라, 카이세이. 너한테 최강 이외는 어울리지 않아!"

"……네!"

카이세이는 뜨거워지는 눈자위를 기력으로 식혔다. 그 약속만큼은 깨뜨릴 수 없다. 불씨처럼 주먹이 부딪치며 마지막 불꽃이 지금 불붙었다.

그리고 같은 때, 유우도 역시 에사카와 마지막 말을 나눈다.

두 사람은 눈을 마주치지 않은 채 옆에 나란히 서서 카이세이의 시합을 지켜보고 있었다.

"미나카미. 마지막 일격, 어떻게 된 거냐?"

"제치기 기술이죠. ……일도류의 극의. 휘감기 기술과 나란히 서는 환상의 기술이라는 놈요."

"가능한가?"

"지금의 저는 좀 무리예요. 저건 아무래도 카이세이만큼 눈이 좋아야 돼서."

상격 머리로 죽도가 교차하는 찰나, 검의 중간부로 상대의 죽도를 궤도에서 때려 제친 뒤 머리를 친다.

거의 무(無)에 가까운 일말의 시간 중 들이닥치는 검을 끝까지 본 뒤에 자신의 기세는 일절 떨어뜨리지 않는 일련의 동작을 수행해야만 한다. 극히 섬세한 신체 감각과 동체 시력, 또한 상궤를 벗어난 연습량.

그런 요소가 전부 갖춰져야 비로소 꿈같은 공방은 현실에 모습을 드러낸다.

"저 자식, 역시 굉장하구나. 한기가 들 만큼 강한데."

"……크큭. 말과 다르게 웃음이 나오는군?"

"물론이죠, 지금 안 웃으면 언제 웃습니까?"

서로 간에 옆쪽을 본다. 거울처럼 똑같은 표정을 지은 바보가 있었다.

"몇 번씩 차인 기분은 어떻습니까? 제가 절벽의 꽃이거든요, 아주 높이 핀."

"그래. 높지, 빠르지, 최악이다. ……다만 손을 안 뻗고 포기하기보단 훨씬 낫다."

가장 처음에 영입하기를 잘했다. 다른 녀석들과 똑같아 보이기는 싫었다. 그래서 열의를 숨기지 않으며 밀고 당기기 없이 그저 진심을 전했었다. 도망치는 자신은 가장 싫으니까 하다못해 가장 좋아하는 자신으로 부딪쳤었다.

결과, 산산조각 깨져 나갔다.

"부장."

"……뭐냐?"

"강하던데요. 고마워요."

그러나 분명 몇 번이고 다시 도전하리라. 평생 동경하게 될 대상이 이렇듯 눈앞에 있는 한.

"인사말은 필요 없다. 행동으로 증명해라. ……이겨서, 증명해봐라. 내게 이겼잖냐, 네가 최강이다!"

"……네!"

호갑을 주먹으로 때린 뒤 에사카는 떠나갔다. 조용히 1층 회장에서 나갔다. 손을 씻으러 가자. 전투를 끝낸 사나이는 혼자만의 시간을 갖고 싶어진다.

"후회하니?"

그래서 더더욱 너한테는 괜한 배려를 안 해줄 거야. 타치바나 마토이는 벽에 기대어 서서 에사카에게 물었다.

"미나카미를 부 활동에 받아들인 거."

"……그러게나 말이다. 저런 녀석이 있기 때문에."

못된 여자에게 붙들려버린 남자처럼 체념하고 에사카는 웃어 보였다.

"평생 검도를 못 그만둘 거다."

그야말로 바보는 죽어도 고쳐지질 않는다던가. 같은 체념의 한숨이 마토이에게서 새어 나왔다.

"……뭐, 네가 누군데 이렇게 나와야지. 괜히 걱정해서 손해만 봤네."

"뭐냐, 걱정해준 거냐? 의외로 귀여운 구석이 다 있었군."

"나는 언제나 귀엽거든? 이렇게 눈이 옹이구멍이라서 네가 진 거야."

햇살 비치는 바깥으로 나가기 위한 출구를 쳐다볼 뿐 마토이는 에사카를 돌아보려고 하지 않는다. 그러나 오래도록 함께했던 만큼 에사카는 이미 어째서인지 깨달은 눈치였다.

"……그런가. 뭘 받았지?"

"공주님의 보도. 아름답게 뚫어버리더라. ……너무 아름다워서 말이야. 나는 자기가 졌는데도 전혀 분하지도 않고 울음도 안 나왔어. ……이상하지?"

"……그런가."

"그럼. ……이상해. 나, 아깐 못 울었는데."

빛을 등지고 마토이가 돌아섰다. 웃는 얼굴인데도 뺨은 빛나고 있었다.

"네가 진 장면을 봤더니, 왠지, 이렇게 되어버리더라. ……어떻게 책임질 거야, 바보야. 너, 진짜, 싫어. ……죽어. 왜 져버린 거야."

처음으로 보는 마토이의 눈물을 앞에 두고 에사카는 잠시간 숨을 멈췄다. 단 정말 잠시뿐이었다. 언제나 즉단 즉결. 무뚝뚝하게 엄지로 짝의 눈물을 닦아줬다.

"바, 바보. 손대지 마, 변태. 돈 받는다!"

"상관없다, 싼값이지. 이렇게 귀한 물건은 얼마를 지불해도 잔돈이 남을 테니까. ……질리지도 않는 녀석이구나, 너는. 몇 년을 같이 지내도 입심이든 자신감이든 줄어들 줄을 모르잖나. 대체 어째서 네가 우나?"

"……몰라, 바보야. 무기 쓰는 게 뭐가 나쁘다고."

네가 다른 녀석만 자꾸 쳐다봐서잖아—.

나오려던 말을 꾹 삼킨다. 어째서 말을 못 하는 거야, 나는. ……아, 어떡해, 진짜 최악이야. 빨리 죽어버려. 어째서 후부키에게 패배했는지 겨우 깨닫는다. 이런 녀석만 자꾸 돌아봤기 때문임이 분명하다. 안절부절못하며 고개 숙이고 있자니까 어깨를 토닥거린다.

"아직 단체전이 남았다. 다음에는 스스로 이기고 웃어라.

역시 너에게 눈물을 어울리지 않아."

이럴 때는 말없이 꼭 안아주란 말이야. 진짜 바보야. 여자 다루는 방법을 전혀 모른다니까.

"……어휴. 뭐, 됐어. 네 성격에 많이 애썼지. 가면허 정돈 줄 수 있겠어."

그래도 뭐, 이런 반응을 가장 기뻐하는 자신도 참 어지간하다. 딱 오늘만 특별히 용서해준다. 단체전도 남았고.

"……잘 모르겠다만 슬슬 졸업시켜줄 순 없겠나?"

"안 돼. 너 같은 녀석을 혼자 큰길에 내보낼 순 없어. 옆에 내가 안 붙어 있으면 범죄가 된단 말이야."

"……잔소리가 참 많은 교관이로군. 한눈팔지도 놀러 다니지도 못하겠어."

에사카는 힘이 빠져서 웃어버린다.

눈물이 싹 들어가버렸다. 다만 이러면 된다. 자신은 부장이다. 다음 주의 대비를 위해 아직도 할 일이 한참 남았다. ……게다가.

"좋아, 가볼까. 져버렸지만 고양감은 억누를 수 없군. 빨리 보고 싶다. 너도 마찬가지일 테지?"

"응. 바라는 바는 아니지만. 못 보고 놓쳤다간 자살 충동이 들걸? ……어휴. 검도를 선택하지 않은 녀석들, 너무 불쌍해."

이제 곧 이루어지는 세기의 일전에 담긴 의미를 평생 알지 못한 채 살다가 죽을 테니까.

마토이와 에사카는 평생 질리지 않는 장난감을 받은 아이처럼 문의 안쪽으로 달려갔다.

BEYOND THE SWORD

제10합 약속은 필요 없어

누구보다도 강해지고 싶었다. 왜냐하면 지키고 싶은 사람이 있었으니까.

걸핏하면 우는 오빠였다. 심약해서 다른 사람을 때리지도 못하는 터라 언제나 누군가에게 이지메를 당했고. 그런 주제에 눈을 떼면 어딘가로 훌쩍 떠나서 사라져버린다. 너무나 걱정이 되어 가만히 놔둘 수 없었다.

『후부키, 집에 가자? ……언제나, 고마워. 진짜로 좋아.』

그러니까 검을 손에 들었다. 강해져서 가장 좋아하는 사람을 지키기 위해.

『오빠야, 다부지게 좀 살자. 남자아이잖아, 울면 안 되지.』

『으, 응. ……미, 미안, 해.』

거짓말이었다. 사실은 딱히 바라지 않았다. 단지 다정한 오빠로 있어준다면.

그런데도 정작 여동생의 마음은 알지 못한 채 오빠가 또다시 훌쩍 사라지더니.

『오빠. ……빨리, 돌아와. ……놓고, 가지 마.』

어느 여름날. 혼자 몸살에 시달리다가 악몽을 꿨다. 분명히 다 나았는데도.

『다녀왔어, 후부키. 빨리 나았으면 좋겠다. ……난 이제 혼자서도 괜찮으니까.』

그때부터 쭉 악몽이 깨질 않는다. 이런 나날을 바란 게 아니었는데.

집에 돌아온 오빠는 오빠가 아니었다. 안 울게 되었다. 다부지게 망설임 없이 막대기로 사람을 때리고, 이지메를 하는 녀석들 전부 스스로 베어 냈다. 마치 언제나 비가 내리는 것처럼 바깥을 걷지도 않고 도장에 살다시피 하며.

—괴물 자식아. 내가 좋아하는 오빠를 돌려줘!

『너 따윈 오빠도 아냐!』

틀림없이 진짜 오빠는 그날 살해당했을 것이다. 지금 오빠는 가짜다. 악귀가 변신했음이 분명하다. ……용서할 수 없어. 절대로 절대 용서할 수 없어.

오빠를 죽인 자식은 누구야. 오빠의 얼굴을 가진 넌 누구야.

전부 찾아내서 원수를 갚아줄 테다. 설령 신부가 될 꿈을 버리더라도 언젠가 너희를 다 베어줄 테다.

그런 심정 하나로 머지않아 검희라 불리게 된 소녀는 얼음 같은 전장에서 오로지 달음박질쳤다.

무간지옥이었다. 베고 또 베어도 끝이 없을뿐더러 버티면 버틸수록 놈은 더욱더 강해진다. 봄은 영원히 오지 않으리라 생각했었다.

그런데, 운명은 얄궂게도—.

『안 가르쳐줘. 왜냐면 사나이끼리 한 약속이거든.』

드디어 온 사랑스러운 봄은 오래도록 찾아 헤맸던 원수이기도 했으니까.

비극의 히로인, 공주님. 너무나도 자신과 잘 어울리질 않아서 후부키는 단지 웃을 수밖에 없었다.

“허리 한판. ―시합 종료!”

왜냐하면 이렇게 여자아이가 꿈을 꿀 만한 상황인데도 자신은 글쎄 검을 휘두르는 것밖에 머릿속에 없지 않은가.

『여자 개인부. 우승은 백색, 토오 학원 고등학교 2학년, 이누이 후부키 선수로 결정되었습니다.』

후부키는 검을 거둔 뒤 하늘을 올려다보며 사랑스러운 사람의 모습을 바라봤다. 호면 안쪽을 보진 못하더라도, 신기해서 가까이 다가가 들여다보지 않더라도 알 수 있었다. 분명 반짝이며 웃고 있을 것이다. 가장 좋아하는 미소 띤 얼굴로.

“진짜 좋아.”

스스로도 질겁할 만큼 좋았다. 다정한 성격. 가만히 놔둘 수 없는 불안함. 강한 의지력. 그리고 또, 겨울을 한창 헤맸던 자신에게 봄을 준 사람. 전부, 전부 다 너무나 좋다. 지금 당장에라도 마음을 전하고 싶다. 이 검과 갑옷을 집어 던지고 마음을 바치기 위해 꼭 안기고 싶다.

“그래도, 미안해. ……역시 아직은, 미뤄야겠어. 절대로 말 안 해줄 거야.”

『어려운 부탁인데, 괜찮아?』

『내게 가능한 일이라면.』

『응. ……이겨줘, 오빠.』

어째서 무리난제를 요구했을까. 이유는 굳이 말할 필요도 없다.

『아직 나, 시집갈 수는 없어. 꼭 해야 할 일이 잔뜩 있으니까!』

다른 사람에게 넘겨받는 행복 따위는 필요 없다. 남자의 경품이 되는 인생 따윈 죽어도 사절이다. 왜냐하면 꿈은 자기 손으로 이루어 내지 못하면 의미가 없으니까. 이 손으로 베어 내지 못하면 의미가 없다!

봄 따위, 평생토록 오지 않아도 상관없다. 내가 나서서 마중을 나갈 테니까!

“둘이서만 잔뜩 놀다니. 치사해. 와주는 봄은 싫어. 내가 찾아갈 거야.”

후부키는 언제나 타오르고 있다. 재가 되고 싶으니까. 가장 높은 곳에서 전부 태워버리고 싶으니까. 그곳에서 이야기를 끝내고 싶으니까. 그러니까 저 멀리 아득한 태양이여, 강하게 격렬하게 불타오르면 좋겠어. 하늘에 떠올라 있는 얼음의 고향이 밤에 더욱더 반짝이도록!

"조금만 더 거기(정점)에서 기다려줘. 금방 갈 테니까!"

조금 뒤늦게 나타날 테다. 주역에게는 딱 어울리는 방식이다. 그러니까 지금 마음껏 기분을 내라.

왜냐하면 이것은 나를 위한 이야기. 검(내)희가 주역을 맡은 이야기.

대나무(竹)를 손에 드는(取) 이야기(物語)!

× × ×

『남자 개인부 결승전. 선수 소개를 해드리겠습니다.』

언제나 답답한 하늘을 올려다보곤 했다. 어째서 이곳에 있어야 하나, 자신에게 물으며.

『적색. 후지노미야 고등학교 2학년, 미나카미 유우 선수.』

태어났을 때, 검밖에 없었다. 부모도 하늘도 태양도 아무것도 없었다. 그러나 힘껏 살아왔다.

몰두했던 시기도 있었다. 태어난 시대를 저주했던 시기도 있었다. 심지어는 검을 버리고 도망까지 쳤지만, 도망친 곳에서조차 또 검과 만나버렸다. 정말이지 업보가 많은 인생. ……그럼에도 버리지 않길 잘했다.

유우는 천장에서 조금 시선을 내려 2층 자리 주변을 둘러봤다. 나를 주워준 어머니와 즙게 도와준 누나가 다정한 얼굴로 이쪽을 보고 있었다. 다음으로 보는 방향은 1층 자리. 결승전인지라 개방된 코트. 그곳에서 가장 소중한 보물들은 정좌를 한 채 주먹을 쭉 내밀며 웃고 있었다.

가장 강하다고 생각했었다. 베지 못하는 것 따위 없다고 생각했었다. 이 절단을 위한 도구가 손에 들린 자신은 무적이며 미래영겁에 영원불변하리라. 그렇게 생각했었다. 그런 까닭에 봄, 필살의 기술로도 끝내 베어 내지 못했던 대상을 봤을 때 이 손에 든 무기가 나쁜 탓이라며 단정 지었다.

"아니었지. ……이거(죽도)라서, 다행이었는데."

이 검으로 사람은 베이지 않는다. 베어 내기 위해서 만들어진 물건이 아니기 때문이다.

사람과 사람을 이어주기 위해서, 고독을 잘라 내기 위해서 이 검은 만들어졌다.

"……고마워."

지금 비로소 감사의 말을 바친다. 평생을 함께했던 단짝에게. 검의 신에게. 그리고 무엇보다도 찾아 헤맸던 대상, 자신의 정면에 있는 숙적에게—.

"……그래."

목소리가 새어 나왔다. 문득 깨달았을 때는 검 이외의 모든 것들도 이곳에 있었다.

분명 이제는 이 손을 떼더라도 자신은 만족하며 살아갈 수 있을 것이다.

"그렇게 되는 게, 맞았구나."

그런데도 자신의 왼손은 검을 강하게 쥐고 놓아주지 않는다. 두근두근 단짝이 맥박을 친다.

만족하지 마라. 굶주린 채 죽어라. 그저 오로지 추구하는 삶을 살아라. 너의 소원을 말해봐라!

"미안, 카이세이. 마음이 바뀌었어."

어째서 검을 쥐는가. 굳이 이유를 말할 필요도 없지 않은가.

"이곳(정점)은 나만의 특등석이다. 지금 당장 비켜주실까."

설령 시대가 언제이든 남자는 검에 미치고 싶다. 내가 최강이라며 외치고 싶다!

"간다, 카이세이. 가장 강한 사람은, 바로 나다!"

줄곧 애태워왔던 검의 저편. 그곳에 지금 녀석이 있다!

× × ×

언제나 아득하게 먼 창궁을 꿈꾸고는 했다. 언젠가 저곳에 가겠노라고 자신에게 다짐하며.

『백색. 슈스이 대학 부속 고등학교 2학년, 이누이 카이세이 선수.』

태어났을 때 검은 없었다. 대신 가족도 하늘도 태양도 전부가 다 있었다.

아마도 많은 선택을 할 수 있었을 것이다. 몹시 좋아하는 햇살을 받아 쬘 수 있는 육상이라도, 주목을 받을 수 있는 구기 종목이라도.

공부를 선택하는 것도 나쁘지 않고, 부 활동에 들어가지 않은 채 귀여운 여자 친구와 방과 후 노을 진 거리를 함께 걸어서 귀가하면 얼마나 좋았을까. 그런 청춘을 보낸다는 선택도 분명 어딘가에 있지 않았을까.

“……그래.”

그럼에도 검을 선택했다.

만약 타임머신이 눈앞에 나타나면 자신은 웃는 얼굴로 베어 넘기리라. 분명한 자신감이 있다.

“내 인생은 이러면 되는 거야.”

추구하는 것은 단 하나. 추구했던 대상은 단 한 명. 그렇게 서글프고 정신 이상한 검의 길을 어째서 선택했냐고 모두가 물을 터이나 그럼에도 자신은 이러면 된다. 이래서 좋다, 최고로.

“미안, 유우. 이제 약속이 뭐든 아무래도 좋아.”

어떤 이유로 이곳에서 기다렸던가. 그딴 설명은 굳이 할 필요도 없다.

“이곳(정점)은 이미 나만의 장소야. 절대 아무에게도 양보하지 않아.”

가장 위는 기분이 좋으니까. 너를 내려다보고 싶어서 견딜 수가 없으니까.

만나고 싶었다, 미나카미 유우. 왜냐하면 네가— **방해꾼**이니까.

가장 위는 두 사람이나 필요로 하지 않는다. 드디어 분명하게 결판을 낼 수 있다.

"간다, 유우. 너를 벨 사람은, 바로 나다!"

"정면에, 인사—."

한 걸음, 두 걸음, 세 걸음. 환희에 찬 검을 손에 지니고 세상의 중심에서 조용히 뽑아 들며.

일어서기 전 한순간, 카이세이는 기쁨으로 눈을 부릅뜬다. 자, 모든 것을 쏟아 내볼까.

줄곧 동경했던 검의 저편.

그곳에 지금—

네가 있다!

"시작!"

"나아아아앗──────────────!!"
"샤아아아아아아아아앗──────────!!"

간극이 없는 3합, 별이 반짝인다.

소리와 땅울림이 뒤늦게 세상을 뒤흔들었고, 검의 교차점에서 생성된 별들이 중력으로 두 사람을 끌어당겼다.

따딱 부딪치는 면금의 안쪽에서 두 사람은 흐, 웃고는 어금니를 드러낸다.

자, 간다. 이 간격만큼은 누구에게도 양보하지 않는다—.

카이세이가 코등이싸움에서 지배를 시도한다. 무겁게, 가볍게, 움직임을 허락하지 않는 모순된 골짜기로 꾀어내며.

그러나 연기와 같이 종잡을 수 없는 악녀처럼 유우의 변화무쌍한 발놀림이 포박을 허락하지 않았다. 불규칙적인 체중이동이 카이세이의 호흡과 눈 깜짝할 틈에 호응하며 뒤섞인다. 그 독특한 움직임이 불가사의한 소실과 잔상의 생성을 가능케 했다.

환혹의 끝에 지배권을 쥔 사람은 유우였다.

노리는 곳은 다음번 호흡의 소리. 거기에 맞춰서 최단 최속의— 지금!

"손모오───오라앗!"

찌릿찌릿 퇴격 손목 치기의 감촉이 전해진다. 다만, 이것은…… 다르다!

물러나 피한 후방에서 잔심 도중에 기껏 가격한 곳이 코등이였음을 깨달은 것과 척수가 사이렌을 울린 것은 동시였다.

심연의 너머, 괴물의 눈이 번뜩이며 노려본다. 놓치지 않겠노라며 들이닥친다!

"트아아————샤아앗!"

간격이 소실되는 순간 캡처처럼 카이세이가 유우의 앞에 나타났다. 2연격, 손목 이어 머리 치기— 똑같은 공격으로 받아쳐서 상격. 어설프다. 오른 다리를 차서 물러나며 난폭한 퇴격 허리 치기로 연결한다. 뼈를 후려쳐 부러뜨리는 듯한 강렬한 충격이 또다시 거울에 비친 모양새로 작렬. 아직이다, 네 번째! 머리로 뛰어— 아니, 안 된다. 반격당한다!

함정이 앞머리를 스쳤다. 그럼에도 멈추지 않고 머리를 노려 뛰어들던 힘을 억지로 굽혀 온 힘으로 두 손 찌름을 날린다. 밀어 날리는 듯한 건곤일척. 그것을 유우는 아주 살짝만 궤도를 쳐냄으로써 회피했다.

그딴 공격이 내게 들어맞을 것이라 생각이라도 했나— 죽어!

반격의 봉화 대신에 카이세이의 오른손이 돌아가는 위치를 읽고 손목 치기를 날린다. 카이세이가 더 앞서 읽었다. 왼손 하나로 찌름을 마무리함으로써 유우의 손목 공격이 허공을 치게 만든다. 다만 공격이 한 번으로 끝날 리 없었다.

이미 미래 예지의 영역까지 도달한 경험에서 비롯된 예측력을 발휘하여 노도와 같은 8연격을 날렸다.

가장 예상을 배반하는 위치에. 가장 대상을 베어 낼 만한 부위에! 초속의 사고에 뇌신경이 불타 끊어지는 듯한 감각이 오히려 상쾌했기에 양쪽 이를 아득 깨문다. 피할 수 있겠나— 카이세이!

닥쳐드는 유우의 사고를 막아 낸다. 오른손을 되돌릴 짬은 없었다. 되돌리려다가 죽는다. 멈춰 서도 죽는다.

그렇다면 이대로— 피해주겠다, 전부!

파괴의 권화와 다를 바 없는 완력과 유우의 전 사고를 실은 암흑 같은 뇌우가 카이세이를 에워싼다.

검의 비가 내리기 시작했다.

그곳으로 왼손 하나와 눈만 가지고 맞선다. 찾아라, 미세한 빛의 길을. 이 손으로 뚫어 열어라!

종이 한 장의 두께를 보고 가늠하며 몸을 날린다. 피하고, 막고, 튕기고, 피하고. 흘려서, 떨궈서, 제쳐서, 비켜서.

아름다움마저 느껴지는 그 모습에 장내의 모두가 숨을 멈췄다. 공세에 나선 유우도 개중 한 명.

그래, 이런 녀석이기에— 내 손으로 베고 싶다! 사상 최고의 일검으로!

여덟 번 쳤음에도 아직 유우는 멈추지 않는다. 아홉 번째는 투명한 일격을 선택했다.

오른쪽 발뒤꿈치로 땅을 울린다. 충격의 파문이 동심원으로. 그러나 움직임은 검 끝만 미세하게.

돌격— 페인트. 이미 간파한 카이세이가 떼어 놓았던 오른손을 이번에야말로 되돌린다.

그 순간을 유우는 기다리고 있었다. 열 번째, 불과 반걸음도 되지 않는 발동작.

죽도가 찌름의 궤적에서 머리 치기로 솟구치며 정점에 도달.

그곳에서— 무엇보다도 아름다운 호를 그리며 오른쪽으로 비틀어진다!

온다— 좌면 허리 치기다!

카이세이의 등줄기가 얼어붙는다. 찰나 앞쪽의 미래, 무수히 쌓여 만들어지는 시체 안쪽에 버려지는 자신을 환시(幻視)한다.

눈을 감아라. 지켜라. 이것은 폭풍이다. 재해가 지나가지 않는 한 반격의 기회는 오지 않으리라.

마음속 누군가가 울며 부르짖는다. 하지만. —하지만. 잊지 마라. 무엇을 위해 강해졌나?

도망치기 않기 위해서다. 싸우기 위해서다! 동격의 상대에게 감아줄 눈 따위 없다!

눈 크게 벌려서 상대를 봐라. 괴물의 거죽을 뒤집어쓴 인간이 내뻗는 검을 쫓아가봐라!

마노색 눈이 닫히지 않고 암운에서 벗어날 수 있는 극소의 빛을 지금 찾아낸다!

—아니다! 손목이다!

"으랴아아———샤아아앗!"

수를 읽히게 된 유우가 몹시 놀란다. 확실하게 죽여야 했을 오른쪽 손목 위치에 두꺼운 감촉.

죽도의 밑동— 기세를 받아 낸 카이세이의 칼끝이 빙글 회전. 손목 치기 되돌려 머리 치기가 날아온다!

제기랄— 늦지 마라!

신경을 잡아 뜯다시피 앞으로 숙여 가면서 고개를 오른쪽으로 비틀었다.

휭, 바람 소리가 왼쪽 귀를 울렸다.

바위가 떨어지는 듯한 충격과 굉음이 곧이어 유우의 어깻죽지를 덮쳤다. 기적적인 회피의 대가로 한쪽 청각이 잠시 고장 난다. 그리고 그것은 한 남자의 세상이 복권하기에는 너무나 충분했다.

—잡았다.

둔해진 유우의 태세가 돌아오기를 기다리지 않는다. 묵직하게, 목을 조르듯 코등이싸움에서 지배를 시도한다.

유우는 이미 숨조차 쉬지 못했다. 호흡을 하는 순간에 카이세이는 시야에서 사라질 테고, 자신의 정중선은 두 동강이가 나서 쪼개져버리리라. 1초가 몇 시간처럼 여겨졌다.

그럼에도 그저 견딘다. 추락하는 오감을 쥐어짜서 빈틈을 내보이지 않는다. 끈질기게 버티는 모습에 카이세이는 감탄했다.

그래, 이래야지— 꼭 지금 이때에 베어줄 테다. 너에게 받은 이 검으로!

카이세이는 자신의 몸을 일부러 코트의 좁은 방면으로 움직인 뒤 오직 한 곳에, 구멍을 만들었다.

푸른 하늘로 숨이 빠져나갈 수 있는 약간의 빈틈. 강자가 아니면 알아볼 수 없는 유일한 탈출로였다.

유우가 척수로 찾아냈다. 반사적으로 그곳에 몸을 던진다, 다만— 숨은 들이마시지 않았다.

이제 와서 그따위 것에 흥미는 없다. 산소가 없어도 상관없다. 지금 알고 싶은 것은 단 하나. 너의 노림수!

그 장소에 몸을 던지는 동시, 카이세이가 시야에서 사라졌다. 머리 위쪽으로 잡아 뺀 검이 유우의 특기 기술과는 반대의 궤도로. 시야를 휘둘리게 된 유우는 오른쪽으로 몸을 피하면서 이미 획득한 단서로 특정한다.

퇴격 허리 치기—.

피난한 몸과 같은 방향의 허리를 숨기며 유우는 때가 오기를 기다렸다. 기다려서—.

"머어————리이야아아아아아————!!"

카이세이가 수직으로 떨어뜨린 우레가 유우의 머리 위쪽을 노리고 덮쳐든다.

사라지는 것 같은 속도로 좁은 후방에서 회심의 잔심. 찌릿찌릿 저렸다.

"느앗—."

"샤아아아앗!"

카이세이의 손이.

악몽처럼 나타난 유우에게서 단 하나 볼 수 있었던 장소로 카이세이는 몸을 날렸다.

카이세이이기에 볼 수 있었던 장소. 그래서 더더욱 유우는 그곳에 있다. 검을 쥔 양손을 배꼽 부근에 붙였다가 대지를 힘 있게 박차고 온 힘과 온 마음으로 카이세이에게 부딪쳤다. 단순한 근력의 기술— 몸 받음!

"정지!"

세계에 내려앉는 제삼자의 목소리에 카이세이는 제정신을 되찾았다. 발밑을 보고 간담이 서늘해졌다.

백색 선을 넘어갔다. 당했군, 입술을 꽉 깨물었다.

그러나, 난처함보다도 의문이 앞선다. 카이세이는 개시선으로 돌아가며 자신에게 마법을 건 상대를 봤다. 크게 돌아서 주심의 뒤를 천천히 걸어가던 중 이쪽을 보며 혀를 내밀고 있었다.

검을 쥔 오른쪽 한 손으로 머리를 숨긴 채 앞으로 내민 왼손을 오른 허리의 부근에서 쥐었다가 폈다가 하고 있다.

수법을 이해한 뒤 카이세이는 실소와 함께 하늘을 우러렀다. 용케도 저런 악마와 같은 기교를 부릴 수 있구나.

양손과 체중을 오른쪽 허리로 돌린 듯 보여주고, 사실은 축이 된 손의 왼쪽을 빼놓았었다. 요술쟁이처럼 검을 쥐고 있는 듯 꾸몄다가 빈 왼손을 체중과 함께 오른쪽 허리로.

그 움직임으로 카이세이를 기만한 뒤 진짜 검을 쥐고 있었던 오른쪽 한 손으로 유우는 퇴격 머리 치기를 가드했다.

자신이 카이세이라면 틀림없이 퇴격 머리 치기를 선택할 것이다. 오직 믿었을 따름이다.

"반칙 1회!"

카이세이가 주심에게 머리 숙였다. 시간은 2분을 지났다. 이번 반칙의 의미는 몹시 무겁다.

반칙은 어떤 경우에도 도중에 사라지지 않는다. 이대로 연장에 돌입해버린다면 한 번이라도 반칙을 저지르는 순간에 게임 오버가 된다. 상대가 유우인 이상 연장이 될 가능성은 높았다.

그래, 상대는 유우였다. 그래서 더더욱 반칙이 또 하나의 절대적인 의미를 갖는다.

—언제 쓸 심산이냐. 그것을.

카이세이의 뇌리에 휘감기 기술이 어른거렸다. 그것이 토 나오도록 무섭다.

죽도를 놓쳐 날린다면 반칙 두 번으로 곧장 한판이 선언된다. 이 남자를 상대로 항상 그러한 상황을 경계하며 맞서 싸워야 했다. 마음이 전율한다. 예리한 칼날 위쪽의 줄타기. 환영하는 것처럼 카이세이는 흐, 웃었다.

"시작!"

위압의 발구름과 불꽃 흩날리듯 춤추는 죽도.

불타오른 죽도가 따닥 딱 터져 나가듯이 이따금 칼이 교차하지만, 다시 되돌아간다. 조용한 전개다. 그러나 수면 아래에서는 수많은 견제가 난무하고 있었다.

실수는 곧 죽음이 되는 선택지. 셋. 다섯. 일곱. 모든 속임

수를 간파하여 기꺼이 몰아칠 테다.

역경이 카이세이의 집중력을 한계까지 연마시켰다. 지연된 시간 속에서 카이세이는 생각한다.

어떤 파격도 가능케 하는 속도와 힘, 상대의 검을 끝까지 보고 확인하는 동체 시력에서 우위에 설 수는 있다. 그러나 한판을 낚아채는 영감과 센스 및 미래시와 다를 바 없는 예측의 정확도에서는 완전하게 유우가 우위를 점하고 있다.

이대로는 쳐부술 수 없다.

연격은 예측당했다. 최속의 찌름도 회피당했다. 코등이싸움에 이은 지배는 파훼되었고 특기였던 보도도 녹슬어 떨어졌다. 심지어 벼랑에 바짝 몰리게 된 절체절명. ……하지만.

이런 때 네가 나였다면, 분명히—.

"오오오오옷!"

섬광이 머리에 도달하기보다 빠르게 카이세이의 다리가 빛처럼 소리도 없이 다가든다. 이래선 발을 내디뎠는지 아닌지 누구도 알 수가 없다. 유우를 제외하면. 그 진위를 분명히 간파하리라 믿는 카이세이의 일검이 머리로 날아간다.

—무적의 너를 쳐부수기 위해서는. 나의 전부를 꿰뚫어 보는 검귀를 쳐부수기 위해서는.

유우의 검이 방어로 돌아선다. 연속된 검격으로 처단하기 위해 오른쪽에 치우쳐 전방 젖히기를. 끝까지 지켜보다가.

—처음부터, 이것밖에 없었던 거야!

카이세이의 죽도가 정점에서 멈춘다. 재시동, 오른쪽으로 곡선. 그려지는 호는 동경의 궤도!

—가라.

『꼭 기다려줘! 나는, 아무리 시간이 걸려도……. 꼭 갈 테니까!』

—가라!

『……그래. 기다릴게. 끝까지 기다려줄게.』

—가라앗!

『기대하면서 기다려줄게!』

"타아———아으아오오랴아아아아아, 야아아아앗————!!"

머리가 새하얘질 만큼 세차게 오른쪽 손을 잡아당겼다. 때린 뒤 머리를 들어 올리는 것조차 잊어버린 채.

겨우 제정신을 차린 카이세이는 화들짝 놀라며 추가 공격에 대비하기 위하여 앞을 바라본다.

"……그래. ……드디어, 따라잡았어……."

"허리 한판!"

쪼개지듯이 장내가 들끓었다.

카이세이가 마치 배기 과정처럼 열기를 쏟아 낸 뒤 조용히 개시선으로 돌아간다.

유우는 하늘을 올려다봤다.

"……큭……!"

단 하나의 빈틈을 물어뜯을 수 있었다. 자신이 자주 쓰는 기술이었기에 더욱더. 그게 전부가 아니다. 상격 머리도 노릴 수 있었다. 그랬다면 판정을 딴 사람은 확실하게 도리어 자신이었을 것이다.

그런데도 수세로 돌아서야 했던 까닭은 카이세이가 하시쿠라에게 날렸던 제치기 기술이 머리에 어른거렸기 때문에.

그야말로 모든 것을 담아낸 일검. 지금껏 쌓아 올렸던 과거가 있었기에 결국 자신은 베였다.

—제길. 지기는 싫어. 지기는 싫어 지기는 싫어 지기는 싫어!

시간은 안다. 몸이 알고 있다. 남은 시간은 1분이다.

모든 움직임을 지켜볼 수 있는 저 무적의 남자 상대로, 1분밖에 없다. 고요한 절망이 몸을 좀먹는다.

포기하지 마라, 찾아야 한다, 활로를! 이 자식도 똑같은 인간이다! 쓰러뜨리기 위한 수단은 분명히 있을 것이다!

유우가 마음속을 필사적으로 찾는다. ……그때, 가장 먼저 떠올랐던 것은.

『결승, 둘이서 시계를 맡아줘라. 가장 가까운 곳에서 내가 이기는 모습을 지켜봐줘!』

동료와 나눈 약속이었다.

보물 상자를 여는 것처럼 후지노미야 고등학교의 진영으로 고개 돌린다.

"………………그래."

모두가 둘째 손가락을 하나 세우고 있었다.

키노사키와 쿠로세뿐이 아니다. 하즈키도 치히로도 야시로도 시오리도, 에사카도 마토이도 마도카도, 사사키 선생님도.

모두가 위를, 꼭대기를 가리키고 있다.

말이 전해진다. 검을 나누지 않아도 알 수 있었다. 나머지 1분이라는 뜻이 절대로 아니다.

—지지 마라, 유우. 네가 틀림없는, 최강이다!

“안 보였어. ……비장의 기술이 더 남아 있었구나.”

개시선으로 같이 돌아간다. 카이세이가 눈을 보다가, 그리고—.

오싹, 몸이 떨렸다.

아직이다, 검을 들어라. 이제부터다! ……이 괴물은, 아직 죽지 않았다!

“두 판째, 시작!”

상처 입은 마왕의 면모가 용과 같이 변화하듯이 유우가 소름 끼치는 살의를 뱃속에서 쏟아 낸다. 뜨끈하게 끓어올랐던 세계가 순식간에 얼어붙었다. 하지만 맞서 싸우는 남자의 검에 핀 작열은 스러지지 않는다. 한 걸음도 물러나지 않고 부르짖었다.

—와라! 모든 것을 간파해서 내가 이긴다!

모래시계가 떨어지는 와중, 한계를 넘어선 속도마저 카이세이를 따라잡은 유우가 난동 부리듯 자신의 모든 것을 풀어헤친다. 본능에 내맡기는 폭력. 그럼에도 너무나 아름다웠다.

수련과 함께 자라났던 몸이 유전자에 스며든 전투의 합리에 다다른다. 질량을 동반한 위압의 견제, 전부가 다 진짜로 변화하는 모순된 양자택일, 육감을 뒤흔들고, 회피를 용납하지 않는 눈에도 미처 보이지 않는 연속 공격—.

그럼에도 카이세이는 눈을 감지 않는다. 때로는 수비를 버린 채 공격이라는 이름의 수비로 전환한다. 예상을 거듭 배반당하며, 그저 신체는 움직인다. 머리가 쫓아가지 못한다. 괜찮다! 본능이 알고 있다!

"흐아————쌰아앗!"

"라아아아앗!!"

모래시계가 사락사락 떨어진다. 몇 알갱이나 남았을까. 세계가 느려진다.

몇 초인가. 몇십 초인가! 얼마나 남았든 간에 절대로 내어주지 않는다!

여기에서 죽인다, 너는 끝이다!

카이세이의 의지가 마물을 지금 한 번 더 자신에게 있어 최강의 간격으로 꾀어낸다.

좁게, 유우가 두 걸음도 물러날 수 없는 백색 선 가까이에서 벌어지는 코등이싸움. 교착—. 그리고 곧. 함께 죽도를 뻗어 내지르며 두 사람은 간격을 벌렸다. 시합이 끝나려 하고 있었다.

몇 초 남았나?! 시계 담당이 시선을 떼고 손에 땀 쥐며 초읽기에 들어간 찰나.

—온다!

유우의 죽도가 생명을 띤다. 생명을 내어놓으라며 휘감으러 온다.

저항할 도리도 없는 마(魔)의 유혹에 카이세이는 입술을 세게 깨물었다. 혀는, 타오르는 강철의 맛을 알고 있었다. 아예 팔뚝이 끊어져도 상관없다. 마음을 전부 힘으로 바꾼 카이세이는 세게 손을 쥐어서 외쳤다.

—내놓을까 보냐. 네가 전해준 이 검이 나의 전부란 말이다!

마를 극복했다. 빛이 승리했다. 사악하게 휘감기던 힘이 모조리 사라진다.

유우를 눈앞에서 놓치게 한 줄기 빛의 정체는.

"머어————리이야아아아아아랴아아아아아, 아앗!!"

퇴격 머리 치기—.

언젠가 자신을 죽여보라며 그날 검귀에게 전수받았던 진짜 마왕의 보도다.

백색 선을 지나쳐서 아름답게 잔심. 반칙 따위야 아무래도 좋다. 충격에, 카이세이가 어질거리며 한쪽 무릎을 꿇었다.

"……그래. ……제기랄. ……가둔 다음에, 없애는구나."

도대체, 어떻게 되어 먹은 심장이냐. 상대는, 바로 나인데?

"머리 한판!"

자신이라면 할 수 있다, 유우는 믿었다. 후부키와 대결했을 때처럼 마지막 초읽기를 노리고.

카이세이에게 좌면 허리 치기의 궤도를 간파당했을 때 평상시라면 어떤 페인트도 통하지 않음을 깨달았다.

그러니까 발악하는 시늉을 하며, 오로지 이 한순간의 전력 공세를 위해—.

쪼개지는 듯한 환성이 난무하는 장내. 두 사람은 숨도 제대로 못 쉬며 어깨를 들썩거렸다.

그럼에도 서로 엇갈리는 도중, 유우는.

"뭐냐, 카이세이."

거칠게 난폭하게, 사납게 매몰차게, 누구보다도 강하게.

"난 한참 더 놀고 싶다고!"

재미있어서 못 견디겠다는 듯이 눈을 보고는 웃었다.

그러니까 카이세이도 같은 얼굴로 받아친다.

두 사람이 똑같이 어금니를 드러내며, 어렸던 지난 시절처럼!

"그래, 나도 마찬가지야. 끝까지 따라가주마!"

개시선으로 돌아오는 도중에 두 사람은 단지 한마디만을 나눈다. 뇌리에 지금껏 검과 더불어 걸어왔던 인생을 회고하며, 개시선 도달과 동시에 돌아서서 목소리가 들리지 않는 호면의 안쪽으로 마음속 똑같은 말을 중얼거렸다.

—그만둘 수가 없다니까. 죽을 때까지.

어려운 생각은 이제 됐다. 그저 검을 나누면 되지 않겠는가.

뻔한 연극을 끝내주는 버저를 들은 다음에 두 사람은 진흙투성이가 되어 놀기로 했다.

"연장전— 시작!"

× × ×

숨이 차올라서 어깨를 들썩거리며 눈앞이 하얗게 물드는 사투의 끝에.

어째서인지 이불 위에 벌렁 누워서 둘이 이야기했던 옛날의 광경이 두 사람에게 떠올랐다.

『있잖아, 유우 군. 좀 물어봐도 될까?』

『으응? 뭐가 궁금한데, 카이세.』

『……유우 군은 검도가, 즐거워? 난, 사실 별로 안 좋아하거든…….』

진심에 담긴 말을 꺼내면 검을 사랑하는 친구에게 미움받을지도 모른다.

그런 걱정을 하면서도 끝끝내 말할 수밖에 없었다. 왜냐하면 진정한 의미에서 친구가 되고 싶었으니까.

『아니~ 엄청 싫은데. 즐겁다고 생각한 적, 아예 없던 것 같아.』

『어? 그, 그렇게 강한데도?』

『아직 멀었어. 할배한텐 이길 가망도 안 보이고. ……검도, 즐겁지 않아. 싫어해.』

그래도, 운을 떼었다가 유우는 웃었다.

어린 시절은 이미 끝났다. 옛 면모를 남긴 지금의 웃는 얼굴로.

『더 많이 강해지면 조금은 즐거워질지도 몰라. 그런 꿈을 버리지는 못하겠더라.』

『……응. 나도야. 그러니까 그 꿈을, 같이 꾸어도 괜찮을까?』

『같이? ……잘 모르겠는데, 진짜로 될까?』

『되지. 왜냐면 검도니까. 상대가 없으면 이루어지지 않아.』

이 검의 저편에, 누군가가 있어준다면. 어떤 저주받은 길도 축복으로 긍정할 수 있다.

그렇게 단지 이 길을 걷고 싶었다.

『알았어. 그러면 또 약속한 거네. 이번에는 안 기다려줘도 괜찮지?』

『응. 왜냐면, 또 심심하면 질리잖아?』

빛이 사라지고. 말이 사라지고. 세상의 중심에 남은 것은 평범한 인간이 둘뿐.

정적의 세계, 광대한 천장에 검 끝이 맞닿는 소리만 울려 퍼진다.

그 소리는 무엇인가가 갈라져 깨지는 듯했으며.

두 사람도, 지켜보는 사람들도 그저 때가 오기를 기다린다.

한 걸음.

『그래. ……슬슬, 질릴 때가 됐지.』

한 걸음.

『그러게 말이야. ……또, 다음을 위해』.

검이 교차. 갈라지는 소리가, 높이.

—끝을 내자고!

땅을 박찼다. 비 멎은 물웅덩이에 난비하는 두 사람의 모습이 비친다.

모든 힘을 쥐어짜 울부짖었다. 우직한 수련의 끝에 마지막으로 수렴해 가는 기술은, 동일하다.

모든 검은 기본에서, 여기에서 시작되었다.

"머리이이―――――――――잇!!"

상격 머리가 인생과 함께 교차한다.

여력을 전부 쏟아 낸 두 사람은 신의 판정에 모든 것을 위임했다. 동시에, 마음(心)을 남겨(殘) 둔 채 고개 돌린다.

이누이 카이세이의 옆. 부심은 적색.

미나카미 유우의 옆. 부심은 백색.

그리고 마지막― 자신의 운명을 심판하는 깃발의 색을 보고 한 남자가 웃었다.

"머리 한판!"

말하자. 과거에 자신에게 도전했던 누군가처럼.

"졌네."

그 깃발의 색은 행복에 감싸이는 마음과 같이 자신의 패배를 증명하고 있었으니까.

"시합 종료!"

만뢰와 같은 박수 속에서 검을 거둔다. 유우는 심복하겠다는 듯이 깊숙이 머리 숙였다.

이것은 검도. 검의 이치와 법도에 따라 인간을 형성하는 길이니까.

마음 밑바닥에서 아득한 감사를, 검의 저편에 바치도록 하자.

머리를 들어 올린다. 천천히 걸어가서 자신의 죽도 주머니 옆에 앉았다.

정좌한 뒤 호면을 벗고 수건을 풀었다.

유우는 아득한 하늘을 올려다본다. 검으로 베어 갈랐던 천장의 끝을.

"……그래."

그곳에는 화창하게 갠 푸른 하늘이 펼쳐져 있었다.

"역시 멋있다니까, 저 자식……."

한계가 없다, 언제나 자유롭다, 어디에도 갈 수 있다. 그것은 버리지 않았던 사람만이 받을 수 있는 보수다.

가장 빛나는 동경과 가장 추레하게 분한 마음을 가슴에 품은 채 유우는 웃었다.

"할배, 보고 있어? ……진짜로, 맑게 개었어."

일어선다. 검을 내려놓은 인간의 손으로 자신을 쓰러뜨린 같은 인간의 손을 붙잡아주기 위해.

반대편으로 걸어갔다. 그러자 그곳에는 또 하나 아름다운 것이 있었다.

"……으, ……으, 흑. ……흑, ……으, 으—."

그곳만, 비가 내리고 있었다.

우직하게 약속을 지켜왔던 남자는 마지막 최후의 순간에야 겨우 스스로에게 가면을 벗는 행동을 허락했다.

끊이지 않는 눈물방울과 마음의 물방울이 뺨을 타고 흐른다. 오열에 목이 메어서 일어날 수가 없었다.

쌓이고 쌓인 마음을 눈석임처럼 깨끗하게 녹인 남자는 쉬지 않고 쭉 걸었던 무릎을 드디어 구부렸다.

그래도, 두 사람은 아직 한계가 없는 길을 나아가는 도중이기에.

"웃어, 카이세이."

그러니까 여기에서 벌써 감격해버린 사랑받아 마땅한 숙적에게 유우는 오른손을 내밀었다.

"진짜로 멋진 이름인데, 아깝잖아."

"……응. 응!"

따뜻한 오른손을 꽉 쥐고 자신의 이름처럼 카이세이는 웃는다.

『남자 개인부. 우승은 백색, 슈스이 대학 부속 고등학교 2

학년, 이누이 카이세이 선수로 결정되었습니다!』

박수와 환성과 축복 속에서. 탁 트인 푸른 하늘의 이름이 공간에 가득 퍼져 나갔다.

BEYOND THE SWORD

끝 검의 저편

2층 옥외의 벤치에 앉아 유우는 석양으로 물들어 가는 체육관을 보고 있었다.

머릿속은 텅 비었다. 몸도 전지가 떨어진 것처럼 움직이지 않는다. 뻔한 표현으로 넋이 나간 기분이었다.

"……어휴."

어떡하지. 졌을 때 뒷일은 생각을 안 했는데.

그래서 아까 어느 검도 잡지에서 취재를 받았을 때는 최고로 죽고 싶었다. 넉살 좋게 질문을 연발하질 않나, 사진까지 찍지를 않나. 정말 어검관에 있던 시절부터 미디어는 너무나 싫다. 받은 사진은 집에 돌아가면 무조건 소각이다. 특히 카이세이에게 들키기 전에, 무조건.

"……망해버려라, 빌어먹을 잡지."

유우는 출판 불황에 모든 희망을 걸고 거하게 거하게 한숨을 내쉬었다.

"뭐, 아무튼. ……이게, 지금의 나인가."

눈을 꾹 감고 유우는 시합 후의 기억을 떠올렸다.

『유우, 선배.』

움찔, 몸이 떨린다. 취재가 길어지며 회장에 있던 사람들이 빠져나가기 시작한 탓에 완전히 방심했었다. 1층 경기장의 양문형 문을 지난 곳에서 눈치 빠른 후배에게 도복의 옷자락을 붙들렸다.

『……시오리.』

『놓치지 않아요, 선배. ……헤헤.』

장난스럽게 쿡쿡 웃는다. 솔직히 가장 만나고 싶지 않은 얼굴이었다. 소매를 잡은 손은 쳐냈는데 이제 무슨 말을 꺼내야 할지 모르겠다. 머리카락을 긁고 어찌할 바를 모른 채 가만히 서 있으려니까 시오리는 자신에게 인사를 했다. 늠름하게, 아름다운 인사를.

이 아이는 역시 검도와 잘 맞겠다. 장래가 기대돼서 못 견디겠다.

『수고 많으셨어요. 약속, 지켜주셨네요.』

『뭘 지켜. ……졌잖아, 내가.』

말을 가로막듯이 고개가 흔들린다. 그리고 웃고 있었다.

『아뇨, 그래도요. 오늘 선배가 제가 보기에는 가장 멋있었거든요.』

그때 유우는 처음으로 시오리의 진짜 미소를 본 것 같았다.

『그럼 머지않아 곧 갱신해준다. ……그러니까 가장 가까운 곳에서 똑똑히 봐라.』

어깨를 토닥이고 옆을 지나쳤다. 자, 교복으로 갈아입자.

『선배.』

가장 멋진 미소로, 마도카가 푹 안심할 수 있게.

"그러니까 끝났을 때, 즐거워서 못 견디겠다고 말할 수 있는 부 활동으로…… 내가 만들 거야! 카이세이한테도 반드시 이길 거야! 전국에서는 내가 최강이 될 거야! 단체전도 내가 들어가면 절대로 우승이지! 믿어주세요. 기대해요. 꼭 전부 진짜로 만들 테니까. ……왜냐면 나는. 나는 천재, 미나카미 유우니까!"

강한 의지는 다짐에서 비롯되리라. 살짝 부끄러운 정도가 딱 좋다.

왜냐하면 이루어 냈을 때 최고로 기분이 좋을 테니까!

"……응. 이렇게 나와야, 너지. ……좋아~ 그러면 정식으로."

에헴, 헛기침을 한 차례. 마도카는 축복의 말을 유우에게 건네줬다.

"검도부에 온 것을 환영할게, 미나카미 군. 여기는 최고의 부 활동이야. ……잔뜩, 땀 흘리자."

유우는 석양이 비치는 저편으로 달려 나간다.

약속을 한 상대가 있는 곳으로. 약속이 아니어도 이어질 수 있는 누구보다도 그리워한 친우의 곁으로.

글쎄, 어떤 표정을 지을까. 어떤 말을 건네야 할까. 화내야 하나, 울어야 하나. 잠깐 고민은 들었지만 망설일 필요는 없었다. 친우에게 지어줄 얼굴은 지난날 이미 결정해 놓지 않았나.

자. 마지막 약속을 지키러 가자.
유우는 있는 힘껏 동경의 이름을 외쳤다.

"짜식, 카이세이!"

이것은 보수다. 특별히, 짧은 한순간뿐, 지금은 이곳에서 보는 풍경을 양보해준다. 그러니까 가르쳐줘라, 카이세이. 여기까지 올라온 기분은 어때?

유우는 아득히 먼 하늘을 올려다보며 약속의 날씨 분위기를 저편에 물었다.

× × ×

카이세이는 아직 구름이 끼어 있다.

2층 옥외의 벽 난간에 두 손을 올려놓고, 그리고 그 위에 머리를 올려놓고, 가라앉는 석양을 보고 있었다. 머리는 텅 비었다. 입에서 뭔가 쏟아질 것 같다. 몸도 나른해서 도무지 움직이고 싶지가 않다.

"……어우."

단박에 폭삭 늙어버린 할아버지 같은 한숨을 쉬고 카이세이는 두 손을 벌려 그저 바라봤다.

"진짜, 이겼나………………?"

이상하다. 기억이 안 난다. 이런 게 말이 되나? 아마 인생에서 가장 소중한 순간이었을 텐데, 어떻게 이겼는지 전혀 기억이 안 난다. 혹시 혼자서 꿈을 꾸었더라면?

"……뭐. 설마, 아니지."

카이세이는 검도 기자에게 받은 사진을 주머니에서 꺼내 들었다. 석양에 비춰 물끄러미 들여다본다. 제법 잘 찍혔다. 너무 잘 찍혀서 부끄러울 만큼. 분명 잡지에는 못 실리는 사진이다. 안 되는 요소가 너무나 많은 사진을 곧 다시 주머니에 넣었다.

"취재, 싫었는데 말이야. ……다음엔 조금 더 웃어줄까."

요즘 출판이 불황이라고 들었다. 하다못해 오늘 결과가 지면에 실릴 때까지는 버텨주면 좋겠다. 객관적인 사실이 되면 조금은 실감이 들 것 같으니까. 그런데, 기사를 대체 누구에게 보여준담.

부모님은 너무 익숙해서 좋은 반응을 기대하기 어렵다. 후배와 동기는 좀 부끄러워서 싫다. 선배한테 괜히 자랑했다가는 싸움이 벌어져서 얻어맞을 것 같고, 여자 검도부의 지인들은 애당초 자신을 특별히 신경 쓰지 않을 테니까. ……어라. 교우 관계, 끝?

"친구가 너무 적은데. 아무한테도 자랑을 못 하잖아……."

카이세이는 또 한숨을 쉰다. 애당초 남에게 자랑하기 위해 검도를 하는 게 아니다. 그러나 굳이 자신이 강해졌다는 것을 보고하고 싶은 사람을 골라야 하면 도대체 누구를 꼽을 수 있지?

"…………유우."

통한의 극한이다. 이긴 다음의 뒷일을 아무것도 생각해 두지 않았다.

대체 자신은 앞으로 어떤 표정으로 친구와 만나야 하는 것일까. 카이세이는 다시 또 한숨을 쉰다. 검도를 하던 때 패기는 어디에 갔나. 완전히 방심하고 말았다.

그리고 그런 빈틈의 노출은 가장 얄미운 녀석에게 베어달라고 말하는 것과 다름없었다.

죽도 세 자루가 풀 세트로 들어간 진홍색 죽도 주머니로 뒤통수를 딱 얻어맞았다.

"윽…… 아야아아아아아!"

"……씨이. 안 죽었네. 지금 때리면 될 것 같았는데."

석양을 한 몸에 받으며 팔짱을 끼고 우뚝 서 있는 그 녀석은 얄미운 여동생이었다. 왜 자꾸 뺨을 볼록거릴까. 전혀 귀엽지 않다.

"이 자식아…… 날 죽일 셈이냐!"

"응. 죽어, 오빠. 매일 말해주잖아. ……오늘은 내가 이겼다고 쳐도 되겠네?"

"대체, 영문도 모를 소리를……! 인정하겠냐! 이딴 방식으로 이기면 기쁘냐?!"

"그럼 오빠는 어떤 방식으로 이겨야 기쁜데."

"당연한 소릴! 정정당당하게, 정면에서 싸워 이겨야지!"

카이세이가 화낸다. 여동생 상대니까 꾸밈도 포장도 없이.

그러나 정면에 선 여동생은 더욱 화내며 맞섰다.

"그럼 좀 멋있는 척 표정을 꾸미란 말야!"

격렬하게, 진홍색 죽도 주머니를 척 들이대며. 구름까지 싹 날려버리는 눈보라(吹雪, 후부키)처럼.

"우리는 이겼어! 가장 높은 곳까지 오른 사람한테는 책임이 있다고! 삼류가 두 번 다시 기웃거리려는 엄두를 못 내게 압도적으로 강한 모습을 보여줘야 해! 이류에서 어물거리는 사람의 마음을 불태워줄 만큼 뜨거워져야 해! 똑같은 마음으로 덤벼드는 일류가 이 자식한테 졌다면 납득이 된단 생각이 들 만큼 단호해야 돼! 다음엔 절대 안 진다고 노려봤을 때 언제든 덤벼보라고 말할 수 있어야지! 자신만만하게, 최고로 멋있어야 할 의무가 있단 말이야!"

구름이 끼어 있었던 카이세이의 시야가 지금 맑아진다. 정면에서 여동생의 마음을 받아들였다.

"승리에서 도망치지 마. 오빠는 기필코 내가 베어줄 거야!"

"……그래. 알았다. ……기대해줄 테니까 빨리 따라와라."

거참, 내버려 둘 수가 없는 여동생이다.

카이세이가 가만히 받아친 뒤 웃자, 후부키의 볼록거리던 뺨에서 공기가 빠져나갔다.

"…………유우, 군."

낯빛은 석양에 물들어 있다. 어딘가 수심에 젖은 듯 보였다.

"…………진짜 멋있더라아……………."

"……엉?"

착각이었다. 단지 발갛게 물들었을 뿐이었다.

"아까 퇴격 머리 치기, 허리가 부서지는 줄 알았어. 못난 오빠하곤 완전히 달라. ……멋있어. 어떡하지. 죽겠네. 지금 당장, 시집가고 싶어……."

카이세이의 이마에 푸른 힘줄이 돋아난다.

"……인마. 뭔 소리를 하는 거냐, 이 녀석아?!"

"흥. 왜 발작이야? 오빠. 짜증. ……진짜, 왜 이겨버렸어? 분위기 파악 좀 하지."

"네가! 이기라고! 부탁했잖아! ……적당히 좀 해라, 이 근육뇌야! 잘 들어라!"

카이세이는 주먹으로 심장을 치며 일말의 자비도 없이 여동생에게 말을 쏟아부었다.

"이긴 사람은, 바로 나다! 더 이상 아무도 부정할 수 없지. 내가 최강이다! 불만 있는 놈들은 전부 덤비라고 해라!"

"응. 지금은, 불만 없어. 분명히 유우 군도 마찬가지일 거야."

후부키는 휙 돌아섰다.

단순한 페인트였나 보다. 특기 기술인 피해서 허리 치기를 격중시킨 것처럼 장난스럽게 웃고 있었다.

"만나러 가지? ……분명히 하고 싶은 이야기가 잔뜩일 텐데."

여동생은 살짝, 오빠가 모르는 데서 어른이 되었던 것 같다.

"어서 다녀와. 오빠."

"……그래. 다녀올게, 후부키."

쓴웃음 짓고 카이세이는 달려 나간다. 후부키의 웃는 얼굴을 잠시 바라보다가 이번에야말로 석양이 비치는 저편으로 달음박질친다. 약속을 한 상대가 있는 곳으로. 약속이 아니어도 이어질 수 있는 누구보다도 그리워한 친우의 곁으로.

글쎄, 어떤 표정을 지을까. 어떤 말을 건네야 할까. 겸손 부려야 하나, 울어야 하나. 잠깐 고민은 들었지만 망설일 필요가 없음을 깨달았다. 대답은 이미 주머니 안에 들어와 있지 않았던가.

"……좋아. 그때보다 훨씬! 지금보다 훨씬 더!"

카이세이가 사진을 꺼내 들었다. 투 숏이었다.

거기에는 쓴웃음 지은 채 한쪽 눈을 찡긋하는 미나카미 유우와 만면에 미소 띠면서 어깨동무를 한 이누이 카이세이가 찍혀 있다. 자신의 오른손에는 우승컵. 그리고 오른손에는 무도에서 엄금하는 브이 사인이 반짝이고 있었다.

앞으로도 쭉 이런 얼굴로 웃고 싶었다. 그러니까 오늘도 스스로 선택했던 검의 길을 걸어갈 뿐.

자, 친구. 마지막 약속을 지키고 싶다. 빨리 내 이름을 불러다오!

"짜식, 카이세이!"

이번에야말로 창궁에 울려 퍼지도록 카이세이는 미래를 향해 기대에 부응한다.

나와 만나줘서 고마워. 여기에서 보는 풍경은 최고다!

秋水
藤宮

검의 저편 1

초판 1쇄 발행 2021년 5월 10일

지은이_ Mizunari Shibuya
일러스트_ Souichi Itou
옮긴이_ 김성래

발행인_ 신현호
편집부장_ 윤영천
편집진행_ 김기준 · 김승신 · 원현선 · 권세라 · 유재슬
편집디자인_ 양우연
관리 · 영업_ 김민원 · 조인희

펴낸곳_ (주)디앤씨미디어
등록_ 2002년 4월 25일 제20-260호
주소_ 서울시 구로구 디지털로 26길 111 JnK디지털타워 503호
전화_ 02-333-2513(대표)
팩시밀리_ 02-333-2514
이메일_ lnovelpiya@naver.com
L노벨 공식 카페_ http://cafe.naver.com/lnovel11

TSURUGI NO KANATA Vol.1

ISBN 979-11-278-5968-8 04830
ISBN 979-11-278-5967-1 (세트)

값 7,800원

곰 곰 곰 베어 1~14권

쿠마나노 지음 | 029 일러스트 | 김보라 옮김

게임이 현실보다 재밌습니까?—YES
현실 세계에 소중한 사람이 있습니까?—NO

……온라인 게임 설문 조사에 대답했을 뿐인데
말도 안 되는 이세계(아마도)로 내던져진 나, 유나.
은톨이 경력 3년의 폐인 게이머.
맨 처음 장착하게 된 장비템이『곰 세트』라니…….
이게 무어야—!?
하지만 세고 편하니까 뭐, 괜찮으려나?
울프를 쓰러뜨리고, 고블린을 쓰러뜨리고
극강 곰 모험가로서 일단 해볼까요.

은둔형 외톨이 소녀, 이세계에서 무적의 곰 모험가가 되다!

NOVEL

라이트노벨의 새로운 빛! L노벨의 신간은 매월 10일에 발매됩니다. http://cafe.naver.com/lnovel11